BLT

Mit der Welt
auf Buchfühlung

Arto Paasilinna, 1942 in Kittilä/Nordfinnland geboren,
ist einer der populärsten Schriftsteller Finnlands.
Er hat dort rund vierzig Romane mit großem Erfolg
veröffentlicht. Viele wurden bereits verfilmt
und in die verschiedensten Sprachen übersetzt.
Auch in Deutschland erwarten zahlreiche Fans
jedes Jahr ungeduldig eine neue skurrile Geschichte
vom finnischen Kultautor.

Von Arto Paasilinna sind bei BLT lieferbar:

92030 Das Jahr des Hasen
92054 Die Giftköchin
92082 Der Sohn des Donnergotts
92091 Im Wald der gehenkten Füchse
92118 Die Rache des glücklichen Mannes
92134 Der Sommer der lachenden Kühe
92159 Vorstandssitzung im Paradies
92168 Der wunderbare Massenselbstmord
92192 Nördlich des Weltuntergangs
92224 Im Jenseits ist die Hölle los
92257 Ein Bär im Betstuhl

Arto Paasilinna

Ein Elefant im Mückenland

Roman

Aus dem Finnischen von
Regine Pirschel

BLT

BLT

Band 92276

1. Auflage: Februar 2008

Vollständige Taschenbuchausgabe
der in der editionLübbe erschienenen Hardcoverausgabe

BLT und editionLübbe in der Verlagsgruppe Lübbe

Die finnische Originalausgabe:
»Suomalainen kärsäkirja«
Originalverlag: WSOY, Helsinki, Finnland
Für die deutschsprachige Ausgabe:

Umschlaggestaltung: Gisela Kullowatz
Titelbild: © Gianni Dagli/CORBIS und
Browers Museum of Cultural Arts/CORBIS
Autorenfoto: © Basso Cannarsa
Satz: Kremerdruck GmbH, Lindlar
Druck und Verarbeitung: GGP Media GmbH, Pößneck
Printed in Germany
ISBN 978-3-404-92276-5

DIE ERSTEN AUGENBLICKE EINES ELEFANTENLEBENS

Ein Elefant wird mit dem Rüssel voran geboren. Genau so gelangte auch das kleine Elefantenmädchen Emilia im Februar 1986 gesund und munter auf die Welt. Es geschah um Mitternacht, im warmen Elefantenstall des Suomi-Zirkus in Kerava. Tierpflegerin Lucia Lucander, alias Sanna Tarkiainen, hatte sich seit dem Abend bereitgehalten, um bei der Geburt zu helfen. Lucia war erst zwanzig, eine sportliche junge Frau, die aus Lemi in Süd-Karjala stammte. Schon als Schulmädchen war sie über einen Ferienjob zum Suomi-Zirkus gekommen und einige Jahre später als feste Mitarbeiterin verpflichtet worden. Sie träumte davon, einmal Zirkusprimadonna zu werden, obwohl sie auch die Tiere wirklich gern hatte.

Lucia hatte warme Decken besorgt, und der Wasserschlauch lag in Reichweite. Die gewaltige Elefantendame Pepita hatte ihr Kleines zweiundzwanzig Monate lang getragen, mehr als doppelt so lange, wie es eine Menschenmutter tut. Pepita hatte in der Zeit mehrere hundert Kilo zugenommen, und ihre Zitzen waren während der beiden letzten Monate vielversprechend angeschwollen. Alles stand zum Besten, und als es auf Mitternacht zuging, begannen die Wehen.

Der Geburtsvorgang dauerte drei Stunden, und im Er-

gebnis plumpste ein kleiner Elefant aus dem Mutterleib. Eigentlich war er nicht wirklich klein, hatte vielmehr die Größe eines kräftigen Mannes und wog hundert Kilo, aber als Elefant war er eben noch ein Baby. Das Tier war mit flaumigem, rotbraunem Fell bedeckt, der Körper war zart und schmächtig, die Ohren durchscheinend dünn und geädert wie Kohlblätter. Lucia spülte das Elefantenbaby mit warmem Wasser ab, wusch es und trocknete es in den Decken. Keine fünf Minuten später stellte sich das Kleine schon auf die Beine. Zuerst stand es wankend da, aber bald machte es ein paar zielstrebige Schritte. Die Mutter schnaufte und besah sich ihren Nachwuchs, dabei glänzten ihre Augen im schwachen Licht des Stalles. Pepita absolvierte den Vorgang zum ersten Mal. Sie war sehr müde, aber sonst schien alles in Ordnung zu sein. Nach einer knappen Stunde suchte das kleine Elefantenbaby nach den Zitzen der Mutter. Es musste den Rüssel nach oben und dann zur Seite legen, um saugen zu können. Der dreieckige, haarige, hellrote Mund des Kleinen umschloss fest die Zitze. Pepita legte ihren Rüssel auf den Rücken des Babys und zeigte so, dass sie es angenommen hatte.
Pflegerin Lucia Lucander saß auf einem Strohhaufen und beobachtete, wie sich Mutter und Kind schnaubend miteinander vertraut machten. Sie überlegte, welchen Namen sie dem Neugeborenen geben sollte. Da es ein Weibchen war, könnte sie es Emilia nennen, so hieß die Frau des Zirkusdirektors, allerdings wurde sie Emmi genannt.
Direktor Werneri Waistola erhob sich von seiner Lagerstatt neben Emmi und kam in den Stall, um den Neuankömmling zu begrüßen, unter dem Arm trug er eine Champagnerflasche. Werneri zog aus den Taschen seiner Pyjama-

jacke zwei Gläser, und dann stieß er mit Lucia zünftig auf das Wohl des Elefantenbabys an.
Emilia saugte in einstündigem Abstand begierig Pepitas Milch in sich hinein und begann zu wachsen, sie nahm ein Kilo pro Tag zu. Nach zwei Wochen klaubte sie zum ersten Mal mit ihrem Mund Körner und Kotfladen ihrer Mutter vom Boden. Pfui, aber der unverdaute Dung enthielt wertvolle Mineralien. Im Alter von vier Monaten nahm sie bereits täglich feste Nahrung zu sich, hauptsächlich Halme und gekochte Kartoffeln, und im Sommer bekam sie frisches Heu. Als sie ein halbes Jahr alt war, fraß sie dasselbe wie die erwachsenen Elefanten. Lucia begann, ihr die ersten Kunststücke beizubringen. Emilia musste still dastehen und mit dem Rüssel einen langen Stab halten, an dessen Ende die finnische Fahne befestigt war. Wenn sie dann den Kopf schwenkte, begann die Fahne zu wehen, und die Zuschauer riefen hurra und applaudierten der angehenden Künstlerin.
Emilia hatte als kleines Elefantenkind Schwierigkeiten. Sie konnte nicht mit dem Rüssel trinken, sondern musste sich vor dem Wassereimer auf die Knie niederlassen und das Wasser mit dem Mund herausschlürfen. Eine schwierige Angelegenheit, aber nach vielen Versuchen begriff sie schließlich, dass das Trinken mit dem Rüssel bequemer war. Sie saugte ihn voll Wasser, hob ihn dann hoch und ließ das Wasser in den Mund rinnen. Es war letztlich ganz einfach.
Emilia lernte, den Rüssel auch für andere Dinge zu benutzen, er war wie der Arm eines geschickten Menschen. Mit dem Rüssel konnte man schwere Gegenstände transportieren, aber er war auch sensibel genug, dass man damit

winzige Heuhalme auflesen oder eine Spinne aus ihrem Netz saugen konnte.

Als Emilia sieben Monate alt war, trat in Finnland ein neues Gesetz in Kraft. Ach, welch ein Elend! Am 12. September 1986 geschah es. Wilde Tiere durften nicht mehr zur Schau gestellt werden, nicht einmal im Zirkus. Man durfte keinen Nutzen aus ihnen ziehen, nicht an ihnen verdienen. Das bedeutete die Vertreibung der Elefanten aus diesem nordischen Land. Viele altersschwache Dickhäuter wurden geschlachtet, der Rest wurde an Länder verkauft, in denen kein entsprechendes Verbot galt, sodass sie in ihren letzten Lebensjahren dort noch auftreten konnten. Es war dasselbe, wie wenn man alte Schauspieler aus menschenfreundlichen Gründen in Rente geschickt hätte. Bei den Elefanten nannte sich das Tierschutz, denn sie sind ja keine Menschen, wenngleich in jeder Hinsicht Charakterdarsteller.

Nun lebte aber in diesem nordischen tierfreundlichen Land die muntere Emilia, deren Pflegerin es nicht übers Herz brachte, ihren Zögling ins Ungewisse zu schicken. Ein einsames Tierkind kann weder im Dschungel noch im Tierpark ohne Mutter überleben. Lucia Lucander alias Sanna Tarkiainen beschloss, ihren willigen Zögling, jetzt bereits tausendzweihundert Kilo schwer, anständig zu erziehen, was ihr auch gelang. Sie kündigte ihren Job als Tierpflegerin beim Suomi-Zirkus und führte ihren Schützling mit sanfter Hand durch die Stürme des Lebens, die die Tierfreunde, an sich mit guter Absicht, verursacht hatten. Besser ein toter Elefant als ein leidender Dickhäuter, das war der Geist der Zeit.

Lucia beantragte beim Ministerium für Land- und Forstwirtschaft eine Sondergenehmigung, die es ihr erlauben sollte, Emilias Künste hin und wieder vor Publikum zu zeigen, doch ihr Antrag wurde abgelehnt. Im Gegenteil, einige Zeitungen nahmen das Thema auf und kritisierten, dass Lucia Lucander, ein ehemaliger Star des Suomi-Zirkus, die Stirn hatte, sich weiterhin als Dompteuse zu betätigen, obwohl es gesetzlich verboten war, Tiere zum Zwecke der Unterhaltung einzusetzen. Zur gleichen Zeit wurde Emilias Mutter Pepita nach Ostdeutschland, an die damalige DDR, verkauft, wo es noch kein Auftrittsverbot für Zirkustiere gab. Lucia bot auch Emilia zum Kauf mit an, aber die wollte man in Ostdeutschland nicht haben. Warum nicht? Als ein Vertreter des staatlichen Zirkus der DDR erschien, um sich Pepita und Emilia anzusehen, verärgerte er Letztere damit, dass er sie mit lauter Stimme auf ihr Strohbett zwang und mit sachkundigen Griffen ihre Geschlechtsorgane und ihr Bauchfell abtastete, um sich über ihren Gesundheitszustand zu informieren. Sowie Emilia wieder auf den Beinen war, drückte sie sich in die Ecke ihres Verschlages und zeigte in jeder Weise, dass sie beleidigt war, unter anderem pinkelte sie den Deutschen an und trompetete einen schrillen Hilferuf in sein Ohr.

Pepita, ein altes erfahrenes Zirkustier, ließ sich hingegen bestens verkaufen. Für Emilia bedeutete das die Trennung von ihrer Mutter; zwar erkannte sie die Tragweite des Ereignisses nicht, dennoch war ihr restliches Leben besiegelt: Sie war jetzt eine Elefantenwaise und hatte, wie es schien, nur eine einzige wirkliche Freundin: Lucia Lucander.

Direktor Werneri Waistola bedauerte das Geschehene. Er konnte Emilia nicht mehr auf die Tourneen mitnehmen, da man sie, dem Gesetz zufolge, nicht länger zum Zwecke des

Gelderwerbs vor Publikum vorführen durfte. Als Haustier war sie für einen wandernden Zirkus zu groß, und schließlich erwähnte Werneri noch, dass man dasselbe eigentlich von seiner Frau sagen konnte. Emmi beherrschte so gut wie keine Kunststücke, sie lag nur den lieben langen Tag im Wohnwagen auf dem Sofa und las Klatschblätter, und abends war sie vom Genuss süßen Likörs bereits so betrunken, dass nicht daran zu denken war, sie in die Manege zu lassen, jedenfalls nicht allein. Werneri ließ unerwähnt, dass er, wenn es hart auf hart käme, lieber den Elefanten als seine Frau mit auf Tournee nähme.

Lucia Lucander wandte sich in ihrer Not an Zirkusunternehmen in ganz Europa, aber da es in der Region ein Überangebot an ausgemusterten Elefanten gab, war niemand an der jungen Emilia interessiert. Schließlich kam sie auf die Idee, an den Großen Moskauer Zirkus zu schreiben und hatte sofort Erfolg. In der damaligen Sowjetunion herrschte immer noch ein politischer und moralischer Stillstand, auch wenn so mancher Zeitgenosse bereits große Veränderungen prophezeite.

Kurz und gut, Lucia und Emilia reisten im Zug nach Moskau, wo sie Lohn und Brot im weltberühmten Zirkus dieser Stadt fanden. Große Stars wurden die beiden allerdings nicht: Emilia war zu jung und unerfahren und beherrschte die Gebärdensprache der Elefanten nicht in dem Maße, wie man es erwartete. Und Lucia durfte, entgegen ihren Wünschen, nicht aufs Trapez klettern. Sie hatte nicht die entsprechende Ausbildung, und ohne die war in dem berühmten Zirkus keine Karriere zu machen. Lucia war eine schöne und attraktive Frau, aber ihr Äußeres erregte eher Neid bei den Kolleginnen, und so musste sie sich damit

begnügen, zwei Mal pro Abend Emilia zusammen mit den anderen Elefanten vorzuführen.
Die Jahre vergingen. Emilia wuchs und verlor ihre kindlichen Züge, mit denen sie bisher das anspruchsvolle Publikum gerührt hatte. Es war Zeit, sich nach etwas anderem umzusehen. Lucia machte sich nach Tschetschenien, Kasachstan, Turkmenien und Armenien auf den Weg.
Im Kaukasus waren die Bedingungen zuweilen recht hart. Beim Überqueren einer Kalmückensteppe mussten Lucia und Emilia wegen des Wassermangels ums Überleben kämpfen. Elefanten verstehen es jedoch auf bemerkenswerte Weise, mit tödlichem Durst fertig zu werden. Emilia steckte ihren Rüssel in die Erde und saugte Flüssigkeit auf, die sie sich in die Ohren spritzte, sodass sie ihren Weg fortsetzen konnte. Der tagelange Marsch endete schließlich glücklich in einem kleinen turkmenischen Dorf, dessen freundliche Bewohner den seltsamen Wanderern zu essen und zu trinken gaben.
Zwei Jahre lang kamen die beiden in den mittelasiatischen Sowjetrepubliken halbwegs über die Runden. Dann brachen in der Region Unabhängigkeitskriege aus, und da wurde dann für eine alleinstehende Frau und erst recht für einen Elefanten die Luft dünn. Hinzu kam, dass die Leute dort einen Elefanten nicht sonderlich exotisch fanden, was sich zum Beispiel daran zeigte, dass Lucia mehrfach Kaufangebote für Emilia bekam – zwecks Schlachtens.
Um ihren Lebensunterhalt zu sichern, mietete Lucia von der sowjetischen Staatsbahn einen großen Viehwagen, in dem sie mit Emilia auf der endlosen sibirischen Bahnstrecke hin und her fuhr. Sie gab auf den zahllosen Zwischenstationen Vorstellungen, und diesmal lohnten sich die

Aktivitäten. In Sibirien hinter dem Ural mangelte es nicht an Publikum, und da Lucia inzwischen fließend Russisch sprach, war sie in der Lage, ihre Tournee gut zu organisieren. Auf den Nebengleisen und den Rangierbahnhöfen der Stationen stand das Publikum buchstäblich Schlange, und wenn Lucia Eisenbahner bestach, durfte sie Emilia mit ihren Kunststücken auf den Bahnsteigen oder sogar den Märkten der Städte präsentieren.

Lucia engagierte einen vierzigjährigen Bahnbediensteten namens Igor Lozowski, der Emilia wusch und fütterte, wenn die Primadonna selbst im Schlafwagen ruhte. Igor hatte alle Hände voll zu tun, denn ein Elefant frisst innerhalb von vierundzwanzig Stunden dreimal insgesamt zweihundert Kilo Futter und verlangt täglich eine Wäsche. Auch das Ausmisten war eine Riesenarbeit, denn es musste vom fahrenden Zug aus geschehen, Igor schleuderte den Dung durch die offene Tür in die endlosen sibirischen Wälder. Der Zug, aus dem es Tierkot in die Tundra regnete, erregte oftmals beträchtliches Aufsehen unter den einsamen Bewohnern jener entlegenen Gegend.

IGOR LEHRT EMILIA TANZEN

Lucias privater Zugdiener und Elefantenpfleger Igor Lozowski war kein ganz echter Russe, sondern in seinen munteren Adern floss auch polnisches und möglicherweise sogar tschechisches Blut. Igors Großvater war seinerzeit in den Stürmen des Ersten Weltkriegs in die Truppen der Mittelmächte geraten, die mit Schiffen auf Umwegen über den Stillen Ozean nach Wladiwostok geschickt worden waren, um den Russen in den Rücken zu fallen. Die des Krieges gründlich überdrüssigen Tschechen und die in ihre Reihen verschlagenen Polen hatten sich dann am östlichsten Ende der sibirischen Eisenbahn von den Truppen abgesetzt und ihre eigenen aufständischen Regierungen gebildet. Igors Großvater war also einer von ihnen gewesen, und als in Russland die Revolution ausgebrochen war, war er an Ort und Stelle geblieben, hatte sich unmittelbar in Zentralsibirien nördlich von Krasnojarsk in einem kleinen Dorf namens Hermantowsk verkrochen und zu seinem eigenen Erstaunen überlebt. Er hatte eine Familie gegründet, und seine Nachkommen waren heute über ganz Sibirien verstreut.

Igor war jetzt fast vierzig, er war 1950 geboren, drei Jahre vor Stalins Tod. Er unterhielt noch Kontakte in sein entlegenes Heimatdorf, und ab und zu äußerte er den Gedanken, er wolle hinfahren, wenn denn Lucia und Emilia mitkämen. Lucia sah keinen Grund, ihre Zirkusvorstellungen in einem so entlegenen Kaff zu geben, und so wurde der Plan zunächst verworfen.

Für einen Polen hatte Igor ausgeprägte russische und sibirische Charakterzüge. Er war ein treuer Diener, war schwermütig veranlagt und trank gern Wodka, aber alles in allem war er ein recht wackerer Kerl. Manchmal, in einem Stadium melancholischer Trunkenheit, sah er die blonde Lucia mit traurigen, schmachtenden Blicken an und konnte sich die Frage nicht verkneifen, ob sie ihn denn wenigstens ein bisschen liebte, wenigstens ein Zehntel so viel für ihn empfand wie er für sie. Schon das würde ihm reichen! Lucia dachte nach; sicher, ein Zehntel Liebe oder zumindest Sympathie für ihn empfand sie schon, aber sie gab es lieber nicht laut zu. In fremden Ländern war man als junge Frau besser vorsichtig mit den Männern, sei es auch, dass Igor letztlich ein braver Bursche war.

Die von Lucia und Igor organisierten Elefantenauftritte gefielen den Sibiriern. Das Programm enthielt zunächst alte Kunststücke aus Finnland und vom Großen Moskauer Zirkus, doch als sich Emilia mehr und mehr zu einer richtigen Schauspielerin entwickelte, kam Igor auf die Idee, anspruchsvollere Rollen mit ihr einzustudieren. Er selbst konnte gut Trepak tanzen, und so beschloss er, auch Emilia diesen schwungvollen Kosakentanz beizubringen. Lucia reagierte zunächst ablehnend auf das Vorhaben. Ihrer Meinung nach war ein Elefant zu schwer für solche Tänze, seine Knochen würden den Anstrengungen nicht standhalten. Sie hielt es für denkbar, dass Emilia vielleicht langsame Walzer tanzen könnte, aber das Stampfen bei einem

Kosakentanz war bestimmt zu viel für ein so großes Tier. Igor erklärte, dass seine Großmutter mindestens ebenso dick wie ein Elefant sei, aber trotzdem flink und wendig tanze.
Igor besaß eine alte fünfreihige Ziehharmonika, die er einigermaßen beherrschte. Auf den langen Zugreisen spielte er Emilia alte russische Volksweisen vor, auch ein paar schwermütige Walzer, einige Marschlieder und speziell zwei, drei flotte Trepakstücke. Emilia wurde mit den Klängen vertraut und lauschte ihnen gern. Ihr Rüssel schlängelte sich wie eine indische Kobra beim Pfeifenspiel des Schlangenbeschwörers, und die großen Ohren wedelten im Takt von Igors Spiel hin und her.
In dem Waggon, der über die Schienen der sibirischen Eisenbahn donnerte, war an Tanzunterricht für die Elefantendame nicht zu denken. Die Schülerin, die mehrere Tonnen wog, hätte den Viehwagen unter Umständen demoliert, wenn sie beim Einstudieren der Schritte gegen die Wände getaumelt wäre. Im schlimmsten Falle hätte der ganze Zug entgleisen können. Reisende wären zu Tode gekommen, und Unmengen von Gütern hätten sich über die Landschaft verteilt. Aber bei den Aufenthalten auf den Stationen führte Igor die Elefantendame auf die stabilen Bahnsteige oder oft auch hinter die Stationsgebäude auf die betonierten Rangierbahnhöfe. Emilia lauschte den vertrauten Rhythmen und legte im Takt dazu wilde Tänze hin. Sie stampfte mit ihren Hinterbeinen auf den Boden, dass die ganze Umgebung bebte, sie drehte sich nach den Klängen der Musik, hockte sich mit dem Hinterteil fast auf den Boden und beschrieb mit dem langen Rüssel einen weiten Bogen in der Luft. Sie begann aus eigenem Antrieb auch

zu juchzen, so wie Igor. Mit ihrem Gejuchze trieben sich die beiden zu immer wilderen Tänzen an. Emilia war die geborene Schauspielerin, sie war intelligent und hatte ein natürliches Bedürfnis, sich zu produzieren. Nach einem halben Jahr beherrschte sie sämtliche Melodien, die Igor spielte, und sie war bestimmt der beste tanzende Elefant der Welt.

Seit Emilia Kosakentänze beherrschte, wurde sie nur noch populärer. Zu den Vorstellungen kamen oft Hunderte von Leuten, und in den größeren Städten wie etwa Irkutsk versammelten sich sogar mehr als zweitausend zahlende Zuschauer. Auf den Plätzen herrschte Riesenstimmung. Oft fing auch das Publikum an zu tanzen, und aus den Veranstaltungen wurden ausgelassene Volksfeste.

Zu Beginn der Vorstellungen ritt Lucia auf Emilia stets ein paar Runden vor dem Publikum, so wie sie es in der Manege des Großen Moskauer Zirkus gelernt hatte. Dann folgten verschiedene Kunststücke: Emilia warf Lucia und Igor mit dem Rüssel farbige Reifen zu, sie nahm eine lange Stange in den Mund und schwenkte die Fahnen, die an beiden Enden befestigt waren, nämlich die rote Fahne und die blauweiße finnische Staatsflagge. Zwischendurch verbeugte sie sich höflich vor dem Publikum und wartete auf Applaus. Zum Programm gehörte ferner, dass sie mit einem großen Luftballon spielte und auf einem Bein stand, und zwar nacheinander auf jedem einzelnen. Zur Erheiterung zwischendurch putzte sie sich mit einem riesigen Besen die Zähne. Dann kletterte Lucia auf ihren Rücken und turnte dort elegant, während Emilia im Kreis herumlief.

Zum Schluss folgte das Tanz- und Gesangsprogramm, bei

dem Emilia ihre neuen Künste zeigte. Sie tanzte zusammen mit Lucia und Igor mehrere langsame Wiener Walzer und imitierte auf rührende Weise die Arien einer Operettensoubrette. Der Auftritt endete mit Trepak und prächtigen Trompetenlauten Emilias, die irgendwie wie die Juchzer der Kosaken klangen. Das sibirische Publikum war außer sich vor Begeisterung. In einer Zeitung hieß es, dass man dergleichen noch nie in der russischen Taiga gesehen habe. In der Ölmetropole Tjumen wurde Emilia sogar fürs Fernsehen interviewt.

Lucia brauchte nun nicht mehr mit jeder Kopeke zu sparen, sie konnte für Emilia anständiges Futter kaufen, Igor den Lohn erhöhen und sich selbst neue Kleidung kaufen. Die alten Stücke hingen nach den vielen langen Bahnfahrten bereits in Fetzen. Igor schaffte sich eine Kosakenuniform und Reitstiefel an.

Igor hatte als Jüngling angekündigt, eines Tages nach Hermantowsk zurückzukehren, wenn er sich nur erst in der kalten Welt den ihm gebührenden Platz erobert hätte. Jetzt war es so weit, er könnte als Sieger heimkehren, seiner Verwandtschaft Lucia und Emilia präsentieren und ein so prachtvolles Fest veranstalten, wie man es in jener Gegend noch nie erlebt hatte. Das Programm würde aus gutem Essen, russischen Traditionen und glanzvollen Auftritten des Trepak tanzenden Elefanten bestehen.

Er sah Lucia tief in die Augen und bat sie, seine Frau zu werden. Um seinem Vorschlag den nötigen Nachdruck zu verleihen, fiel er vor ihr auf die Knie, ergriff ihre Hand und sang mit bebender Stimme zwei der gefühlvollsten Kosakenlieder aus seinem Repertoire.

Lucia war überrascht. Hatte der Kerl den Verstand verloren?

Er war bereits in mittleren Jahren, besaß kaum eine Ausbildung oder Sprachkenntnisse und war ein schäbiger Zugdiener gewesen, bevor sie sich begegnet waren. Und jetzt plante er, mit seiner Wohltäterin die Ehe einzugehen.
Das Angebot an sich gefiel ihr durchaus. Nach Art der Frauen war sie von dem Antrag geschmeichelt, auch war Igor ein selten gut aussehender Mann, vor allem in seiner neuen Kosakenkluft. Er hatte einen anständigen Charakter, war nach russisch-polnischer Art schwermütig und konnte im Bedarfsfall forsch und herrisch auftreten wie ein Kosak. Alles in allem war er durchaus nicht übel! Trotzdem konnte sie sich nicht ernsthaft vorstellen, ihren Diener zu heiraten. Sie war eine junge finnische Frau und hatte andere Pläne, als an der Seite eines als Kosaken verkleideten leidenschaftlichen Mannes und eines Trepak tanzenden Elefanten in einem fremden Land zu leben. Außerdem war die Sowjetunion dabei, zu zerfallen. Es hieß allgemein, dass man die Kommunisten über kurz oder lang in Sträflingslager sperren würde, damit sie darüber nachdenken konnten, welche Schreckensherrschaft sie während der letzten siebzig Jahre geführt hatten.
Igor hielt Lucias Zögern für weibliche Ziererei und ließ sich davon nicht beirren oder gar die Glut seiner Gefühle ersticken. Er glaubte fest daran, das Herz der blonden Schönen aus Finnland erobern zu können, wenn er ihr nur erst sein schönes Heimatdorf, seine große Verwandtschaft und vor allem die ganze slawische Kraft und das Ausmaß seiner Liebe zeigen könnte.
Lucia stellte fest, dass sie jetzt, da für sie alles wirklich gut lief, großes Heimweh bekam, richtige Sehnsucht nach ihrer finnischen Heimat. Dorthin würde sie fahren, wenn

die Sowjetunion tatsächlich zerfallen und ein großer Krieg ausbrechen würde, oder viele lokale Kriege, wie gemunkelt wurde. Mit Igor konnte sie unmöglich gehen. Kosakenlieder würden sie auf die Dauer nicht ernähren, das wusste sie. Und sie beabsichtigte auch nicht, noch im Alter als Frau eines Russen und Mutter von zehn Kindern mit dem Elefanten Trepak zu tanzen.

Andererseits erschien ihr eine Reise in Igors Heimatdorf durchaus überlegenswert. Wenn es dort wirklich so paradiesisch war, wie er behauptete, könnten sie eine ganze Woche dort verbringen. Emilia würde tanzen, und man würde ein großes Fest feiern, wie Igor beflissen versprochen hatte. Der ehemalige Zugdiener hatte sich außerdem entwickelt und war ein durchaus akzeptabler Reisegefährte.

EIN SCHLAFENDES SIBIRISCHES DORF ERWACHT ZUM LEBEN

Der Gedanke an die Hochzeit ließ Igor den ganzen Sommer nicht los. Er schrieb nach Hause, ins zentralsibirische, nur tausend Einwohner zählende Hermantowsk und berichtete, dass er es zu Erfolg gebracht habe und für ein paar Tage mit seiner Braut, einer berühmten finnischen Zirkusprimadonna, nach Hause kommen wolle. Er gab seiner alten Mutter zu verstehen, dass sie ein großes Fest arrangieren könnte, denn er beabsichtige zu heiraten.

Igors Mutter war fast siebzig, aber noch sehr rüstig. Als sie den Brief gelesen hatte, beschloss sie, umgehend mit den Hochzeitsvorbereitungen zu beginnen. Sie verbreitete die Nachricht vom Erfolg, den ihr Sohn draußen in der Welt gehabt hatte, und alle Frauen des Dorfes waren sofort begeistert. Seit Ewigkeiten hatte man nicht mehr anständig gefeiert. Der versoffene Vorsitzende des Exekutivkomitees hatte vor anderthalb Jahren die Gemeindekasse unterschlagen und sich damit abgesetzt, und seither hatte es keine öffentlichen Veranstaltungen mehr gegeben. Nun, die Revolutionsfeiern hatten im Laufe der Jahrzehnte ohnehin ihren zündenden Charakter verloren. Es gab kaum noch jemanden, der mit klopfendem Herzen hinter der roten Fahne hermarschieren wollte.

Die jungen Mädchen des Ortes waren zum Studium oder

zur Arbeit nach Krasnojarsk gegangen, die mutigsten bis nach Moskau, und so gab es kaum heiratsfähige Frauen für die Männer des Dorfes. Diese wiederum hatten in ihrer Einsamkeit zu trinken angefangen, sodass viele bereits in jungen Jahren am Wodka starben, und jene, die am Leben blieben, waren auch nicht gerade gefragt als Ehepartner. Man hatte zuletzt vor einem Jahr im Dorf zünftig Hochzeit gefeiert, und auch da nur flüchtige zwei Tage. Aber jetzt würde Igor nach Hause kommen mit einer heiratswilligen Schönheit, noch dazu einer Ausländerin, einer Finnin! Wenn das kein Grund war, ein riesiges Fest auf die Beine zu stellen!

Igor legte den Tourneeplan so, dass sie gegen Ende August nach Krasnojarsk gehen konnten. Elefantendame Emilia war langsam müde von all den Auftritten des Sommers, das tägliche Tanzen hatte an ihren Kräften gezehrt. Igor erklärte, dass der Besuch in seinem Heimatdorf sowohl den Einheimischen als auch Lucia und Emilia großartig gefallen werde. Ein unvergessliches Fest stehe ihnen bevor, eine Art Abschluss des heißen Sommers. Lucia brauche nicht unbedingt seine Frau zu werden, notfalls genüge es, wenn sie an der Hochzeit teilnehme und es sich dann später genauer überlege. Lucia fand, dass eine solche provisorische Hochzeit keine gute Lösung war. Sie wollte nicht aus Spaß heiraten, war aber bereit, nach Hermantowsk zu reisen. Auch sie war sehr müde von den zahllosen Auftritten, und sie hatte seit Jahren nicht mehr richtig Urlaub gemacht. So kamen beide überein, vorläufig auf die Trauung zu verzichten und einfach nur Igors alte Mutter und die anderen Dorfbewohner zu besuchen.

Hermantowsk war als Ort so unbedeutend, dass nicht mal

eine Bahnlinie hinführte. Von der sibirischen Eisenbahn zweigte in Aschinsk eine Stichbahn ins gut dreihundert Kilometer entfernte Lesosibirsk ab, eine recht bedeutende lokale Metropole am Ufer des großen Jenissei, der ins Eismeer mündete. Von dort waren noch zweihundert Kilometer auf der Landstraße in nördliche Richtung zurückzulegen, ehe man Hermantowsk erreichte. Igor organisierte für den Transport in sein Heimatdorf einen Tieflader, der einst als Versorgungsfahrzeug für die Ölfelder gedient hatte. Emilia reiste auf der Ladefläche, dort war auch ihr Futter untergebracht. In der Kabine beim Fahrer saßen Lucia und Igor nebst Reisegepäck. In Hermantowsk würde Emilia dann richtig schlemmen können, denn die Dorfbewohner hatten jede Menge Heu gemäht und Hunderte Kilo Äpfel und Pilze gesammelt, um den Elefanten zu verwöhnen.

Es herrschte spätsommerliche Hitze, und in der Luft hing starker Rauchgeruch. Die Bewohner dieses Landstriches hatten den ganzen Sommer hindurch unzählige Waldbrände gesehen und gerochen. Manchmal hätte man meinen können, ganz Sibirien stünde in Flammen. Presse und Rundfunk hatten gemahnt, im Freien vorsichtig mit Feuer umzugehen, ja in den Wäldern überhaupt keine Lagerfeuer zu entzünden. Aber welcher russische Mann kümmerte sich schon um solche allgemeinen Hinweise. Wer in die Taiga ging, führte in seinem Rucksack Wodka und natürlich auch Streichhölzer mit sich, und beides zusammen wirkte sich verheerend aus und führte immer wieder zu Waldbränden. Die Presse behauptete allerdings, dass die meisten Brände durch herabstürzenden Weltraumschrott entstanden seien, der beim Eintritt in die Atmosphäre und

beim Auftreffen auf den Boden verglühte und die staubtrockenen Wälder entzündete.
Der Fahrer des Tiefladers sah den Grund für die Brände bei den Ölfeldern und dem dort üblichen nachlässigen Umgang mit Feuer. Auch er selbst hatte mehrfach für Brände am Straßenrand gesorgt, wenn nämlich aus dem Auspuff des schweren Fahrzeugs Funken geflogen waren.
»Aber was willst du machen, du musst fahren, denn die Welt braucht Öl.«
Schön sah es trotzdem aus: Die beginnende Herbstfärbung überzog die endlosen bewaldeten Hügel Zentralsibiriens mit einem glühenden Rot, das sich mit dem bläulichen Dunst der brennenden Wälder vermischte. Der Anblick war überwältigend, es war, als wollte die welkende Natur mit letzter Kraft erzählen, wie faszinierend es war, gerade jetzt zu sterben, da der Sommer zu Ende ging und der schreckliche sibirische Winter nahte.
Die Ankunft in Hermantowsk glich einem großen Fest. Der schwere Tieflader fuhr durch das alte und verfallene, zu sozialistischen Taten anspornende Eingangstor, das gerade mal breit genug war. Das Tor trug noch den verblassten roten Stern und daneben, ebenso verblasst, Hammer und Sichel. Die in kyrillischen Buchstaben verfasste alte Losung war auf den heutigen Stand gebracht worden. Die frühere Lobpreisung Stalins lautete in ihrer neuen Form:
Die Stoßtrupps der Arbeiter und Bauern begrüßen die Finnin Lucia und den Elefanten Emilia!
Lucia wurde im einzigen Gasthof des Dorfes untergebracht, der prächtig geschmückt war. Igor quartierte sich bei seiner Mutter ein, denn es schickte sich nicht, dass Bräutigam und Braut vor der Hochzeit im selben Haus wohnten.

Bei Lucia erschienen Dutzende hilfreicher Brautjungfern, die ihr bei den praktischen Vorbereitungen auf das große Fest zur Seite stehen wollten. Sie waren recht betagt, denn junge Frauen gab es kaum im Dorf, wie bereits berichtet, aber was tat's. Zumindest verfügten alle über sachdienliche Erfahrungen im Heiraten.
Als Stall für Emilia diente das Kulturhaus des Dorfes. Es stand seit Jahren leer, der revolutionäre politische Eifer war erlahmt, und so war das Gebäude verfallen. Als Elefantenquartier eignete sich der große Festsaal jedoch allemal.
Lucias Auftrittskostüm wurde zum Brautkleid umgearbeitet: Die Frauen nähten blaue Blumenapplikationen auf das weiße Trikot, vom selben Farbton war die lange Schleppe aus Tüll, der noch aus den Zeiten von Igors Großmutter stammte. Der Schleier war weiß, ebenso die bis an die Ellenbogen reichenden Handschuhe. Lucia sah großartig aus, und als sie dann noch im Stil der Russinnen kräftig geschminkt war, war das Endergebnis mindestens eindrucksvoll zu nennen.
Für Emilia nähten die Frauen einen riesigen Mantel. Es war ein ehemaliges Mannschaftszelt der Roten Armee, das mit blauen Zierbändern für neue, friedliche Zwecke und zum Festgewand umgestaltet wurde. Emilia wunderte sich ein wenig über ihr neues Auftrittskostüm, aber als es von allen Seiten gelobt wurde, begriff sie, dass sie darin prächtig aussah und akzeptierte es. Igor hatte bereits vor vielen Monaten beschlossen, auf seiner Hochzeit die Uniform eines Kosakenoffiziers zu tragen, obwohl er weder Kosak noch Offizier war. Daran nahm jedoch niemand Anstoß, denn der Bräutigam war wahrhaftig eine stolze Erscheinung.
Indessen wurde in den Häusern gebacken und Bier ge-

braut, es wurde gebrutzelt und gebraten. Der zentrale Platz des Dorfes wurde festlich geschmückt, lange Tische wurden aufgestellt. Man erwartete tausend, wenn nicht sogar zweitausend Gäste. Die Frauen nähten in aller Eile sogar noch ein halbes Dutzend finnischer Fahnen.
Igor besorgte ganz nebenbei die Ehepapiere, und am Vorabend der Hochzeit fand die Unterzeichnung statt. Der zweite Sekretär des politischen Komitees der Nachbarstadt übernahm den offiziellen Part. Als Lucia merkte, wie viel Eifer, Energie und Zeit das ganze Dorf in die Hochzeit investiert hatte, brachte sie es nicht übers Herz, den Leuten zu sagen, dass sie nicht wirklich zugestimmt hatte.
»Also gut, aber ich unterschreibe kein offizielles Papier, und selbst wenn ich es tue, dann nicht in vollem Ernst.«
Darauf einigte man sich schließlich. Auch der Dorfgeistliche sagte, dass es sich um eine bloße Formalität handle und dass kein Grund zur Sorge bestehe, denn in der himmlischen Kanzlei von Gott dem Allmächtigen hatten die Papiere einer Zivilverwaltung ohnehin nicht viel Gewicht.
Endlich brach der Hochzeitstag an.
Die Gäste kamen in Scharen von nah und fern, bis zum Mittag hatten sich bereits tausendfünfhundert versammelt, und am Nachmittag trafen weitere ein, sodass sich zu den besten Zeiten auf dem Festplatz am Fuße eines Hügels mehr als zweitausend Menschen befanden. Die Luft flimmerte vor Hitze, die Schwalben flogen hoch am blauen Himmel. In Hermantowsk gab es endlich wieder ein großes Fest.
Die alte Kirche des Dorfes war nach der Revolution zum Getreidelager der Armee umfunktioniert worden. Während des Zweiten Weltkriegs hatte sie arg gelitten und war

jetzt nur mehr eine verfallene Ruine. Aber die freieren Winde, die in den letzten Jahre durchs Land geweht waren, hatten auch diese entlegene Gegend gestreift, und so hatten die Bewohner eine neue kleine Kirche aus Balken errichtet, in der der Pope jetzt Lucia und Igor traute. Lucia registrierte mit Erstaunen, dass sie tatsächlich richtig heirateten. Na gut, eigentlich war Igor kein schlechter Gefährte. Dennoch gedachte sie nicht das Bett mit ihm zu teilen. Oder höchstens in der Hochzeitsnacht, da könnte sie ein paar Zugeständnisse machen.

LUCIAS UND IGORS RUSSISCHE RIESENHOCHZEIT

Zum Hochzeitsmahl hatten sich also gut zweitausend Gäste versammelt. Und es gab wirklich Unmengen zu essen. Auf Dutzenden langer Tische standen Vorspeisen, Salate, diverse Suppen, herrliche Hauptgerichte und die verschiedensten Nachspeisen bereit, dazu viele Sorten Getränke. Igors Vater war bereits tot, sodass seine Großmutter die Hochzeitsgäste begrüßte, eine fast neunzigjährige rüstige Alte. Sie sagte, dass zwar in Russland schwierige Zeiten herrschten und es an allem mangelte, sogar am Essen, doch an diesem Festtag sollte es an nichts fehlen. Das ganze Dorf hatte sich beteiligt, nur das Beste wurde geboten. Und in der Tat, es gab die unglaublichsten Delikatessen.

Als Vorspeisen wurden die verschiedensten Pasteten aufgetragen, ferner Stör in Aspik, Ochsenzunge, Schinken, ganze gefüllte Schweinsköpfe, Kohlrouladen sowie gesalzene oder geschmorte Pilze. Salate gab es Dutzende verschiedener Sorten, unter anderem mit Fleisch und mit Pilzen.

Und dann die Suppen! Suppe aus roten Rüben, Kürbismilchsuppe, Fisch- und Fleischsoljanka, Okroschka (Rinderfilet, Rettich und Kartoffeln), Rassolnik (eine Fleischsuppe mit Kartoffeln und Rüben), Hirsesuppe und Pelmenis und Kartoffeln in Fleischbrühe.

Die Hochzeitsgäste ließen es sich schmecken. Sie fanden, dass die Zeiten zwar von Jahr zu Jahr schlechter wurden und es in den Geschäften kaum noch etwas zu kaufen gab, dass man lange anstehen musste, um für seine paar Rubel überhaupt etwas zu kriegen, und doch – hier hatte man alles in Hülle und Fülle.
Als Hauptgerichte gab es Hasen, auf die verschiedenste Weise zubereitet: mit saurer Sahne im Ofen gebraten, in Semmelmehl in der Pfanne geröstet oder geschmort und mit Äpfeln gefüllt. Ebenso Gans mit Äpfeln gefüllt und im Tontopf gegart. Ferner Ente in saurer Sahne, Ente mit Preiselbeeren und Äpfeln gefüllt, Hühnerfrikassee oder Backhähnchen, Aalraupenfilet im Teigmantel, Zander im Ofen gebacken, sibirischen Stör, Baikaldorsch, gefüllten Sterlett in Sahnesoße, gebratene Karpfen, im Ofen gebackene Karauschen sowie Hechte und geröstete Maränen aus dem Jenissei. Und natürlich Pelmeni, Sauerkohlauflauf, Rouladen und Koteletts.
Zwischendurch traten die alten Männer beiseite, um zu rauchen, manche benutzten noch Machorka. Sie unterhielten sich über die harten Kriegszeiten, in denen sie an vielen Fronten gekämpft hatten. Einige von ihnen hatten auch Erfahrungen mit dem finnischen Winterkrieg gemacht, und zwar dahingehend, dass dort viele Soldaten erfroren waren, dem Rest hatten die Finnen eine Kugel in den Schädel gejagt. Ein ganzes Bataillon war aus der Gegend an der finnischen Front gewesen, heimgekehrt war nur eine knappe Kompanie. Was nun die Braut betraf, da waren sich die alten Männer einig, dass sie ein schmuckes Mädchen war, kaum zu glauben, dass sie mit den finnischen Killern verwandt war.

Das Hochzeitsmahl zog sich fast den ganzen Tag hin, es dauerte länger als sechs Stunden. Gegen Mittag wurden Fleischgerichte aufgetragen, Beefsteaks, Leber, Klopse, ganze Ferkel mit einem Apfel in der Schnauze, Kalbsbrust in saurer Sahne, in Honig eingelegter Rinderbraten, Rinderroulade mit Zwiebelsoße oder Pilzsoße – und schließlich noch Schweinebraten in Senfsoße, Schinken mit Möhren und Knoblauch gefüllt oder im Ofen mit Äpfeln geschmort, außerdem zahlreiche weitere Schmorgerichte. Das Gespräch der Frauen drehte sich um die aktuelle Entwicklung. Wenn es in Russland in diesem Stil weiterginge, so fanden sie, würde in absehbarer Zeit eine furchtbare Hungersnot herrschen. Hätte Igor seine Braut zwei Jahre später nach Hermantowsk gebracht, hätte man ein solches Hochzeitsmahl nicht mehr zustande gebracht, garantiert nicht.

Es wäre kein russisches Festmahl gewesen, wenn nicht auch Dutzende verschiedener Blinis und Piroggen angeboten worden wären. Als die Reihe an den Nachtisch kam, wurden die Gäste mit Apfelplätzchen, Kleingebäck, süßen Piroggen und Honigkuchen bewirtet. Zu trinken gab es Preiselbeersaft, Moosbeerensaft, Mineralwasser, Schaumwein, Bier und Wodka.

Lucia fand die Hochzeit prachtvoll, eigentlich hatte es sich schon allein wegen dieses Festmahls gelohnt zu heiraten. Die Harmonika spielte, die fröhlichen und gesättigten Menschen tanzten. Igor war ganz in seinem Element, und zum Abschluss der Mahlzeit führte er Emilia auf den Festplatz. Der Elefant zeigte sein ganzes Repertoire, das mit einem flotten Trepak endete. Die Stimmung erreichte ihren Höhepunkt, sämtliche zweitausend Gäste begannen zu tanzen, und die Feier endete erst in den frühen Morgenstunden. Lucia und Igor gingen ins Haus der Schwiegermutter, wo zumindest Igor nicht mehr die Freuden der Hochzeitsnacht genießen konnte, denn der arme Kerl hatte so gründlich gefeiert, dass er sofort einschlief, als er im Bett lag. Lucia musste dem Helden die Reitstiefel ausziehen, denn zum Reiter taugte er nicht mehr.

Lucia stand morgens ein wenig verärgert auf und betrachtete den schlafenden Igor. Verflixter Kerl, lag da und schnarchte und erfüllte nicht seine Pflichten. Sie sah aus dem Fenster. Die kleine aus Balken gezimmerte Kirche stand, von der Morgensonne vergoldet, am Flussufer. Plötzlich musste Lucia an die Rauchsauna daheim in Lemi denken, die ihr Vater einst gebaut hatte und deren Wände jenen der kleinen Kirche ähnelten. Heimweh überkam sie, sie musste regelrecht die Tränen zurückhalten. Sie zog die Gardinen vors Fenster und kroch zu Igor ins Bett. Er stieß einen dumpfen Laut aus, wer weiß, wovon er träumte.

Am nächsten Tag erkundigte sich Lucia bei ihrer Schwiegermutter nach dem Rezept für sibirischen Stör, im Ofen gebacken und mit Pilzsoße serviert. Der hatte so vorzüglich geschmeckt, dass sie ihn gern für ihren Igor zubereiten wollte. Die Schwiegermutter freute sich über Lucias Interesse und schrieb ihr das Rezept auf. Erforderlich waren ein halbes Kilo Störfilet – wenn es keinen Stör gab, konnte man gern auch Lachs nehmen. Die Fischstücke wurden in Öl gebraten, bis die Haut kross war. Dann wurden zweihundert Gramm Steinpilze und die gleiche Menge Zwiebeln zerkleinert, in Pflanzenöl gebraten, und anschließend mussten sie einige Minuten ziehen. Nun wurden

die Fischstücke darüber verteilt, und obendrauf kam noch eine Schicht Käse. Wirklich lecker!
Das Fest dauerte drei Tage, und erst danach verließen die Frischvermählten das Dorf. Der Tieflader brachte sie zum Bahnhof, und die Tournee ging weiter. Igor wohnte in seinem Zugabteil, Lucia in dem ihren. Ein gemeinsames Bett bezogen sie nicht, da passte Lucia auf.

Trotz allem waren es gute Jahre, aber die Bahnschienen der zerfallenden Großmacht wurden bald für wichtigere Transporte als einen wandernden Zirkus gebraucht. Panzer und Truppen mussten zu den Kriegsschauplätzen gebracht und von dort die Verwundeten und Toten abtransportiert werden. Schließlich mussten Lucia und Igor Mitte der 1990er Jahre ihren Zirkus aufgeben.
Lucia beschloss, mit der inzwischen schon großen Emilia nach Finnland zurückzukehren. In Igors Vergangenheit gab es anscheinend dunkle Punkte, denn die finnischen Behörden bewilligten ihm kein Visum, obwohl er es eigens in St. Petersburg beantragte. Er versuchte Lucia zum Bleiben zu überreden, aber dazu war sie unter keinen Umständen bereit. Sie war schließlich eine Finnin, und das Vaterland bedeutete ihr viel.
»Du bist eine Verräterin, du tauschst einen Mann gegen einen Elefanten«, schimpfte Igor. Er könne sich nie wieder in sein Heimatdorf wagen, sagte er, denn ohne Frau sei ein Mann in Hermantowsk nichts wert. Lucia schlug ihm vor, seiner Familie zu erzählen, dass sie tot sei.
»Tot? Aber du lebst doch, das ist ja gerade das Schlimme!«, jaulte er.
»Sag, dass ich mit Emilia ertrunken bin, als die Fähre im

Sturm auf dem Ladogasee kenterte. Wir waren unterwegs, um im Kloster Valamo Trepak zu tanzen.«

Igor dachte darüber nach, akzeptierte aber nicht den Ladogasee als Ort des Ertrinkens. Sewastopol eignete sich aus seiner Sicht viel besser. Im Schwarzen Meer zu ertrinken klang irgendwie eleganter, das fand auch Lucia. Sie gingen zur Post, von der aus Igor seiner Mutter die Trauerbotschaft telegrafierte. Ihr Sohn war auf der Krim zum Witwer geworden.

Emilia wurde zu jener Zeit zehn Jahre alt. Ganz erwachsen war sie noch nicht, denn Elefanten wachsen bis zu ihrem fünfzehnten, die männlichen Tiere sogar bis zum zwanzigsten Lebensjahr. Zum Zeitpunkt der Rückkehr nach Finnland betrug Emilias Risthöhe fast drei Meter, und laut Frachtpapieren wog sie 3,6 Tonnen.

LUCIA UND EMILIA ZIEHEN NACH LUVIA

Anfang Juni zuckelten Lucia und Emilia in ihrem Waggon nach Mäntyluoto, dem Exporthafen von Pori, wo Lucia die junge Elefantendame auf ein Schiff verfrachten wollte, das nach Indien oder Afrika fuhr. Ihr schwebte vor, Emilia in die afrikanische Savanne oder vielleicht auch in den indischen Urwald zu ihren Artgenossen zu schaffen, beides Orte, an denen es ihr vielleicht gut gehen würde. Genug Geld für die Fracht besaß Lucia noch. Aus der Reise wurde jedoch nichts, denn kein Schiff wollte einen Elefanten an Bord nehmen, die Seeleute reagierten mit Scheu, ja Furcht, und die Kapitäne sahen sich außerstande, im Laderaum zwischen den modernen Containern ein riesiges, wildes Tier unterzubringen, das zudem noch Mist hinterließ. Außerdem stand zu befürchten, dass der Elefant bei schwerer See an den Wänden zerquetscht würde, da es keine Vorrichtungen gab, ihn festzubinden.

Den russischen Eisenbahnwaggon musste Lucia zurückgeben, und so brachte sie Emilia hinter die Hafenspeicher von Mäntyluoto und befestigte an ihrer Flanke ein großes Plakat mit der Aufschrift: WARTET AUF DIE VERSCHIFFUNG.

Die Stauer halfen ihr beim Entladen der Fracht. Es würde schwierig sein, Futter hierher auf die Rangiergeleise des

Hafens zu bringen, und besonders die Dungbeseitigung war problematisch. Lucia überredete die Gabelstaplerfahrer, den Dung hinter die Außengebäude des Hafens zu schaffen. Das war nicht ganz legal, aber die Männer hatten Mitleid mit der in Schwierigkeiten geratenen Zirkusprimadonna und ihrem Elefanten und erfüllten ihren Wunsch. Sie schafften auch Wasser heran. Einmal am Tag ging Lucia mit Emilia auf einen Kai, wo die hilfsbereiten Stauer sie mit einem Wasserschlauch abspritzten.

Dieses Leben konnte jedoch nur provisorisch sein. Lucia rief auf den Bauernhöfen der Gegend an und fragte nach einer Unterbringungsmöglichkeit für ihren Elefanten, dessen Maße sie durchgab: Länge 3,2 m, Breite 1,7 m, Höhe 3,2 m, Gewicht 3,6 Tonnen. Gewöhnliche Ställe erwiesen sich als ungeeignet für das große Tier, es hätte nicht einmal durch die Tür gepasst. In Luvia schließlich hatte sie Erfolg: Ein Bauer aus dem Ort prahlte, dass sein Kuhstall Doppeltüren habe, sodass die größten Bullen des Landes ein und aus gehen konnten. Da sei auch Platz für einen Elefanten, und sei er noch so groß. Sein Kuhstall sei für hundert Kühe plus Jungvieh bemessen. Er besitze außerdem einen Hühnerstall, und der sei erst groß! Millionen von Hühnern gackerten darin.

Die Hafenarbeiter beteiligten sich an den Reisevorbereitungen, indem sie Emilia zweihundert Kilo halb verfaulter Bananen schenkten, die bei der Hygieneinspektion auf einem brasilianischen Stückgutfrachter ausgesondert worden waren. Lucia bestellte beim Lastwagenverleih von Pori ein Fahrzeug. Dann kletterte sie auf Emilias Rücken und machte sich auf den Weg nach Luvia. Es war später Abend. Ein Elefant legt vier, sogar sechs oder acht Kilometer in der

Stunde zurück, sodass sie bis ans Ziel nur neun Stunden brauchten. Der gemietete LKW folgte ihnen, auf seiner Ladefläche waren Lucias Gepäck und Emilias Futter mitsamt den Bananen untergebracht. Die Polizei von Pori begleitete die Reisenden ein Stück ihres Weges, aber sonst war, angesichts der späten Stunde, kein Publikum zu sehen. Die Insassen der Fahrzeuge, die im gewöhnlichen Nachtverkehr auf der Küstenstraße unterwegs waren, wunderten sich freilich über den Elefanten, der, mit einer Frau auf dem Rücken, gemächlich über die Landstraße trabte. Die Fahrer drosselten das Tempo, so wie beim Passieren einer Unfallstelle. In den frühen Morgenstunden kamen sie auf dem Hof der Länsiös an. Oskari und Laila Länsiö, Eheleute in mittleren Jahren, empfingen sie, der Bauer war ziemlich betrunken. Mit schmeichlerischer Freundlichkeit hieß er den Elefanten und die Zirkusprinzessin willkommen. Der Lastwagenfahrer lud Emilias Futter und Lucias Gepäck ab und schickte sich an, wieder nach Pori zurückzukehren.

»Hier ist meine Karte, für den Fall, dass Sie noch mehr Elefantentouren haben«, sagte er.

Der Kuhstall des Bauern war nicht übermäßig groß, hatte aber immerhin Doppeltüren.

»Wir haben extra breite Türen gemacht, weil wir uns immer große Bullen holen. Jetzt ist auch gerade einer drinnen, das Vieh macht einen Höllenlärm, Sie hören es ja.«

Aus dem Kuhstall drang lautes Gebrüll, der aus dem Schlaf erwachte Bulle stampfte in seinem Verschlag herum, dass die Ketten rasselten. Die Doppeltür wurde geöffnet, und Lucia versuchte Emilia in den Stall zu locken. Emilia war zu groß und passte nicht unter dem Türrahmen hindurch, aber sie kniete sich gehorsam hin, und als alle ein wenig

nachschoben, gelangte sie schließlich nach drinnen. Dort erhob sie sich wieder, sie konnte mit Mühe und Not aufrecht stehen.
In den Boxen standen etwa ein Dutzend Kühe, und hinten an der Wand in einem eigenen Verschlag der schnaubende Bulle. Die Kühe starrten mit weit aufgerissenen Glotzaugen auf das überraschend aufgetauchte riesige Wesen. Hinten lärmte der Bulle, aber als Emilia durch ihren Rüssel eine laute Begrüßung trompetete, wurde er schlagartig still. Er sackte buchstäblich in sich zusammen und senkte den Kopf, dann hielt er die Augen geschlossen und versuchte so unauffällig zu wirken, wie es einem fünfhundert Kilo schweren Huftier irgend möglich ist.
Emilia suchte sich einen geeigneten Platz an der Längswand des Stalls nahe der Dungluke. Der Bauer streute eine dicke Schicht überjähriges Stroh aus, und das müde Tier legte sich nieder. Der Bulle in seinem Verschlag schickte scheele Blicke und legte sich schließlich ebenfalls hin. Die Kühe muhten leise und legten sich ebenfalls eine nach der anderen zur Ruhe. Im Stall herrschte wieder Eintracht. Lucia Lucander und die Bauersleute trugen das Gepäck ins Hinterzimmer.
Am nächsten Tag zeigte sich, dass es Elefant und Bulle nicht im selben Stall miteinander aushielten. Der Bulle hatte solche Angst vor Emilia, dass er nicht mehr fressen mochte. Eine der Kühe wurde brünstig, aber er war außerstande, zur Erleichterung ihrer Gefühle beizutragen.
Emilias Hinterlassenschaften machten dieselbe Menge aus, wie die von allen anderen Tieren des Stalles zusammen, sodass Lucia und die Bauersleute reichlich mit Ausmisten zu tun hatten. Lucia musste oft daran denken, wie hart es für

den armen Igor gewesen war, den Dung aus dem fahrenden Zug zu schaufeln. Tausende Kilometer Tundra und Taiga hatten stinkende Grüße aus dem Magen des Elefanten bekommen, Hunderte Kubikmeter Dung. Schade, dass Igor kein Visum bekommen hatte. Lucia fragte sich, ob man in Hermantowsk wohl eine Begräbnisfeier für sie veranstaltet und zu ihrem Gedenken ein orthodoxes Holzkreuz am Jenissei errichtet hatte.

Für Emilia war es zu eng im Kuhstall, sie brauchte ein größeres Quartier. Auf dem Nachbarhof gab es eine alte Scheune, aber die eignete sich nicht, da sie zu morsch war und die Gefahr bestand, dass das Dach über Emilia einstürzte. Doch immerhin besaßen die Länsiös noch den riesigen Hühnerstall, die Eierproduktion war die Haupteinnahmequelle des Kleinbauernhofes.

»Ist mir nicht gleich eingefallen, dass man die Hühner und den Elefanten zusammen in einen Käfig sperren könnte«, fand auch der Bauer, als er und seine Frau gemeinsam mit Lucia den Stall besichtigten. Es war ein hohes Gebäude mit breiten Türen, damit die Fahrzeuge der Eiergenossenschaft hineinfahren konnten, und drinnen trippelten Tausende Hühner umher, Millionen waren es dann doch nicht. Oskari erzählte stolz, dass er freie und glückliche Hühner aufzog. Bäuerin Laila äußerte die Befürchtung, dass der Elefant die Hühner zertrampeln könnte, aber diese Gefahr bestand nicht, wusste Lucia. Elefanten sind kluge und vorsichtige Tiere. Außerdem würden die Hühner bestimmt von sich aus aufpassen, hatte der Elefant doch eine enorme Größe, zumal vom Fußboden aus betrachtet. So wurde beschlossen, die Möglichkeiten des Zusammenlebens von Hühnern und Elefant zu testen.

Emilia kroch erleichtert aus dem Kuhstall und verließ die Gesellschaft des Bullen und der Kühe. Genießerisch sog sie mit dem Rüssel die frische Luft ein. Sie bekam außerdem frisches Heu, alles in allem ein wirklich schöner Tag. Sie tobte auf dem Hof herum, trompetete laut ihre Freude heraus, wedelte mit den riesigen Ohren und stupste die Stirn gegen den Traktoranhänger, sie war übermütig wie die Kühe im Frühjahr, wenn sie das erste Mal nach draußen auf die Weide gelassen werden. Der Anhänger ruckte ein Stück von der Stelle.

Lucia führte Emilia in den Hühnerstall. Die Hühner reagierten zunächst verblüfft auf die riesige Gestalt und flatterten aufgeregt gackernd in die hintersten Ecken der Halle. Bald gewöhnten sie sich jedoch an den Neuankömmling, der nicht bedrohlich wirkte, und sie setzten ihr übliches Treiben fort. Der Elefant beschnupperte sie und hob eines der Hühner mit dem Rüssel hoch in die Luft, wo es verdutzt um sich blickte, bis es schließlich wieder nach unten flatterte. Emilia bekam einen Schlafplatz in der Ecke der Halle, Stroh wurde ausgebreitet, und ein Wasserschlauch wurde dorthin verlegt. Jetzt war wieder alles zur Zufriedenheit geregelt.

Alles wäre gut gewesen, wenn Bauer Oskari Länsiö nicht so zudringlich gewesen wäre. Dauernd tauchte er unter einem Vorwand in Lucias Kammer auf, er hatte einen unerschöpflichen Vorrat an idiotischen Geschichten, die sie sich bis zum Überdruss anhören musste. Zu allem Überfluss glaubte dieses Ekelpaket auch noch, wer weiß wie interessant zu sein, er rückte ganz dicht an Lucia heran, atmete tief und sah sie mit seinen fahlen Augen an.

»Ach, ich möchte so gern mal eine richtige Zirkusprinzessin im Arm halten.«

Oft musste die Bäuerin ihren Mann wegholen, damit er der Untermieterin nicht auf die Nerven ging.
Lucia machte es sich zur Gewohnheit, mit Emilia in den Nachbardörfern von Haus zu Haus zu ziehen, um Futter zu besorgen. Sie konnte es sich nicht verkneifen, bei der Gelegenheit Vorstellungen zu geben, die für viel Aufsehen sorgten. Der Elefant war sehr beliebt.
Der Sommer verlief angenehm, trotz Oskari Länsiös Sauferei und seiner frivolen Annäherungsversuche. Schließlich aber verlor Lucia dann doch die Geduld. Um Oskari in die Schranken zu weisen, zeigte sie ihm ihr Hochzeitsfoto, auf dem sie und Igor eng umschlungen auf dem Festplatz in Hermantowsk standen, Igor in der feierlichen Uniform des Kosakenoffiziers, im Hintergrund zweitausend Hochzeitsgäste.
»Igor kommt und bringt dich um, wenn du dich nicht endlich benimmst. Ich telegrafiere ihm nach Russland.«
Im August griff der lange Arm der Europäischen Union wieder so hart in Lucias und Emilias Leben ein, dass es ihnen nicht mehr möglich war, durch die Dörfer zu ziehen oder gar Vorstellungen zu geben.

DIE NEUE STRENGE LINIE DER EUROPÄISCHEN UNION

Die EU verabschiedete im August 1996 eine neue, noch strengere Richtlinie bezüglich des Einsatzes von wilden Tieren im Zirkus. Jetzt ging es nicht mehr nur um Elefanten, sondern auch noch um andere, an sich sympathische Geschöpfe Gottes: »Im Zirkus und in damit vergleichbaren Vorstellungen, in denen Tiere mit andressierten Kunststücken auftreten, dürfen keine Affen, keine Raubtiere, keine in der Natur aufgewachsenen Wiederkäuer, keine Huf- und Beuteltiere, keine Robben, *Elefanten*, Nashörner, Flusspferde, Raubvögel, Strauße oder Krokodile eingesetzt werden.«

Die Europäische Union zeigte sich jedoch großherzig und unterstrich, dass gezähmte Hunde und Hauskatzen, Seelöwen, Ponys, Pferde und Esel weiterhin in den oben genannten Vorstellungen auftreten durften.

Dies geschah Anfang August. Emilia war jetzt bereits zum zweiten Mal als untauglich für zirzensische Auftritte eingestuft worden. Das arme mutterlose Wesen hatte sich inzwischen an die Menschen gewöhnt, galt aber als wildes Tier, was natürlich auf ihre Vorfahren auf jeden Fall zutraf. Was tun? Die strenge Abgrenzung zwischen Mensch und Elefant trat jetzt in Finnland endgültig in Kraft. Ein Elefant durfte nicht auftreten, selbst wenn er es wollte, dem

Menschen war das noch gestattet. Zum Beispiel am Stadttheater von Kajaani gab es zu diesem Zeitpunkt immerhin zwölf fest angestellte Schauspieler, die Regisseure waren häufig Gäste von auswärts. In das, was die Menschen auf der Bühne trieben, mischte sich die EU nicht ein, obwohl manchmal wirklich Grund dazu bestanden hätte.

Lucia Lucander alias Sanna Tarkiainen war im Jahre 1996 erst dreißig, also noch jung und stark genug für das anstrengende Zirkusleben. Sie war nicht nur Tierpflegerin, sondern auch Zirkusprimadonna mit langer Karriere, sie war einst Abend für Abend mit ihrem Elefanten in der Manege des Großen Moskauer Zirkus aufgetreten. Im fernen Mittelasien und auf den fremden Bahnhöfen in Sibirien hatte sie ihr Programm stets akkurat absolviert. Lucia war eine erfahrene und eigenständige Zirkuskünstlerin, aber jetzt war eine Situation eingetreten, in der Elefanten und andere als wild geltende Tiere nicht mehr öffentlich auftreten und Kunststücke machen durften.

Lucia stand vor der Entscheidung, ihrer langjährigen Freundin das letzte Lebewohl zu sagen. Für Emilia war kein Platz mehr in Finnland, es war ja nicht einmal mehr erlaubt, einen Elefanten einfach nur *vorzuführen*. Schweren Herzens rief Lucia in der Fleisch verarbeitenden Fabrik von Satakunta an und bat, das Schlachtauto zu schicken.

Am folgenden Morgen erschien auf dem Hof der Länsiös ein schweres Viehauto, dem der Fahrer Pekka Laakso entstieg. Er erkundigte sich, wo die Tiere seien, die zum Schlachten abtransportiert werden sollten. Laut Frachtbrief sollten es mehr als drei Tonnen sein, also vermutlich eine ganze Wagenladung Kühe.

Lucia war gerade dabei, Emilia zu füttern. Bauer Länsiö

sagte dem Fahrer, dass er keineswegs beabsichtige, seine zehn guten Milchkühe wegzuschaffen, aber:
»Drüben im Hühnerstall steht ein Elefant, aus dem soll Fleisch gemacht werden.«
Schlachthoffahrer Laakso wollte seinen Augen nicht trauen, als er Elefantendame Emilia sah, die Lucia mit warmem Wasser abspritzte. Er äußerte seine Verwunderung, dass die Tiergattung nicht in den Frachtpapieren vermerkt war. Zum ersten Mal sollte er einen Elefanten auf seine letzte Reise schicken. Lucia erklärte, sie habe sehr wohl gesagt, dass es sich um einen Elefanten handle, aber anscheinend habe man das in der Einkaufsabteilung der Fabrik nicht ernst genommen und nur das Schlachtgewicht auf der Bestellung vermerkt, und das betrage in der Tat mehr als drei Tonnen.
Sie führte Emilia hinaus. Laakso fuhr sein Auto rückwärts an den Hühnerstall heran, öffnete die Hintertüren und ließ die Hebebühne hinab. Mit tränenerstickter Stimme befahl Lucia ihrer Gefährtin, aufzusteigen. Emilia wunderte sich, ging es etwa schon wieder auf Reisen? Sie befolgte jedoch gehorsam den Befehl und setzte den Vorderfuß auf die stählerne Hebebühne. Es knirschte scheußlich, als die Bremsvorrichtungen nachgaben. Laakso kurbelte die Bühne von Hand hinunter. Ein neuer Versuch, und jetzt hielt die Bühne, aber Breite und Höhe des Fahrzeugs reichten nicht annähernd aus. Lucia gab Emilia den Befehl, sich auf die Knie niederzulassen und in das Auto zu kriechen, jetzt passte es zwar mit der Höhe, aber die Ladefläche war für den Elefanten einfach zu schmal. Die Fahrzeuge des Suomi-Zirkus waren mehr als drei Meter breit gewesen. Im Straßenverkehr war stets ein PKW vorweg gefahren, der mit

Warnschildern auf die Überbreite aufmerksam gemacht hatte. Hier war nun der Raum fast einen Meter schmaler, und Emilia passte einfach nicht hinein, auch wenn sie sich noch so sehr bemühte.

»Das wird nichts«, konstatierte Laakso. Er erklärte, dass der Schlachthof keine breiteren Fahrzeuge besitze, sodass der Elefant hier auf dem Hof erschossen werden müsse, dann müsse er mit der Motorsäge zerstückelt werden, anschließend könne man die Teile mit dem Kran in das Fahrzeug hieven und zum Schlachthof fahren. Bei der Schlachtung müsse der Tierarzt anwesend sein, andernfalls dürfe man aus dem Fleisch keine Wurst machen.

Lucia weinte und streichelte Emilias weichen Rüssel und die samtige Zunge. Dies war so schrecklich! Emilia begriff nicht, warum ihre Betreuerin weinte, hatte sie doch alles gemacht, was Lucia befohlen hatte, aber sie hatte einfach nicht in das Auto gepasst. Mit ihrem Elefantenverstand überlegte sie sich, dass sie vielleicht ein passendes Kunststück machen könnte, damit sich die Stimmung ein wenig hob.

Emilia öffnete den anderen Teil der Doppeltür und angelte sich mit dem Rüssel ein fettes Huhn aus dem Stall, dann kam sie damit zurück, erhob sich gewichtig auf zwei Beine und schwenkte das gackernde Huhn in gut fünf, sechs Metern Höhe durch die Luft. Anschließend verharrte sie in der Stellung und wartete auf Applaus, der aber nicht kam. Beschämt brachte sie das Huhn wieder zurück und ging selbst auch auf ihren angestammten Platz im Stall. Auf dem Hof unterhielten sich die Menschen, und dann fuhr das Auto ab. Nach einiger Zeit kam Lucia und wusch Emilia mit warmem Wasser. Sie stammelte, dass sie nie im Leben

auch nur daran denken würde, ihren Elefanten schlachten zu lassen, hatten sie doch all die Jahre seit Emilias Geburt gemeinsam verbracht.
Lucia wunderte sich über sich selbst, was war nur in sie gefahren, dass sie das Schlachtauto bestellt hatte, Emilia abzuholen. Bilder aus dem Schlachthof kamen ihr in den Sinn. Sie hatte in ihrem Leben durchaus schon Fleischfabriken gesehen. Rinderkörper wurden mit dem Transportband vom Schlachtplatz zu den Zerlegern gefahren. Und wie sollte das bei Emilia überhaupt funktionieren? Sie war ein so kluges Geschöpf, dass sie gleich bei der Ankunft im Schlachthof merken würde, was man mit ihr vorhatte. Es schüttelte Lucia förmlich, als sie all das bedachte. Zum Glück war das Fahrzeug zu eng für den Elefanten gewesen, zum Glück! Und niemals würde Emilia auf dem Hof vor Länsiös Hühnerstall erschossen, das käme nicht in Frage. Das wäre wie Totschlag, eigentlich wie Mord! Ein liebes Tier und einen guten Arbeitskameraden zu töten erschien ihr jetzt als das Werk eines vollkommen gefühllosen Menschen. Sie versuchte sich einzureden, dass sie nicht grausam, sondern dass alles nur die Folge ihrer Müdigkeit und der ausweglosen Situation war. Emilia fraß zu viel und war zu groß, aber jetzt war Lucia zur Vernunft gekommen.
»Oh Emilia, verzeih mir! Du wirst nicht getötet!«

DAS REZEPT FÜR ELEFANTENWURST

Da der Elefant nicht ins Auto gepasst hatte, holte Fahrer Laakso dreißig Schweine aus einem anderen Dorf ab, denn leer wollte er nicht zum Schlachthof zurückkehren. Während er mit der Schweinefuhre unterwegs war, rief er Produktchef Rauno Ruuhinen an und erzählte ihm, dass die erste Fuhre ein Reinfall gewesen sei.

»Stell dir vor, die Frau hat versucht, einen Elefanten ins Auto zu stopfen. Aber ein Kamel passt nun mal nicht durchs Nadelöhr, wie es so schön heißt.«

Ruuhinen sagte, dass er geglaubt habe, der Elefant würde auf die Ladefläche passen. Er habe von Anfang an gewusst, dass Sanna Tarkiainen einen gezähmten Elefanten zum Schlachten angeboten habe, das Gewicht, nämlich 3,6 Tonnen, sei im Frachtbrief vermerkt gewesen. Es sei weder um Kühe noch um Schweine gegangen. Laakso hätte auf dem Hof der Länsiös bleiben müssen, bis alles geklärt war, und nicht auf eigene Faust eine Ladung Schweine abholen dürfen.

Laakso verteidigte sich und wies darauf hin, dass in den Papieren kein Wort von einem Elefanten gestanden habe, außerdem habe das Tier nicht ins Fahrzeug gepasst.

»Holen wir es morgen mit einem Tieflader ab, wir mieten uns notfalls einen vom Kraftwerk Olkiluoto«, entschied Ruuhinen.

Nach dem Telefonat widmete sich Ruuhinen der Entwicklung von Elefantenwurst. Er rechnete aus, dass, wenn das Lebendgewicht des Elefanten etwa dreitausendsechshundert Kilo betrug, nach Abzug der Knochen, der Innereien und der Haut mindestens zweitausendzweihundert Kilo reines Schlachtfleisch übrig blieben. Nun rief er Werneri Waistola, den Direktor des Suomi-Zirkus, an und erkundigte sich, zu welcher Tiergattung die Elefanten gehörten und welche Art von Fleisch sie enthielten. Huftiere? Also ein Fleisch ähnlich dem der Pferde? Klare Sache, Ruuhinen war erfreut und vertiefte sich weiter in die Produktentwicklung. Jetzt hätte er die Möglichkeit, eine ganz neue Wurstsorte zu schaffen, die ein oder sogar zwei Jahre lang als Aushängeschild der Fleischfabrik dienen könnte. Wenn die Elefanten also Huftiere waren, vergleichbar mit Nashörnern und Pferden, würde sich ihr Fleisch gut für Mettwurst eignen. Nahm man für ein Kilo Wurst gleichsam als Würze zweihundert Gramm Elefant und dazu anderes Fleisch sowie Nebenprodukte, ergäbe das mehr als zehntausend Kilo fertige Elefantenwurst! In Enden zu je zweihundert Gramm wären das fünfzigtausend Elefantenwürste. Ruuhinen lief das Wasser im Mund zusammen, während er ausrechnete, welche enormen Summen die Fleischfabrik im Laufe der Jahre an diesem Spezialprodukt verdienen würde: Hunderttausende alter Mark!

Ruuhinen war ein erfahrener Wursthersteller. Er hatte unzählige schmackhafte Würste entwickelt, die von den Finnen seit zig Jahren zufrieden verschlungen wurden; der Produktchef hatte seine Karriere als Wurstmeister bereits vor dreißig Jahren begonnen. Jetzt war er ein fast fünfzigjähriger stämmiger Mann, selbst eine rechte Dauerwurst.

Ruuhinen begann, das Rezept im Einzelnen zu planen. Für die Fleischmischung würden sich Elefant, Schwein und Bauchspeck eignen. Auf diese Weise würde das Produkt an die russische Mettwurst erinnern, die die Fabrik seit Jahrzehnten herstellte. Wahrscheinlich müsste man die Elefantenwurst kräftig salzen, 4 % könnte die geeignete Menge sein. Als Gewürze Koriander, schwarzen und weißen Pfeffer, Senfkörner und Estragon. Um die Struktur der Wurst zu sichern, schrieb Ruuhinen noch Glukose, natürlichen Aromastoff und -verstärker (vom Typ E 621), Oxydationshemmer (E 301) und Konservierungsstoff (E 250) in die Herstellungsanleitung. Das Endergebnis machte einen ausgezeichneten Eindruck. Ruuhinen errechnete anhand seiner Tabellen auch gleich den Nährwert der Wurst. Hundert Gramm Elefantenwurst würden durchschnittlich 1800 Kilojoule Energie, 22 Gramm Proteine (davon 4 Gramm Kohlehydrate), 37 Gramm Fett (davon 14 Gramm gesättigte Fette), außerdem noch 2 Gramm Nährfasern sowie fast ebenso viel Natrium enthalten. Insgesamt würde mehr Fleisch, sowohl Schwein als auch Elefant, für die Fertigung benötigt, als das Produkt am Ende wiegen würde. Nun, am Elefanten gab es ja genug abzuschnippeln, sagte sich Ruuhinen grinsend und mit dem professionellen Glanz des Wurstmeisters in den Augen. Gleich morgen würde er den Elefanten in den Schlachthof holen und die Wurstproduktion in die Wege leiten.

In der nächsten Nacht tauchte Bauer Länsiö, ziemlich betrunken, wieder in Lucias Kammer auf und drängte sich mit gespitzten Lippen in ihr Bett. Lucia verpasste ihm ein paar Ohrfeigen, worauf er wütend wurde und allerlei Obszönitäten von sich gab. Laila eilte zu Hilfe, und mit vereinten Kräften schafften sie den betrunkenen Kerl aus dem Zimmer. Lucia sagte, dass sie nicht länger im Haus bleiben konnte, und dafür hatte die Bäuerin vollstes Verständnis. Also packte Lucia ihre wenigen Sachen und trug sie gemeinsam mit Laila in den Hühnerstall. Emilia stand sofort auf, aber Lucia befahl ihr, sich wieder hinzulegen, damit sie den Koffer und die übrigen Sachen auf ihrem Rücken befestigen konnte. Alles wurde sorgfältig festgezurrt, und erst dann durfte Emilia aufstehen. Die Hühner saßen auf der Stange, und nur einige gackerten leise, als der Elefant aus der Halle schritt. Auf dem Hof begann Laila zu weinen. Sie seufzte und sagte, sie würde so gern ebenfalls all das hinter sich lassen.

»Lass dich von dem Suffkopp scheiden«, riet Lucia ihr.

Laila sagte, dass eine Scheidung nicht so einfach sei, da Oskari den Hof besitze, sie hatten einen Ehevertrag und so weiter, und sie, Laila, habe für die Kredite zum Bau des Hühnerstalls gebürgt.

»Und andererseits ist er in nüchternem Zustand halbwegs brauchbar, wenn auch faul.«

In der dunklen Augustnacht führte Lucia ihren Elefanten durch die schmale Gasse zwischen Hühner- und Kuhstall und dann längs des Feldrandes zum Wald. Emilia schritt fest, aber vorsichtig dahin. Obwohl sie mehr als drei Tonnen wog, hinterließ sie kaum Spuren im Acker, denn ein Elefantenfuß ist groß wie ein Teller. Ein Menschenfuß drückt sich tiefer in weiche Erde als der eines Elefanten.

Am Waldrand blieb Emilia stehen und atmete mit erhobenem Rüssel kräftig die Nachtluft ein. Sie drehte sich um, denn vom Feld waren Laufschritte zu hören. Laila kam angerannt und bat, mit Lucia und Emilia gehen zu dürfen. Sie war völlig hysterisch.

»Oskari hat mich geschlagen.«

Lucia versuchte ihr klar zu machen, dass sie keine Bäuerin mit ins Ungewisse nehmen konnte. Außerdem, wo sollten sie wohnen, wovon leben? Hier waren sowieso schon eine Frau und ein Elefant zu viel. In Finnland gab es keinen Platz für Wesen wie sie.

»Darf ich euch wenigstens bis Tagesanbruch begleiten?«

Zu dritt wanderten sie durch den dunklen, trockenen Wald. Sie kamen an Feldern und einem kleinen Dorf vorbei und gelangten schließlich in einen prächtigen Birkenwald. Dort beschloss Lucia ihr provisorisches Lager zu errichten. Emilia legte sich nieder, damit die Frauen das Gepäck von ihrem Rücken nehmen konnten. Lucia hatte nicht einmal daran gedacht, Proviant einzupacken, aber sie hatte auch keinen Hunger. Emilia hingegen fraß munter Birkenschösslinge und saftiges Gras. Es schien, als hätte sie sich stets nach genau dieser Umgebung gesehnt, in der es Ruhe und genug Futter gab.

Es war finster. Die Nacht war kühl, und die Frauen fröstelten. Lucia suchte sich warme Sachen aus ihrem Gepäck. Dann setzten sich die Frauen nieder, lehnten den Rücken an einen Birkenstamm und schlangen die Arme um den Oberkörper. Laila fand, dass sie sich für den Marsch durch den dunklen Wald schlecht ausgerüstet hatten, während sich die Männer besser auf diese Dinge verstanden. Die Männer sorgten vor, sie hatten zum Beispiel stets ein

Messer oder ein Beil dabei, außerdem Streichhölzer und Kienspäne oder etwas anderes zum Feuermachen. Es kam nie vor, dass Männer im Wald erfroren, nicht mal im Winter.

»Vielleicht die richtigen Männer, die es früher einmal gab, aber heutzutage krepieren sie draußen in der Einöde wie die Fliegen«, schnaubte Lucia verächtlich.

DER VERSCHWUNDENE SCHLACHTELEFANT WIRD GEJAGT

Gegen Mittag kam ein Laster mit extrem breiter Ladefläche auf Länsiös Hof gedonnert, er gehörte dem Atomkraftwerk Olkiluoto, und aus der Fahrerkabine sprangen Pekka Laakso und Rauno Ruuhinen. Sie sagten, sie seien gekommen, um den Elefanten abzuholen.

»Jetzt passen sogar zwei Elefanten ins Auto«, prahlte Fahrer Laakso.

Der verkaterte Bauer musste ihnen gestehen, dass kein Elefant mehr da war, auch keine Zirkusprinzessin, ja nicht mal mehr die Bäuerin. Sie waren allesamt in dunkler Nacht verschwunden.

Die Enttäuschung war bitter, aber Ruuhinen gab sein Vorhaben nicht so ohne weiteres auf. Er beschloss, eine Suche zu organisieren, denn es kam nicht in Frage, dass er mit dem teuren Tieflader ohne Schlachtvieh zurückkehrte oder das mit viel Aufwand erstellte Rezept für Elefantenwurst ungenutzt ließ.

»Holen wir uns einen Spürhund, der wird ja wohl in der Lage sein, einen Elefanten zu finden.«

»Ich pfeife auf den Elefanten, Hauptsache, meine Alte kommt zurück«, jammerte Oskari Länsiö. Er hatte sich nicht rasiert und auch kein Frühstück bekommen.

Pekka Laakso, Mitglied der Jagdgesellschaft von Pori, erinnerte sich, dass sein Freund, der Schuhhändler Jaakkola, einen karelischen Bärenhund mit ausgezeichneter Witterung besaß. Sie riefen den Mann an, und als der hörte, worum es ging, erschien er innerhalb kürzester Zeit mit seinem Kombi auf Länsiös Hof. Eine so seltene Gelegenheit bekommt ein gewöhnlicher Jäger so gut wie nie im Leben, jedenfalls nicht in Finnland, und heutzutage sicher nicht mal mehr in Afrika. Dort waren die Elefanten vermutlich schon längst unter Schutz gestellt, und nur Wilderer erlegten sie wegen des Elfenbeins.

Der muntere, schwarze Bärenhund Jekke, den Jaakkola an der Leine führte, war zu allem bereit. Oskari Länsiö zeigte auf die Spuren des Elefanten und der Frauen in dem schmalen Weg zwischen Kuh- und Hühnerstall. Er hatte Lucias und Emilias Aufbruch und später auch die Flucht seiner Frau beobachtet. Der Hund nahm sofort Witterung auf und führte die Suchpatrouille unbeirrt zum Feld und von dort in den Wald, genau auf jenen Weg, den der Elefant und die beiden Frauen nachts gegangen waren.

Nach zweistündiger schweißtreibender Verfolgung gelangten die Männer in einen dichten Birkenwald, wo sie die Frauen und auch den Elefanten entdeckten. Das Fell des Bärenhundes sträubte sich, aber anstatt mit wütendem Gebell zu der gesuchten Beute zu rennen, zog er den Schwanz ein, jaulte, versuchte sich loszureißen und umzukehren. Sein Herrchen band das winselnde Tier an eine Birke und ging mit den anderen Männern zu den Gesuchten.

Schweigend und ängstlich betraten die vier Männer Lucias Lager. Man begrüßte sich per Handschlag und plauderte zunächst ein wenig über das Wetter. Es war ein recht schöner Tag. Produktchef Rauno Ruuhinen kam dann zur

Sache und erzählte, dass nun auf Länsiös Hof ein passender Tieflader stehe, mit dem man den Elefanten mühelos zum Schlachthof schaffen könne. Das Tier bekäme weder Verletzungen noch blaue Flecken, es sei reichlich Platz vorhanden und der Transport völlig sicher.

Abseits von den anderen versuchte Oskari Länsiö seine Frau zur Rückkehr zu bewegen, flüsternd versprach er ihr das Blaue vom Himmel herunter, er werde fortan ein anständiger Mensch und liebender Ehemann sein und so weiter.

Rauno Ruuhinen versprach für den Elefanten einen guten Preis, zweimal mehr als für ein Pferd, und das war nicht wenig.

»Bar auf die Hand, gute Frau.«

Lucia willigte nicht in den Handel ein, um keinen Preis. Außerdem sei sie nicht mit Frau anzureden, sie sei unverheiratet. Oder vielmehr war sie ja Igor angetraut, aber das ging in Finnland niemanden etwas an.

»Aber wir haben uns extra den Tieflader geholt, der kostet uns einen Haufen Geld.«

Emilia stand hinter einer Birke und beobachtete die Männer aufmerksam. Irgendwie begriff sie, dass es sich hier nicht um wohlwollendes Zirkuspublikum handelte. Sie näherte sich mit wehenden Ohren und vorgereckten Stoßzähnen. Die Männer verzogen sich, der angeleinte Bärenhund winselte. Ruuhinen rief Lucia im Gehen zu:

»Ich schicke eine Rechnung, wie war noch gleich Ihre Adresse?«

»Ich habe keine Adresse, und ich habe den Tieflader nicht bestellt.«

»Falls Sie es sich anders überlegen, rufen Sie mich an, wir kommen gern und schlachten Ihren Elefanten.«

Laila hatte eingewilligt, mit den Männern zurückzukehren. Im nächsten Dorf bestellten sie sich alle zusammen ein Taxi und fuhren damit zu Länsiös Hof. Dort angekommen, schnappte sich der Bärenhund ein gackerndes Huhn und riss es an Ort und Stelle. Der Schuhhändler versprach, den Schaden zu ersetzen, aber man kam überein, es dabei zu belassen, hatte der Mann doch den ganzen Tag bei der Elefantenjagd zugebracht, und das mitten in der besten Schuhsaison. Der Tieflader donnerte vom Hof und fuhr wieder nach Olkiluoto.

In seinem Büro in der Fleischfabrik angekommen, zerriss Ruuhinen das Rezept für die Elefantenwurst und widmete sich stattdessen dem der Satakunta-Weihnachtswurst.

Auf dem Hof der Länsiös kehrte wieder der Alltag ein. Der Bauer fütterte die Hühner, die Kühe und den Bullen, saugte anschließend Staub im Wohnzimmer und in der Kammer, in der Lucia Lucander den ganzen Sommer über gewohnt hatte. Spät am Abend heizte er die Sauna und wusch seiner Frau den Rücken. Es herrschte wieder eheliche Eintracht, zumindest vorläufig.

Lucia und ihr Elefant setzten am Nachmittag ihren Weg fort. Lucia befestigte ihren Koffer und ihre Taschen auf Emilias Rücken und kletterte dann selbst hinauf. Emilia erhob sich und stapfte durch den Birkenwald. Schon als Emilia ganz klein gewesen war, hatte Lucia ihr beigebracht, wie ein Pferd in die gewünschte Richtung zu gehen, aber ohne Zügel. Lucia besaß zwar einen zwei Meter langen Rohrstock, quasi als Peitsche, aber den brauchte sie so gut wie nie zu benutzen. Es genügte, wenn sie Emilia mit der Hand an einem Ohr zupfte, dann ging diese in die jeweilige Richtung.

Damit Emilia lief oder sogar galoppierte, brauchte Lucia ihr nur mit beiden Händen an den Hals zu klatschen, dann schnaubte sie und legte wunschgemäß an Tempo zu. Jetzt hatte Lucia es jedoch nicht eilig, sie hatte nicht einmal ein Ziel. Es begann zu dämmern, und sie beschloss, den Wald zu verlassen und draußen am Feldrand weiterzuziehen, denn dort, wo sie saß, in vier Metern Höhe, peitschten ihr immer wieder unversehens Zweige ins Gesicht. Emilia schritt sicher und gleichmäßig aus, das Ganze wirkte vielleicht plump und langsam, aber tatsächlich legte sie vier, sogar fünf Kilometer pro Stunde zurück. Im selben Tempo marschieren die Militärabteilungen, hatte Igor in Sibirien erzählt. Ein einzelner Mann bewegt sich mit sechs Stundenkilometern, eine Formation langsamer, denn dort kommt es zu Harmonikabewegungen, wenn die Männer, die am Schluss gehen, zurückbleiben und dann mit ein paar Laufschritten wieder aufschließen.
Gelegentlich blieb Emilia stehen und warf ihre deftigen Fladen an den Feldrand, dampfende Dunghaufen, die viele halb verdaute Birkenreiser enthielten.
In den frühen Morgenstunden rasteten sie in einem dunklen Fichtenwald, beide waren inzwischen müde. Elefanten schlafen nur zwei Stunden pro Tag. Sie haben die Fähigkeit, auch im Stehen zu schlafen, dabei schnarchen sie wie ein Sägebock. Sie kippen nicht um, selbst wenn sie ganz fest schlafen. Die Nacht war feucht und kalt. Emilia schlief im Stehen. Lucia mochte ebenfalls nicht vom Elefantenrücken herunterklettern, sie kuschelte sich zwischen das Gepäck und schlummerte ein.
Nach zwei Stunden gingen sie weiter. Lucia tätschelte Emilias warme Kruppe. Sie musste an die gemeinsam verbrach-

ten Jahre denken und sprach laut darüber, dabei merkte sie, dass Emilia lauschte. Lucia erzählte von der Geburt des Elefantenbabys, von seinem Heranwachsen auf den Sommertourneen des Suomi-Zirkus und schließlich von den spannenden Jahren im Großen Moskauer Zirkus, wo Lucia und Emilia die einzigen finnischen Künstler gewesen waren. Und dann die tollen Erfahrungen in den Steppen und Bergen des Kaukasus! Aber die aufregendste Zeit war jene gewesen, da sie im Eisenbahnwaggon über die endlosen Schienenstränge von Sibirien gerattert waren.

»Erinnerst du dich an Igor?«, fragte Lucia, und Emilia antwortete, indem sie ihren Rüssel steil zum nächtlichen Himmel aufrichtete und freundlich trompetete. Sie machte ein paar Tanzschritte, aber der Boden war nicht für Trepak geeignet. Nun ja, schließlich war die Sowjetunion zusammengebrochen, sie hatten ins heimische Finnland zurückkehren müssen, und hier waren sie nun, wieder unterwegs nach irgendwo.

Der nächtliche Ritt und der Sonnenaufgang führten Lucia und Emilia in einen neuen Tag und vor einen kleinen Dorfladen. Lucia rutschte nach vorn und setzte sich rittlings auf Emilias Kopf, von wo ihr diese mit dem Rüssel hinunterhalf. Es war wie wenn Kinder auf dem Hintern einen Hügel hinabrutschen, Tausende Male im Laufe der Jahre erprobt. Obwohl es noch sehr früh am Morgen war, kam der Kaufmann heraus. Er war dienstbereit, was durfte es sein? Lucia kaufte für sich selbst ein wenig zu essen und für Emilia hundert Kilo Kartoffeln. Emilia fraß die Kartoffeln draußen auf dem Hof, während Lucia drinnen telefonierte und in ganz Satakunta nach einer geeigneten Halle oder einem Stall herumfragte.

Auch der Kaufmann machte sich Gedanken und fragte, ob vielleicht eine alte Fabrik, ein Getreidesilo oder eine Scheune in Frage kämen.

»Taisto Ojanperä«, stellte er sich vor.

Er zog aus der Tasche seines weißen Kittels ein modernes Telefon, mit dem man von und nach überall ohne Kabel telefonieren konnte. Es war ein Mobiltelefon, schwarz und in der Form einer Milchpackung.

»Sie sollten sich auch so was anschaffen, auf Reisen ist es wirklich praktisch«, pries er sein Gerät, und er prophezeite, dass die tragbaren Telefone in zehn Jahren noch viel kleiner und praktischer sein würden.

»Ich wette, dass sie künftig nur noch so groß wie eine Zigarettenschachtel sind. Nokia kommt mal ganz groß raus, glauben Sie mir.«

Ojanperä versprach, sich darum zu kümmern, wo der Elefant zum Winter einquartiert werden konnte. Er kannte sich in der Gegend aus, hatte Beziehungen. Er schrieb Lucia die Telefonnummern seines Ladens und seines Mobiltelefons auf. Bevor die beiden aufbrachen, wollte er dem Elefanten noch gern ein paar Leckerbissen geben. Ein Kilo Würfelzucker reichte nicht aus, um Emilias Zunge richtig zu befeuchten, sodass der Kaufmann noch einmal in seinen Laden eilte. Als er wieder herauskam, trug er ein Dutzend Hefezöpfe im Arm, die er einen nach dem anderen an Emilia verfütterte. Sie genoss das leckere Weizengebäck mit geschlossenen Augen, und als das letzte in ihrem Bauch verschwunden war, legte sie sacht ihren Rüssel auf Ojanperäs Schulter und verharrte so eine ganze Weile. Auf diese Weise bedankte sie sich für die herrlichen Delikatessen.

FÜR EMILIA WIRD EIN STALL FÜR DEN WINTER BESORGT

Taisto Ojanperä war ein hilfsbereiter Mann. Ihm war sofort Lucias junge und vitale Schönheit aufgefallen, die neben dem riesigen Elefanten besonders eindrucksvoll zur Geltung kam. Er begann, in der Gegend herumzutelefonieren, um für den ehemaligen Zirkuselefanten und seine reizende Besitzerin ein einigermaßen anständiges Winterquartier zu finden. Viel Platz war erforderlich. Die Vorfahren des Elefanten stammten aus Afrika oder Indien, man konnte das Tier nicht dem Frost und den kalten Winden aussetzen, es konnte unmöglich in einem einfachen Stall überwintern wie etwa die Schlachtbullen mit ihrem zottigen Fell. Das Problem war schwierig, aber Ojanperä war einfallsreich und auch sonst tüchtig, und er besaß Fantasie.

Ojanperä fuhr nach Pori und suchte sich in der dortigen Bibliothek das große Lexikon heraus. Die indischen Elefanten waren kleiner und fügsamer als die afrikanischen, hieß es da. Lucia Lucanders Elefant war garantiert afrikanischer Abstammung, groß wie er war. Wie dem auch sei, gerade dieses Tier würde Frost nicht vertragen. Sein Kopf war laut Lexikon flach, und oberhalb des Rüssels befand sich unter Umständen eine höckerartige Erhebung. Nun ja, an dergleichen konnte sich Ojanperä nicht erinnern.

Im Lexikon stand noch, dass auch die weiblichen afrikanischen Elefanten Stoßzähne besitzen. »Die Rückenlinie ist gerade und in der Mitte leicht eingesenkt. Der afrikanische Elefant kann bis zu sieben Tonnen wiegen.«

Jetzt begriff Taisto Ojanperä, dass ein großer und warmer Raum erforderlich war, desgleichen die Möglichkeit, große Mengen Futter zu lagern. Ferner musste eine Wasserleitung zur Verfügung stehen, damit der Elefant gewaschen und getränkt werden konnte. Dieser Stall musste jetzt gefunden werden. Ojanperä sagte sich, dass etwa ein verlassenes Bergwerk in Frage käme, in dem, unabhängig von der Jahreszeit, eine gleichmäßige Erdwärme herrschte, aber in Satakunta war vermutlich nie Bergbau betrieben worden, die Gegend bestand aus ehemaligem Meeresboden.

In Luvia gab es ein Sägewerk, das seinen Dienst eingestellt hatte, aber die Halle wäre bei winterlichem Frost eisig kalt, und zumindest Lucia Lucander wäre nicht in der Lage, sie zu beheizen, selbst wenn dort Öfen installiert würden und alte Sägeabfälle in Hülle und Fülle zur Verfügung standen. Nein, es musste etwas Praktischeres sein.

Ojanperä erkundigte sich nach den alten Verarbeitungshallen der Eiergenossenschaft, aber die wollte ihre Hallen nicht als Elefantenstall vermieten, zumal sie deren Modernisierung und die Erweiterung ihrer Produktion plante. Ein geeignetes leeres Getreidesilo gab es in ganz Satakunta nicht, und wie sollte auch ein Elefant in ein Silo passen? In den Turm, der aus Beton bestand, müsste ein ganz neuer Eingang gebrochen werden. Eine schwierige Sache, fand Ojanperä. Nebenbei bediente er weiter seine Kunden, verkaufte Lebensmittel und Getränke, handelte mit Landmaschinen, und sobald sich die Gelegenheit bot, griff er wieder zu seinem Mobiltelefon und tippte neue Nummern ein.

Das Telefon musste dauernd neu aufgeladen werden, die Rechnung für die vielen Gespräche würde enorm sein, aber der wohlmeinende Ojanperä dachte jetzt nicht an Geld. Er fand, dass der Elefant ein Zuhause brauchte. Vielleicht könnte er, Taisto, dann später Lucia Lucander näher kennen lernen. Ojanperä war Witwer und näherte sich den mittleren Jahren. Seine Frau war vor fünf Jahren bei einem Autounfall ums Leben gekommen. Oft entrang sich abends und in den einsamen Nächten ein Seufzer männlicher Sehnsucht seiner Brust.

Die schwere Krise in den 1990er Jahren hatte auch in Satakunta viele kleine und mittlere Betriebe in den Konkurs getrieben. Einer davon war die Glasfabrik von Nakkila, die bereits im Jahre 1896 gegründet worden war. Sie hatte, mit Ausnahme der Kriegszeit, fast hundert Jahre lang kontinuierlich produziert. Die Firma hatte für die Häuser der näheren Umgebung und die Stadt Pori Millionen von Fensterscheiben und verschiedenen Glasgegenständen hergestellt. Die erfolgreichste Produktgruppe war im neunzehnten Jahrhundert ein schönes Glasservice gewesen, das nicht nur im Inland Absatz gefunden hatte, sondern auch in Länder wie Russland, Schweden, Deutschland und Holland verkauft worden war. Als kleine Spezialität hatte die Fabrik ein zierliches Nachtgeschirr hergestellt, das der Hof von Zar Nikolaus II. in St. Petersburg in Auftrag gegeben hatte, laut Überlieferung gleich zweihundert Stück auf einmal.

Von Ojanperäs Laden waren es nur zwanzig Kilometer bis zur alten Glasfabrik. Er kannte das Gebäude schon aus seiner Kindheit, es bestand aus roten Ziegeln und war, für eine Fabrik, eigentlich recht schön, die Fassade war elegant

verziert. Als kleiner Junge hatte Taisto einmal den Glasbläsern bei ihrer Arbeit zusehen dürfen. Es war furchtbar heiß gewesen, in Steinbottichen hatte die flüssige Glasmasse gedampft, die Männer hatten sie mit langen Rohren herausgeschöpft und in die richtige Form geblasen.
Ojanperä fuhr zu dem stillen Gelände. Die Tore waren geschlossen, das Gebäude war kleiner, als er es in Erinnerung hatte, aber auf jeden Fall würden selbst fünf Elefanten bequem hineinpassen.
Am nächsten Tag versuchte Ojanperä den gegenwärtigen Besitzer der Glasfabrik zu erreichen. Nach vielen Versuchen ermittelte er den Insolvenzverwalter, der ihm mitteilte, dass die Fabrik derzeit einer Immobilienfirma in Turku gehöre. Als er dort anrief, sagte man ihm, dass man keine vernünftige Nutzung für die Fabrik gefunden habe. Der Maschinenbestand sei veraltet, die Produktionsräume eigneten sich kaum für andere Zwecke, eine Veränderung der Produktion würde zu große Renovierungskosten verursachen. Man habe die Fabrik Bildhauern als Atelier angeboten, aber für die sei sie wieder zu groß, also habe man sie stillgelegt, und jetzt stehe sie leer. Als Ojanperä sich erbot, die Fabrik für den Winter zu mieten, gingen die Mitarbeiter der Immobilienfirma mit Freuden darauf ein. Die Miete war nominell, Hauptsache, der Mieter sorgte dafür, dass dort über den Winter eine bestimmte Grundwärme gehalten wurde. Die Lagerbestände der Fabrik waren schon vor Zeiten verkauft und abtransportiert worden, aber die Öfen dürften in Ordnung sein, sie reichten vielleicht nicht mehr fürs Glasblasen, aber Wärme produzierten sie ganz bestimmt. Ojanperä sagte, dass er die Räume als Lager benötige und versprach, für die Beheizung zu sorgen. Er holte

die Schlüssel von der Immobilienfirma ab und schloss bei der Gelegenheit eine Feuerversicherung ab.

All diese Aktivitäten hatten etwa eine Woche in Anspruch genommen. Jetzt musste Taisto nur noch Lucia und ihren Elefanten finden. In welcher Ecke Satakuntas mochten die beiden wohl umherwandern? Zu schade, dass Lucia kein Mobiltelefon besaß, sonst hätte er ihr die Freudenbotschaft gleich direkt übermitteln können. Aber der Elefant war ein großes Tier, sodass es vermutlich nicht allzu schwer war, die beiden aufzuspüren.

Am nächsten Sonntag fuhr Taisto Ojanperä erst einmal mit seinem Lieferwagen zur Glasfabrik, um sich alles genau anzusehen. Die Fabrik stand einen halben Kilometer von einem alten Bethaus entfernt an der Straße zum Dorf Kyllijoki. Das Gebäude entsprach in jeder Weise seinen Erwartungen. An einem Ende befand sich das Sandlager und daneben die Verpackungsabteilung, allem Anschein nach war dort auch Glaswolle aufbewahrt worden. Nach dem Sandlager folgte der Mischer für die Glasmasse und dann die Produktionsabteilung. Die Halle war in zwei Abteilungen aufgeteilt, in beiden gab es Gebläse und die dazugehörenden Schmelzöfen. Ojanperä musterte die große Maschine, die vermutlich für das Heizen oder zumindest das Entzünden der Öfen benutzt worden war. Die würde man wohl kaum brauchen, man bekäme die Halle auch mit den Schmelzöfen warm. Am anderen Ende des Gebäudes gab es noch das Büro sowie Lagerräume und die ehemaligen Pausenräume für die Beschäftigten. Alles wirkte absolut passabel. Jetzt mussten nur noch Lucia und Emilia gefunden werden.

Taisto Ojanperä fuhr durch das herbstliche Satakunta und fragte in den Dörfern, ob man dort in letzter Zeit einen

Elefanten mit einer schönen Frau als Reiterin gesehen habe. In fast jedem Dorf war Emilias riesige Gestalt gesichtet worden, aber in ihrer ruhigen Art hatten die Leute daraus keine große Nummer gemacht. Sie hatten den Elefanten, der aus dem nächtlichen Nebel auftauchte, zwar fotografiert, aber die Fotos waren stark unterbelichtet gewesen, und so hatte man sie nicht den Zeitungen anbieten mögen. Die Leute erzählten Ojanperä, dass der Elefant gemächlich am Waldrand entlanggestapft und ab und zu Halt gemacht hatte, manchmal sogar recht lange, um Gras zu fressen oder die Laubbäume zu berupfen. Sie hatten das Tier samt Reiterin auch mit dem Fernglas beobachtet, aber da sich die beiden ganz ruhig verhielten, hatten sie nichts weiter unternommen.

Lucia und Emilia waren, nachdem sie Ojanperäs Laden verlassen hatten, ein tüchtiges Stück herumgezogen, Ojanperä fand sie schließlich in Matomäki, in der Nähe des Flusses Kyllijoki. Emilia lag in einem Waldstück hinter der Schule, Lucia hatte sich an sie gelehnt und schlief fest. Dorfjungen beschrieben dem Kaufmann den Weg. Als er sich dem dichten Fichtenwald näherte, fuhr Emilia auf, öffnete die Augen und hob ihren Rüssel, um zu wittern. Nun erwachte auch Lucia und begann sich zu kämmen. Ojanperä trat zu ihr und gab ihr die Hand, und sie freute sich, den hilfsbereiten Kaufmann wiederzusehen. Emilia kam auf die Beine. Sie schien sich irgendwie an Ojanperä zu erinnern und verhielt sich ganz ruhig.

Er erzählte, dass er in der näheren Umgebung eine leer stehende Glasfabrik für den nächsten Winter gemietet habe.

»Es ist die alte Glasfabrik von Nakkila, ein wirklich schönes Gebäude, dort fließt ein kleiner Bach, und ein Bethaus ist auch ganz in der Nähe.«

DER ELEFANT ZIEHT IN DIE GLASFABRIK

Ojanperä fuhr mit seinem Lieferwagen vorweg, und Emilia, mit Lucia auf dem Rücken, trabte hinterher. Es war nicht weit zur Glasfabrik, nur fünf Kilometer. Auf der Straße kam ihnen ein Mähdrescher entgegen, offenbar auf dem Weg zur Werkstatt. Zwei Große begegneten sich, die graue Emilia und Bauer Matomäkis gelbe Dreschmaschine. Der Elefant schwenkte den Rüssel, und Matomäki führte die Hand an die Schirmmütze.

Die Glasfabrik stand etwa dreihundert Meter rechts neben der Straße, ein Zufahrtsweg führte dorthin. Am Weg lag ein kleiner künstlicher Teich, und dann kam auch schon das Fabriktor. Ojanperä öffnete die Doppeltür und führte Emilia und Lucia auf das Gelände. Das schöne Ziegelgebäude, etwa sechzig Meter lang und fünfzehn Meter breit, war anderthalbgeschossig und in gutem Zustand. Die Tür auf, und hinein mit dem Elefanten!

Emilia war neugierig und freute sich irgendwie. In der Fabrikhalle flatterte ihnen eine Schar Fledermäuse entgegen. Emilia durchquerte zielstrebig die Halle, drehte sich dann um und musterte abschätzend die Umgebung. Obwohl Emilia mehrere Meter hoch war, hatte sie ausreichend Platz und brauchte sich nicht eingeengt zu fühlen, so wie in Länsiös Kuhstall. In der Halle war es ruhig, die Luft war

leicht und klar und durchaus nicht stickig, obwohl die Fabrik jahrelang stillgestanden hatte.
Taisto Ojanperä wollte von Lucia wissen, ob ihr die Glasfabrik als Winterstall für den Elefanten recht sei.
»Sie ist herrlich, nicht wahr, Emilia?«
Die Elefantendame wedelte mit den Ohren und trompetete beifällig. Es schien, als hätte sie die Worte verstanden, zumindest empfand sie die Stimmung als glücklich.
Ojanperä erklärte, dass er die Miete für den ganzen Winter im Voraus bezahlt habe. Und Futter gebe es in der Gegend genug, notfalls für eine ganze Elefantenherde. Es gebe Getreide und Kartoffeln, alles, was notwendig sei. Emilia könne in dem künstlichen Teich baden, allerdings gebe es in der Halle auch eine Wasserleitung, außerdem drei Glasöfen.
»Drei Kilometer von hier steht das Bethaus, dies ist ein richtiges Kulturdorf. Bis zu meinem Laden sind es nur fünfzehn Kilometer. Vielleicht könnten wir uns duzen, ich bin Taisto.«
Lucia Lucander, alias Sanna Tarkiainen, sagte, dass er sie Lucia nennen könne. Die Zirkusprimadonna umarmte den Kaufmann herzlich und drückte ihm einen Kuss auf beide Wangen. Der Blick des Witwers trübte sich vor Glück. Dass ihm so etwas widerfuhr … Vor ihm lag ein langer Winter mit einer schönen Frau und einem Elefanten! Da galt es nur noch fix die Futterfrage zu klären!
Zunächst gingen sie mit Emilia zu dem künstlichen Teich. Richtig gebadet hatte sie zuletzt im Hafen von Mäntyluoto, als ihr die Stauer hinter den Speichern über eine Schräge ins Meer geholfen hatten. Das war schon eine Weile her. Lucia und Taisto saßen am Ufer und sahen Emilia zu. Das

Wasser stieg um zehn Zentimeter, als sie in den kühlen Teich watete. Sie wälzte sich genießerisch in dem klaren Wasser und brummte zufrieden. Dann spritzte sie mit dem Rüssel eine Wasserfontäne fünfzehn Meter weit.
»Wie geschickt sie ist!«, lobte der Kaufmann, und in seiner Stimme war kein einziger falscher Ton. Er zog Notizbuch und Bleistift aus der Jackentasche. »Nun zum Futter, was frisst sie denn genau?«
Lucia diktierte ihm die Speisekarte. Täglich zwanzig Kilo Kraftnahrung, zum Beispiel Haferschrot oder Kleie, fünf alte Brote, egal, ob aus Roggen oder Weizen. Zwei oder drei Eimer Wasser, in das zehn Kilo Obstbrei gemischt sind, Apfelsinen mit Schale eigneten sich zum Beispiel, ferner fünf Kilo halb reifer Möhren und zehn Kilo Futter- oder Zuckerrüben.
»Zuckerrüben kriegt man in dieser Gegend umsonst«, wusste der Kaufmann zu berichten.
Futter und Dung durften auf keinen Fall miteinander in Berührung kommen, Kolibakterien hatten schon viele Zirkuselefanten getötet, besonders in Schweden in den 1920er Jahren.
»Äpfel, fünf Kilo pro Tag, dazu zehn Kohlköpfe, oder wenn man die nicht hat, tun es auch Kuhpilze und Boviste, wegen Giftpilzen braucht man sich keine Gedanken zu machen, ein Elefantenmagen verträgt sogar Sägeblätter«, fuhr Lucia in ihrer Aufzählung fort.
»Das waren die Vitamine, und nun das eigentliche Futter: 150 Kilo Heu, dazu Gras (am besten Luzerne, aber Timotei ist fast ebenso gut geeignet) und irgendwelche Büschel und Blätter. Alte Saunaquaste eignen sich gut, aber man muss aufpassen, dass sie nicht mit Draht, sondern

mit Weidenruten zusammengebunden sind. Mindestens einmal pro Woche sollte man ihr zehn Zentimeter dicke Espenschösslinge zum Knabbern geben, Erlen tun es auch. Möglichst nicht Kiefern oder Fichten! Für die allmonatliche Pflege der Fußsohlen und der Stoßzähne benötigt sie zwei Kilo Vaseline.

Dann noch hundert Liter Wasser für die Nacht, Emilia saugt es selbst aus dem Schlauch, Eimer sind nicht erforderlich. Sie ist an besondere Bedingungen gewöhnt und nicht mäkelig.«

Lucia erzählte, dass sie in Wladiwostok an Emilia in einer Woche tausend Kilo Walbarte verfüttert hatte, und im Ergebnis war sie so erstarkt, dass sie gelernt hatte, auf beiden Vorderbeinen zu stehen, und sie hatte kein einziges Mal während der Fresskur Blähungen gehabt.

»Ein anspruchsvoller Kostgänger«, sagte Taisto staunend. Er zog einen dicken Strich unter die Liste. Das gehe alles seinen Gang, und die Menge des Futters jage ihm keine Angst ein.

»Es entspricht ungefähr dem, was zwanzig Reitpferde brauchen, aber das kriegen wir schon hin.«

Trotzdem vereinbarten sie, dass Lucia im Laden als Aushilfe beschäftigt würde.

»Aus steuerlichen Gründen, arbeiten musst du nicht unbedingt«, erklärte der Kaufmann zuvorkommend. »Ich bestelle gleich als Erstes zehn Tonnen Futterroggen und eine größere Menge Stroh.«

Lucia erzählte ihm, dass Elefanten dreimal täglich gefüttert wurden. Am Morgen Brot, wobei Schimmel nichts ausmachte, und ungefähr zwei Eimer Wasser und Krafthäcksel. Am Vormittag zusätzlich zum Krafthäcksel noch reichlich Heu und anderes Halmfutter, insgesamt etwa ein Ballen. Ferner entastete Espenstämme zum Knabbern und zur Vertreibung der Langeweile. Ein wenig Vaseline für die Füße und die Stoßzähne, das Tier nahm das Fett selbst mit dem Rüssel auf und verteilte es, auch auf die Hinterfüße. Und am Abend vor zehn Uhr noch eine tüchtige Mahlzeit: hundert Kilo Futter und reichlich Wasser für die Nacht.

Emilia stieg aus dem Teich. Sie schüttelte das Wasser nicht von sich ab wie ein Hund, sondern wälzte sich nach Art der Pferde auf dem Rasen. Sie genoss ihr Dasein, steckte den Rüssel mal unter den Bauch, mal in den Mund. Die lauten Trompetenstöße waren wahrscheinlich bis zur Hühnerfarm der Länsiös zu hören.

Obwohl es schon später Abend war, entzündeten Lucia und Taisto in einem der Schmelzöfen ein großes Feuer aus trockenen Birkenscheiten. Vor Einbruch der Dunkelheit erschien der Nachbar, Bauer Matomäki, mit einer Strohfuhre auf dem Fabrikgelände. Jetzt bekam Emilia erst mal ein anständiges Bett. Auf dem Traktoranhänger lagen außerdem zwei Tonnen Grummet, das sie mit gutem Appetit fraß.

»Nachschub kommt, sowie Bedarf besteht«, versprach Matomäki.

Taisto Ojanperä hatte das Bettzeug seiner verstorbenen Frau gewaschen und bot Lucia ein Quartier im Obergeschoss seines Hauses an, alles war bereit.

Er erzählte von dem Autounfall und dem Tod seiner Frau, er war also Witwer. Er erklärte, charakterfest zu sein und keine Schweinereien im Schilde zu führen, vielmehr wünsche er, dass Lucia sich in ihrem neuen Domizil wohl fühle.

Lucia war froh, dass er nicht von ihr verlangte, ins Bett seiner verstorbenen Frau zu ziehen, sondern ihr einen eigenen Raum zur Verfügung stellte. Sie war drauf und dran zu erwähnen, dass sie in gewisser Weise mit einem Russen namens Igor verheiratet sei, unterließ es dann aber doch. Was ging das Taisto an, und letztlich war die ganze Trauung in Hermantowsk eher das Vorspiel zu einem großen Fressgelage denn eine richtig überlegte Eheschließung gewesen. Dann fiel ihr ein, dass sie inzwischen für tot erklärt worden war, sodass die Sache mit der Hochzeit sowieso längst veraltet war. Taisto Ojanperä hatte die Chance, ein zweites Mal Witwer zu werden, wenn alles gut liefe und sie, Lucia, am Leben bliebe, und wenn sich zwischen ihnen eine Art von Beziehung entwickeln würde.

Sie besprachen die praktischen Dinge. Taisto entwickelte den Gedanken, dass es aus wirtschaftlichen Gründen günstig wäre und sich auch einfach bewerkstelligen ließe, Emilias Dung, hundert Kilo pro Tag, auf den Glasöfen zu trocknen und dann als Brennstoff zu verwenden. So könnten sie viel Holz sparen, und gleichzeitig wären die hygienischen Bedingungen erträglich. Er, Taisto, könnte vermutlich preiswert einen kleinen Stalltransporter beschaffen, mit dem sich der Dung zum Ofen karren und hinaufhieven ließe. Man brauchte nur einen tüchtigen Schweißer, zum Beispiel Matomäki, der einen engmaschigen Rost auf dem Ofen anbrachte, und die unten brennende Glut würde den Rest besorgen. Dann brauchte man nachher nur noch die Klappe zu öffnen und den Ofen mit dem trockenen Dung zu beschicken, einfach und umweltfreundlich!

Nachts wusch sich Lucia in ihrer Wohnung im Obergeschoss des Kaufmannshauses. Sie benutzte den Fön der verstorbenen Hausfrau. Während sie ihr langes blondes Haar bürstete, musterte sie sich im Spiegel des Duschraumes. Sie war jetzt dreißig, an ihrem Körper war keine Spur von Cellulite zu erkennen. Ein Ohr war ein wenig größer als das andere. Die Lippenlinie war vorteilhaft, die Hüften vorzüglich.

Emilia schlief fünfzehn Kilometer entfernt in der Wärme des Schmelzofens der Glasfabrik. Auch Lucia legte sich in ihr Bett. Schläfrig verglich sie Taisto Ojanperä mit Oskari Länsiö. Der Unterschied war beträchtlich. Auch der gute alte Igor kam ihr flüchtig in den Sinn, begleitete sie aber nicht bis in ihren Traum.

FRÖHLICHE WEIHNACHTEN IN SATAKUNTA

Der Herbst in der Glasfabrik war eine Zeit des Eingewöhnens. Zunächst machte Lucia die Halle gründlich sauber. Über den Glasöfen wurde ein Rost installiert, auf dem Emilias Hinterlassenschaften getrocknet werden konnten. Durch das Verbrennen der knochentrocknen Dungfladen blieb die Halle warm, und man brauchte nicht extra einen Mistschuppen zu bauen. Lucia lüftete die Halle zweimal wöchentlich, damit keine Geruchsbelästigungen entstanden. Sie fand es bequem, den Elefanten hier zu betreuen, und, was am wichtigsten war, Emilia gewöhnte sich gut an die neuen Bedingungen. Wenn Lucia dann noch, in Abhängigkeit vom Wetter, einmal täglich mit ihr nach draußen ging, war alles in Ordnung. Emilia war gesund und zutraulich. Lucia konnte sich endlich einmal richtig ausruhen. Sie half Taisto zwar im Laden und bezog dafür auch einen tariflichen Lohn, aber sie bekam stets frei, wenn sie sich müde fühlte oder aus irgendeinem Grunde länger bei Emilia in der Glasfabrik zu tun hatte.

Lucia richtete sich ihre Wohnung nach ihrem Geschmack ein. Sie hatte während der ganzen Zeit, da sie in der Sowjetunion und im späteren Russland unterwegs gewesen war, auf dem Boden ihres Koffers alte Zeitungen mit sich herumgeschleppt, die Reportagen und Fotos vom Suomi-

Zirkus in seinen besten Tagen enthielten. Darunter waren auch eine Aufnahme von Elefantenmutter Pepita sowie mehrere von Emilia und Lucia im Großen Moskauer Zirkus. Diese Fotos und Berichte rahmte Lucia nun ein und schmückte damit die Wände ihres Zimmers. Igors Foto blieb vorläufig ungerahmt.

Lucia trug gern einen ledernen schwarzen Hosenanzug. Der war nicht nur sexy, sondern zugleich auch sehr praktisch: Er nahm die Elefantengerüche nicht an, war haltbar und auch wasserabweisend – enorm wichtig bei den herbstlichen und winterlichen Regenfällen –, und er schützte gegen den Wind.

Den Fußboden ihres Zimmers bedeckte Lucia mit weichen Fellen, die sie sich aus dem Kaukasus bestellte. Sie hatte noch Beziehungen nach dort, und jetzt, da Russlands Post und Eisenbahn wieder funktionierten, konnte sie diese und jene Tauschware hinschicken. Zum Beispiel waren dort finnische Werkzeuge wie Äxte und Spaten sehr gefragt. Im Kaukasus erinnerte man sich noch gut an die schöne Lucia und die gutmütige Emilia.

An die Decke ließ sich Lucia von Taisto ein paar starke Haken schrauben, an denen sie eine Schaukel befestigte. Es tat gut, an Seilen zu hängen, dabei die Augen zu schließen und vom Großen Moskauer Zirkus zu träumen, von der gewaltigen Geräuschkulisse des Publikums und den Orchesterklängen, in die sich das Gewieher der Pferde, das Gebrüll der Löwen und das Trompeten der Elefanten mischten.

Im November fiel der erste Schneeregen, und auch sonst wirkte die ganze Gegend schmutzig grau und nass. Lucias Stimmung war jedoch heiter, und als es auf Weihnachten zuging, schneite es zum ersten Mal, die weiten Felder von Satakunta lagen unter einer weichen, weißen Decke. In den Fenstern wurden Kerzen entzündet. Finnland bereitete sich auf den Winter vor: auf Schnee, Frost und eisigen Wind. Lucia kaufte sich von ihrem Lohn als Ladengehilfin einen warmen Lammfellmantel, der wunderbar zu ihrem schwarzen Lederanzug passte.

Mitte Dezember kam überraschend Laila Länsiö zu Besuch. Die Begegnung der beiden Frauen war herzlich, sie tauschten Erinnerungen an den Sommer auf Länsiös Hof aus. Lucia zeigte der Freundin die Glasfabrik. Das war natürlich ein weitaus besseres Elefantenquartier als der Hühnerstall mit dem ständigen Gegackere und dem Gestank nach Hühnerkot. Wie es heißt, haben Elefanten ein gutes Gedächtnis, sie vergessen nie – weder schlechte Behandlung noch Güte, die sie erlebt haben. Wie dem auch sei. Emilia erkannte Laila jedenfalls sofort. Sie brummte erfreut, schlang ihren gewaltigen Rüssel um die Schultern der Bäuerin, zog sie an sich und hob sie sogar ein wenig hoch. Die Geste war kraftvoll und sanft zugleich, der Rüssel drückte nicht zu stark, sondern war warm und sicher. Laila kraulte und tätschelte Emilias dicke Haut.

Im Lager der Glasfabrik hatte Emilia, als neugieriges Weibchen, einen vergessenen Posten von mehr als tausend Nachttöpfen gefunden. Zum Zeitvertreib begann sie diese Überbleibsel aus der Zarenzeit nach eigenem Gutdünken zu gruppieren. Mit ihrem sensiblen Rüssel sortierte sie jene Nachtöpfe, die keinen Henkel hatten, in eine eigene Gruppe, an anderer Stelle baute sie die auf, deren Ränder eingerissen waren, dann musterte sie ihr Werk ganz so, wie es Künstler zu tun pflegen. Sie baute die Gruppen

dreimal an drei verschiedenen Orten auf und erwartete wie eine Künstlerin Beifall.
Die beiden Frauen machten mit Emilia einen Spaziergang. Es war Nachmittag, sie gingen zu dem mehrere Kilometer entfernten Wald. Im Schnee blieben die großen Elefantenspuren und, winzig daneben, die Schuhabdrücke der Frauen zurück. Lucia und Laila rieben Emilias Bauch und Flanken mit Schnee ab. Das gefiel ihr so gut, dass sie sich gleich darauf selbst im Schnee wälzte. Auf dem Rückweg erkundigte sich Lucia, wie es Laila mit Oskari ergangen war.
»Immer dasselbe. Mehrmals in der Woche verzieht er sich in den Hühnerstall und sitzt dort allein, oder vielmehr mit tausend Hühnern, irgendwann in der Nacht kommt er dann wieder raus, stolpert über den Hof, fällt drinnen vollständig bekleidet aufs Sofa und schläft ein.«
»Da hast du ja einiges auszuhalten.«
Gemeinsam streuten sie trockenes und sauberes Stroh für Emilia aus und gaben ihr die abendliche Mahlzeit, Kartoffeln, Möhren, weiße Rüben und mehrere Arm voll Heu. Zum Abschluss des Spazierganges und zum Hinunterspülen der Mahlzeit saugte Emilia zehn Minuten lang Wasser aus dem Schlauch.
Die Frauen gingen zu Fuß zum Laden zurück. Sie hatten jede Menge Gesprächsstoff. Zuerst tauschten sie Erinnerungen an den gemeinsamen Sommer und die nächtliche Flucht aus, dann vertrauten sie einander an und erzählten sich gegenseitig die wichtigsten Ereignisse aus ihrer Kindheit und Jugend, derer es eine ganze Menge gab. Und zum Schluss planten sie eine gemeinsame vorweihnachtliche Feier. Sie kamen auf die Idee, Emilia mit farbigen Überwürfen und Stoffstreifen zum Weihnachtselefanten

herauszuputzen und mit ihr zur Schule des benachbarten Dorfes zu reiten, dort würden sie Unmengen von Kerzen und Wunderkerzen entzünden und so ein ganz besonderes Weihnachtsfest für das ganze Dorf und die Bewohner der Nachbardörfer, vor allem aber für die Schulkinder veranstalten. Lucia gefiel der Gedanke, und sie sagte, Emilia trete nicht zum ersten Mal auf einem Fest auf. Sie beherrsche Dutzende wunderbarer Kunststücke und genieße es, wenn die Menschen sie bewunderten.

Eifrig begannen die beiden mit der Organisation, ganz wie kleine Mädchen. Sie verschickten Einladungen in die benachbarten Dörfer und bekamen begeisterte Antworten zurück: Klassen aus mehreren Dorfschulen sagten sich an, sie wollten kommen, um sich um den Weihnachtsbaum zu versammeln, alte Weihnachtslieder zu singen und besonders, um den geputzten Weihnachtselefanten zu bewundern. Die beiden Frauen nähten für Emilia aus rotem Stoff eine riesige Decke, die sie mit gelben Kanten verzierten, an jede Ecke kamen goldfarbene Glöckchen. Auf Emilias Rücken und an ihren Flanken befestigten sie kleine Gefäße mit Kerzen darin. Dann stülpten sie ihr noch eine riesige Krone auf den Kopf, in deren Mitte sie zehn große Kerzen entzündeten.

All das war natürlich ein wenig kindisch, aber sowohl Laila als auch Lucia hatten in den letzten zehn, fünfzehn Jahren recht traurige Weihnachten gehabt. Lucia war in der Fremde gewesen, und Laila hatte das Fest als einsame und verlassene Ehefrau im Haus ihres Mannes verbringen müssen, der ein immer elenderer Säufer geworden war. Es war schon viel gewesen, wenn er überhaupt an der gemeinsamen Tafel erschienen war, um ein Stück gebratenes Huhn zu verzehren. Beide Frauen hatten seit langem kein einziges Weihnachtsgeschenk mehr bekommen. Aber jetzt wurde zünftig gefeiert, und der Mittelpunkt auf dem Schulhof war die fröhlich trompetende Emilia. Hunderte von Menschen hatten sich versammelt, hauptsächlich Schulklassen mit ihren Lehrern. Alle waren bester Stimmung.

Kaufmann Taisto Ojanperä grillte am Rande des Sportplatzes Würste, die Rauno Ruuhinen gebracht und die die Fleisch verarbeitende Fabrik von Satakunta spendiert hatte. Rauno war letztlich ein anständiger Mann und hatte auch für lebende Elefanten ein Herz.

Viele Kinder wollten auf Emilias Rücken klettern, andere fuhren Schlitten, und jedes bekam ein kleines Geschenk. Die Erwachsenen labten sich am heißen Glögg, sie sangen Weihnachtslieder und tanzten um die auf dem Hof errichtete Fichte. Emilia machte ein paar Tanzschritte im Takt der Lieder. Die Jungen formten Schneebälle und tobten unter schallendem Gelächter im Wald hinter dem Sportplatz umher. Erst spät am Abend endete die Weihnachtsfeier, zum Abschluss begleitete die hundertköpfige Gästeschar den geschmückten und festlich beleuchteten Elefanten ein gutes Stück in Richtung Glasfabrik.

Als Lucia und Laila später am weißen Bethaus vorbeikamen, erzählte Laila, dass das Haus seinerzeit aus den Balken der alten Kirche von Nakkila errichtet worden war. Die Fenster, Türen, Bänke und übrigen Einrichtungsgegenstände stammten ebenfalls aus der alten Kirche, die 1937 abgerissen worden war.

Sie berichtete weiter, dass der Großvater des heutigen konservativen Politikers Ilkka Suominen, Fabrikant J.W. Suominen, einst anlässlich seines sechzigsten Geburtstages der Gemeinde das Geld für den Bau einer neuen Kirche geschenkt hatte. Bedauerlicherweise war der Mäzen bald darauf gestorben, doch trotzdem war Ende der 1930er Jahre die neue Kirche gebaut und aus den Balken der alten Kirche hier in Hormistonmäki ein Bethaus errichtet worden. Lucia staunte, dass ein privater Geschäftsmann seiner Gemeinde eine ganze Kirche schenkte.

»Hier in Satakunta ist man eben gern freigebig«, erklärte Laila. Das Bethaus war dann weniger als Kapelle, denn vielmehr als Ort für Veranstaltungen der Kirchengemeinde genutzt worden, auch Katechismusunterricht und Sonntagsschule hatten dort stattgefunden.

Wenn Laila und ihre Freundinnen einst mit dem Fahrrad auf dem Rückweg vom Tanz hier vorbeigekommen waren, so berichtete sie, hatten sie jedes Mal durch die Fenster in den dunklen Saal gelugt und dabei schreckliche Angst vor Gespenstern gehabt. Aber neugierig, wie sie waren, hatten sie sich nicht bezähmen können und trotzdem hineingeschielt.

Lucia rühmte sich damit, dass sie keine Angst vor Toten hatte. Sie sagte, sie habe im Kaukasus und in Sibirien jede Menge davon gesehen. Russland habe viele Einwohner und somit auch viele Todesfälle.

Lucia holte Emilia auf den Hof des Bethauses. Die schmutzigen Fenster des Gebäudes waren geschlossen, es wirkte verlassen und geheimnisvoll. Die riesige Gestalt des beleuchteten Elefanten warf einen Schatten auf die weißen Wände, ein recht unheimlicher Anblick.

»Lass uns ein Weihnachtslied singen«, schlug Laila vor.

Die Frauen summten leise die schöne Melodie des Liedes »Vom Himmel hoch …« Der Himmel war sternenlos, der

Mond hinter einer Wolke versteckt, aber Emilias Kerzen beleuchteten die ganze Umgebung. Emilia breitete ihre Ohren aus und gab sich ganz der Stimmung hin. Sie hob ihren Rüssel, trompetete eine laute Fanfare und tanzte im Takt des Liedes Trepak, so wie sie es in Russland gelernt hatte.

DIE FEUERWEHR WÄSCHT DEN KRANKEN ELEFANTEN

Auch nach Weihnachten und Neujahr hielt der Winter Freuden bereit. Bei strengem Frost konnte Lucia den Elefanten nicht nach draußen bringen, er war ein Kind heißer Länder, und besonders die Ohren und die dünne Bauchhaut wären erfroren. Aber wenn nur wenige Grad Frost herrschten, durfte Emilia bis zu einer halben Stunde an die frische Luft, und bei milderen Temperaturen sogar noch länger. Lucia warf ihr bei den Ausgängen für alle Fälle stets die Decke über, die sie für die Weihnachtsfeier genäht hatte.

Lucia und Laila besorgten sich Rutschschlitten aus Plastik, mit denen sie den nahe gelegenen Hügel hinuntersausten. Satakunta war zwar ein flacher Landstrich mit weiten Feldern und niedrigen Küstenwäldern, trotzdem ermöglichte der Hügel ein beachtliches Tempo: Der Höhenunterschied betrug zwanzig Meter auf einer Strecke von knapp hundert Metern. Die Frauen versuchten auch Emilia anzulocken und redeten ihr zu, auf dem Hintern hinunterzurutschen, aber ihr war dieser Spaß im Schnee fremd, und sie begriff nicht, was man von ihr wollte. Nachdem sie den Frauen zwei Tage lang zugesehen hatte, beschloss sie endlich, es einmal selbst zu probieren. Jetzt war es an Lucia und Laila, zu staunen. Emilia rutschte nicht auf dem Hintern hinunter, sondern ließ sich geruhsam auf alle viere nieder, reckte den Hintern hoch und sauste los. Sie glitt abwärts, der Rüssel sauste durch die Luft und die Ohren flatterten, und dabei stieß sie laute Trompetenstöße aus. Unten angekommen, erhob sie sich würdevoll und blickte um sich, so als erwarte sie Applaus. An allem war zu erkennen, dass ihr die Rutschpartie gefallen hatte, und nachdem sie einmal den Trick heraushatte, stieg sie wieder auf den Hügel und wiederholte das Ganze. An milden Wintertagen rutschte sie fünf- oder sechsmal den Hügel hinab.

Emilia erkor Laila Länsiö zu ihrer Schutzbefohlenen und wollte ihr den Abfahrtslauf nach Art der Elefanten beibringen. Anscheinend hielt sie Laila für einen zweibeinigen Elefanten und wollte ihr zeigen, wie man sicher nach unten kam.

Kaufmann Taisto Ojanperä schaffte ein robustes Geländefahrzeug an, das eine kippbare Ladefläche und einen Anhänger hatte und auf dem zwei Personen Platz fanden. Es war besonders stark, kam mühelos über die schneebedeckten Feldwege und blieb nie stecken. Auf die Ladefläche und den Anhänger passten dreihundert bis vierhundert Kilo Halmfutter für Emilia, das entsprach dem Vorrat für eine Woche. Ein-, zweimal in der Woche fuhr Lucia damit in die umliegenden Dörfer, um von den Bauern Futter zu kaufen. Oft kam auch Laila mit. Zu zweit ließ sich die Fuhre besser beherrschen, und auch sonst machte es mehr Spaß, mit einer guten Freundin unterwegs zu sein.

Das Wintervergnügen endete zu gegebener Zeit, und das recht unangenehm. Im März erkrankte Emilia an Grippe. Wenn schon Mäusetyphus eine ernste Erkrankung ist, so ist Elefantenfieber erst recht schlimm. Emilia nieste wie eine Haubitze mit Hinterlader. Aus ihren Augen floss literweise Wasser. Ihr Rüssel schmerzte, und sie mochte nicht fressen. Außerdem hatte sie Durchfall, und aus ihrem Hintern spritzte immer wieder mit hohem Druck ein Schlamm, dessen Gestank nur schwer zu ertragen war. Lucia versuchte, Emilias Schlafplatz sauber zu halten. Aber jedes Mal, wenn sie den Fußboden gereinigt und neues Stroh ausgeschüttet hatte, grummelte es drohend in Emilias Bauch, und ein stinkender Strahl klatschte an die Wand der Glasfabrik. Der Gestank war so furchtbar, dass Lucia die Fenster öffnen und vorübergehend nach draußen flüchten musste. Emilia war traurig über all den Schmutz, den sie verursachte, sie begriff, dass nicht alles im Lot war, aber was sollte sie machen. Eine winterliche Grippe ist eine schlimme Erfahrung, nicht nur für die Menschen, sondern auch für Tiere.

Taisto Ojanperä rief den Tierarzt Seppo Sorjonen in Pori an. Er sagte ihm, dass es sich bei dem Patienten um einen Elefanten von dreitausendsechshundert Kilo Lebendgewicht handle, das Tier habe Fieber, und auch sein Magen sei nicht in Ordnung. Sorjonen versprach, auf schnellstem Wege in die Glasfabrik zu kommen. Unterwegs rechnete er aus, dass, falls das Gewicht des Elefanten tatsächlich mehr als drei Tonnen betrug, es in diesem Falle nicht mit ein paar Tabletten als Antibiotikakur getan wäre, sondern da mussten wirklich starke Mittel her, wenn man eine Besserung erzielen wollte. Sorjonen suchte unterwegs eine Apotheke auf und nahm einen halben Liter flüssiges Penizillin mit. Er hatte viel Erfahrung mit der Behandlung von Trabern und vermutete, dass die Spritze, die er Pferden verabreichte, auch für einen Elefanten geeignet sei.

Unbeschreiblicher Gestank schlug ihm in der ansonsten einigermaßen sauberen Glasfabrik entgegen. Sorjonen öffnete die Fenster und erklärte, dass das hohe Fieber und der Durchfall offenbar die Magenflüssigkeiten des Elefanten durcheinander gebracht hatten und dass ein Gärungsprozess im Gang sei. Er schob Emilia einen langen Schlauch in den Hals, um in ihren Magen sehen zu können. Alles klar, dort sah es aus wie in einer Abfalltonne. Er flößte Emilia zwei Liter einer neutralisierenden Flüssigkeit ein.

»Das dürfte helfen. Die Dosis würde sogar für einen Blauwal reichen.«

Emilia hatte 39,7 Grad Fieber, das ist auch für einen Elefanten ziemlich viel. Nachdem Sorjonen noch die Antibiotika verabreicht hatte, empfahl er, die Patientin zweimal täglich mit warmem Wasser zu waschen und ihr vorläufig nur gekochtes Wasser zu geben, kein Futter.

Taisto Ojanperä war durch seinen Laden gebunden und konnte Lucia nicht helfen, und Laila Länsiö konnte die Glasfabrik überhaupt nicht betreten, ohne sich zu übergeben. Lucia brach ohnehin schon fast unter der Arbeitslast zusammen, und nun sollte sie Emilia noch zweimal am Tag baden und hundert Liter Wasser kochen und kühlen, ehe sie es dem Tier verabreichte. Sie fragte Sorjonen, ob er wirklich glaube, dass sie in der Lage sei, seine Anweisungen zu befolgen.

Er dachte kurz nach und machte einen Vorschlag:

»Rufen Sie die Feuerwehr. Die Freiwillige Feuerwehr von Ulvila hilft bestimmt, und es wird auch nicht teuer. Oder eigentlich kann ich den Anruf selbst übernehmen, ich war früher einmal bei der Feuerwehr, während des Studiums in der Nähe von Tampere, in Nokia.«

Am Nachmittag kam das schwere Feuerwehrauto mit heulenden Sirenen auf den Fabrikhof gerast. Lucia fand, dass auch weniger Lärm genügt hätte, aber zum Glück war Emilia ein Zirkuselefant, der an vieles gewöhnt war und den so schnell nichts erschütterte. Emilia war unzählige Male vor tausend Zuschauern aufgetreten, begleitet von dröhnenden Orchesterklängen. Verglichen damit wirkte das Geheul der Feuerwehrsirene wie das Spiel einer Weidenflöte. Das Fahrzeug trug die Aufschrift: FFW Ulvila. Aus der Fahrerkabine sprang Spritzmeister Tauno Riisikkala, der sich voll Tatendrang bei Lucia meldete:
»Wir wurden gerufen, um einen Elefanten zu waschen.«
Es zeigte sich, dass dieser Einsatz für die Männer der erste seit dem Dreikönigstag war. Das Fahrzeug hatte den ganzen Winter über im Depot gestanden. Die Feuerwehr von Pori hatte die wenigen Brände gelöscht, die es während der letzten Monate in Ulvila gegeben hatte. Jetzt war der Tank des Fahrzeugs voll mit stallwarmem Wasser, zwanzigtausend Liter! Routiniert fuhren die Männer das Fahrzeug rückwärts an den Eingang der Glasfabrik. Die Halle stank dermaßen nach den gashaltigen Ausscheidungen des Elefanten, dass die Männer Schutzanzüge und Gasmasken anlegten. So ausgerüstet, zogen sie einen Wasserschlauch herein, und bald war Emilia gründlich von allen Seiten gewaschen. Sie genoss ganz augenscheinlich das warme Bad. Als die Männer die Aluminiumtanks gegen ihren Körper lehnten und ihr Rücken und Flanken gründlich bürsteten, keuchte sie vor Wohlbehagen. Zum Schluss der Behandlung wurde noch der Fußboden abgespritzt und auch der Schmutz entfernt, der sich auf den Öfen angesammelt hatte. Der ekelerregende Gestank verschwand aus der

Halle. Dann schlossen die Männer die Türen hinter sich und gaben Emilia Gelegenheit zu schlafen.
Die Feuerwehrleute versprachen, den Elefanten am folgenden Morgen ein zweites Mal zu waschen und von da an zweimal täglich, ganz wie es der Tierarzt empfohlen hatte.
»Wir machen diese Einsätze zum Selbstkostenpreis, das Wasser gibt es umsonst, und auch der Sprit kostet nicht viel«, versprach Spritzmeister Riisikkala. Im Zivilberuf war er Sportlehrer am Gymnasium von Ulvila. Er vertrat die Meinung, dass sich die Aufgaben der Freiwilligen Feuerwehr nicht nur auf das Löschen von Bränden beschränken sollten, sondern dass auch allgemeine Erfahrungen im Einsatz von Wasser dazugehörten. Als ein Beispiel für ihre vielseitige Tätigkeit erzählte er, wie sie im Sommer den Gärbottich der Bierbrauerei von Pori ausgepumpt hatten, weil jemand versehentlich hundert Kilo Bierhefe zu viel hineingetan hatte. Auch damals hatten sie Schutzanzüge und Sauerstoffmasken verwenden müssen. Der Geruch in der Brauerei war so stark gewesen, dass die Männer ohne die modernen Schutzvorkehrungen völlig berauscht gewesen wären.
»Elefanten haben wir bisher noch nicht gewaschen, aber es hat ja ganz gut funktioniert«, meinte er noch zum Schluss und führte die Hand an den Helm.

FUTTERDIEBE SIND IN NÄCHTLICHER DUNKELHEIT UNTERWEGS

Dank der eifrigen Pflege durch die Feuerwehrleute genas Emilia rasch. Das Fieber sank, der Appetit kehrte zurück, der Magen kam in Ordnung und die Ausscheidungen waren wieder trocken. Kaufmann Taisto Ojanperä bezahlte die Rechnung der Freiwilligen Feuerwehr. Die war zwar nicht hoch, aber Lucias Barschaft war ein für alle Mal aufgebraucht. Sie war völlig auf Taistos Wohlwollen angewiesen. Auch Laila konnte ihr finanziell nicht helfen, denn Oskari Länsiö gab seiner Frau so gut wie kein Geld. Er vertrank alles, was er für die Eier einnahm. Und die Milch von den wenigen Kühen erbrachte nicht genug, um einen hungrigen Elefanten zu ernähren, auch wenn Laila guten Willens war.

Lucia hatte kein Geld mehr, um die Bauern im Umland für das Futter zu bezahlen. Sie mochte auch nicht Taisto ständig um höheren Lohn bitten, zumal ihr Emilias Betreuung kaum Zeit ließ, ihm im Laden zu helfen. Gemeinsam mit Laila holte sie das Halmfutter aus immer entlegeneren Dörfern, sie nahmen sich im Allgemeinen mehr als abgemacht und holten oft nachts noch auf eigene Faust Nachschub. Das machten sie sich regelrecht zur Gewohnheit, sie entwickelten sich im Laufe des Frühjahrs fast zu professionellen Futterdieben.

Ein- oder zweimal in der Woche rüsteten sie sich zu ihren nächtlichen Touren. Sie verfolgten genau den Wetterbericht. Am sichersten war es, vor dem Einsetzen von Schneefall aufzubrechen, denn der Schnee verdeckte die Spuren. Lailas Mann Oskari schlief um die Zeit für gewöhnlich seinen Rausch aus. Taisto wiederum hörte nicht, wenn Lucia das Haus verließ, oder er tat zumindest so. Die erfahrene Zirkusprimadonna vermied Geräusche, wenn sie sich auf ihre verbotenen Pfade begab. Beide Frauen zogen sich warm an, nahmen Proviant und eine Thermosflasche mit Kaffee mit. Manchmal sprachen sie miteinander über das heikle Thema. Lucia behauptete, stets geradezu idiotisch ehrlich gewesen zu sein, aber jetzt sei sie der Versuchung erlegen und stehle Heu und sogar Stroh. Laila wiederum gestand, ihrem Vater als kleines Mädchen Kleingeld stibitzt zu haben, für das sie sich Bonbons gekauft habe. Eines Tages habe er sie erwischt. Er habe ihr einen großen Geldschein gegeben und gesagt, dass sie beide nie darüber reden wollten, und auf keinen Fall mit der Mutter.

»Ach ja, mein Vater war wirklich prima, ließ sich immer eine Menge einfallen.«

Er war erst vor drei Jahren gestorben und auf dem Friedhof von Luvia beigesetzt. Oskari hatte kein einziges Mal das Grab seines Schwiegervaters besucht, Laila hingegen ging mehrmals im Jahr hin, und immer musste sie weinen. Zum Glück lebte ihre Mutter noch, sie war im Altenheim untergebracht.

Lucia und Laila machten es sich zur Gewohnheit, bei ihren nächtlichen Raubzügen am Bethaus von Hormistonmäki vorbeizufahren. Das Gebäude jagte ihnen keine Angst mehr ein. Mit dem Weihnachtslied, das sie dort gesungen

hatten, war es zu einer freundlichen Stätte geworden, um die ein alles verzeihender Frieden herrschte.
»Als ich zum Konfirmandenunterricht ging, war ich gläubig«, gestand Laila. »Später wurde ich irgendwie weltlicher, aber seit Oskari trinkt und so garstig ist, bete ich wieder. Ich tue es fast jeden Abend, das erleichtert.«
Lucia bekannte, dass sie für Emilia bete, aber es scheine nicht zu helfen.
»Andererseits ist es bestimmt eine Art Fügung, dass ich Taisto begegnet bin. Einen so guten Mann gibt es eigentlich gar nicht, im wirklichen Leben, meine ich.«
»Stimmt. Er ist wie Jesus.«
»Nimm ihn dir«, forderte Lucia die Freundin auf. »Ich habe genug mit Emilia zu tun.«
Laila sagte zwar nichts dazu, aber sie dachte darüber nach.
Wortlos baten die Frauen Jesus um Vergebung für den Diebstahl, aber was blieb ihnen anderes übrig? Von ihrem Gebet erleichtert, starteten sie wieder das Fahrzeug und fuhren zielstrebig in Richtung Kiukainen. Dort hatten sie ein großes Gut entdeckt, dessen Futterreserven notfalls für eine ganze Elefantenherde reichen würde. Bis zu diesem Gut namens Köylypolvi waren es anderthalb Meilen, das bedeutete hin und zurück dreißig Kilometer nächtlicher Fahrt.
Die Frauen waren mit den üblichen Einbruchswerkzeugen ausgestattet: Taschenlampe, Kneifzange, Axt und Kuhfuß sowie Besen und zwei kurzstieligen Forken. Nervös kichernd brachen sie die Tür des Futterlagers auf und schlichen hinein, anschließend holten sie ihr Fahrzeug. Die Heuballen waren zu einer meterhohen Wand aufgestapelt. Die Frauen angelten sich ein paar herunter, zerschnitten

die Schnur und warfen das lose Heu mit der Forke auf den Anhänger. Als die Ladung fertig war, fuhren sie hinaus, schlossen die Tür und hängten das Schloss so ein, dass der Einbruch möglichst nicht gleich bemerkt würde. Die Räderspuren vor dem Gebäude fegten sie mit dem Besen zu, und dann sausten sie mit ausgeschaltetem Licht zur Landstraße. Auf der Heimfahrt machten sie am Waldrand Halt, tranken Kaffee und aßen ihren Proviant. Sie waren erleichtert und guter Dinge. Wieder war es ihnen gelungen, den Elefanten für eine Weile zu versorgen.
»Bald wird es Frühling und Sommer, dann kann sich Emilia selbst ihr Futter holen«, seufzte Lucia.
»Und wir können mit diesen Diebestouren aufhören«, freute sich Laila.

Mitte April gingen die Futterdiebe ins Netz. Bauer Paavo Satoveräjä saß im Arbeitszimmer seines großen Gutshauses und blätterte schweigend in den Anbauplänen für den kommenden Sommer. Die Gesamtfläche des Hofes betrug sechshundert Hektar, davon waren zweihundertzwanzig Hektar Feldfläche. Selbst im blühenden Satakunta war das ein großer Hof. Hätte man noch die alten Zeiten, würden im Kuhstall zweihundert Rinder muhen, auf den Feldern würden zwanzig Knechte schuften, und im Haus würden Bauer und Bäuerin, vor allem Letztere, Kaarina Satoveräjä, von einer Schar Mägde bedient. Aber heute war alles anders. Der Bauer konnte froh sein, wenn er zu den Stoßzeiten bei Saat und Ernte zwei, drei Männer bekam, die die Traktoren und Mähdrescher fuhren, und er selbst war gezwungen, von morgens bis abends zu arbeiten. Seine Frau hatte es leichter, denn Milchvieh gab es auf dem Hof nicht mehr, sie hatten die Kühe schon vor zehn Jahren verkauft. Übrig geblieben war nur die Katze, kein anderes lebendes Vieh. Die Kinder waren aus dem Haus, Sohn Lauri war Ingenieur und der zweite, Ilmari, Pastor. Ja, der Bursche war tatsächlich Pastor geworden, angestellt im Kirchenbezirk Vammala.

Kaarina Satoveräjä war schlank und knapp über vierzig, eigentlich eine schöne Frau. Sie hatte fast pechschwarze glatte Haare und eine spitze Nase. Im Allgemeinen war sie recht ruhig, aber wenn sie wütend wurde, lief sie rot an. Jetzt hatte sie ihrem Mann etwas mitzuteilen.

»Die verrückten Weiber haben sich diese Woche wieder Futter geholt, zwei Mal.«

Ihr Mann sah sie fragend an.

»Jawohl, glaubst du es denn immer noch nicht? Die beiden vom Zirkus!«

Paavo wusste sehr wohl, worum es ging. Laut seiner Buchführung war im Laufe des Winters tonnenweise Futter aus dem Lager verschwunden, und er ahnte, wohin es gebracht worden war. Er hatte, ohne es zu wollen, einen Elefanten ernährt. Ganz Satakunta redete darüber. Er fing an zu brüllen, was er eigentlich mit Elefanten zu schaffen habe. Er sei nicht im Mindesten verpflichtet, die scheißenden Vielfraße abgehalfterter Zirkuskünstler zu ernähren. Ein finnischer Bauer stehe sich ohnehin so schlecht, dass er kaum den Tisch der eigenen Familie decken könne.

Bauer Paavo wetterte quasi zum eigenen Vergnügen, es tat ihm gut. Schade nur, dass es heutzutage selten Gründe für eine große Wut gab, aber hier war tatsächlich mal reichlich Anlass gegeben.

Bald war sein größter Zorn verraucht. Er hatte natürlich gewusst, was da während des Frühjahrs in seinem Futterlager abgelaufen war. Jetzt, bereits völlig versöhnt, begann er zu überlegen, wie er die diffizile Angelegenheit regeln sollte. Die Diebstähle hatten womöglich schon im Winter begonnen. Der Schwund betrug Tausende von Kilos, es war eine große Menge, aber auch Paavos Landgut war groß, sodass das fehlende Futter letztlich nicht ins Gewicht fiel. Die Polizei wollte er jedenfalls nicht einschalten. Im Grunde genommen erschien es ihm angemessen, auf diese Weise bei der Ernährung des exotischen Tieres zu helfen, hatte er doch Verständnis für die Schwierigkeiten der armen Zirkusprimadonna.

Auf jeden Fall musste er sich mit der Sache befassen, da seine Frau es verlangte. Diebstahl war ein Verbrechen, das man eigentlich nicht billigen durfte. Paavo war es gewohnt, dass seine Frau Forderungen stellte, auf die er stets irgendwie eingehen musste. Sie war die Miteigentümerin des Gutes, und dieses war so groß, dass an einen Streit zwischen den Ehepartnern und eine möglicherweise daraus folgende Scheidung nicht zu denken war. Das jahrhundertealte Erbgut wäre dadurch zerfallen.

Paavo rief im Laden von Hormistonmäki an, in dem Zirkusprimadonna Lucia Lucander den Gerüchten zufolge arbeitete und in dessen Obergeschoss sie auch wohnte. Der Kaufmann sagte ihm, dass Lucia in der Glasfabrik sei, aber dort gebe es kein Telefon. Also belud Paavo einen Anhänger mit zweitausend Kilo Heu und fuhr mit dem Traktor zur Glasfabrik.

Er überraschte Lucia und Laila dabei, wie sie den Elefanten gerade mit dem gestohlenen Heu fütterten. Der Bauer stellte sich vor und brüllte dann los, dass er keine Raubzüge auf seinem Gut dulde, er habe stets ehrlich gelebt, und dasselbe verlange er auch von anderen. Diebstahl sei ein Verbrechen, und da halfen auch keine blauen Augen, sondern auf so etwas stehe Gefängnis.

Lange hielt er den Ton nicht durch, sondern knurrte schließlich nur noch, dass das Futter nicht länger unerlaubt und im Schutze der Nacht bei ihm stibitzt zu werden brauchte.

»Von jetzt an schaffe ich mit dem Traktor so viel Futter her, wie dieses Tier irgend fressen kann. Auf Köylypolvi haben wir immer so viel übrig, dass ein Elefant miternährt werden kann.«

EINE FESTTAFEL IN SATAKUNTA

Bauer Paavo stand da und bestaunte Emilia. Sie war wirklich riesig. Wenn er dieses gewaltige Tier etwa vor einen vierscharigen Pflug spannen würde, ließen sich die lehmigen Äcker bequem aufbrechen, der Effekt wäre beachtlich. Hätten seine Vorväter diesen Riesen zum Beispiel Mitte des neunzehnten Jahrhunderts zur Verfügung gehabt, hätte man zumindest in Satakunta nicht gehungert. Ein Elefant bei der Feldarbeit wäre der Garant für Wohlstand gewesen. Emilia stand fest und ruhig auf ihrem Strohbett, sah Paavo vertrauensvoll in die Augen und brummte freundlich. Sie hatte einen natürlichen Instinkt und betrachtete anständige Menschen als Freunde, auch wenn diese mal herumbrüllten. Sie streckte Paavo ihren gewaltigen Rüssel entgegen.

»Emilia sagt guten Tag«, erklärte Lucia.

Paavo trat vorsichtig näher heran und umarmte zögernd den Rüssel. Eine wahrhaft seltsame Begrüßung. Emilia seufzte tief und brummte zufrieden.

Laila Länsiö erkundigte sich schüchtern, wie der Bauer erfahren hatte, dass sie und Lucia sich an den Futtervorräten seines Gutes bedient hatten. Dasselbe wollte auch Lucia wissen. Die Frauen hatten sich eingebildet, lautlos vorgegangen zu sein, ihre Spuren verwischt und die Transporte verheimlicht zu haben wie professionelle Gangster. Paavo sagte darauf, dass in Finnland und speziell in Satakunta außergewöhnliche Aktivitäten nie unbemerkt blieben. Alles wurde registriert und im Gedächtnis gespeichert, nichts blieb geheim.

»Was wird die Folge sein?«, fragte Lucia besorgt. Sie und Laila waren entsetzt über den Gedanken an die Strafe und die öffentliche Schande. Andererseits hatte ihnen der Bauer die Diebstähle offenbar schon fast verziehen, ja sogar eine große Fuhre mit Futter zur Glasfabrik mitgebracht.

Bauer Paavo sagte, dass er gut verstehe, dass dieses gewaltige Tier viel Futter brauche. Am klügsten sei es, die winterlichen Futterexpeditionen zu vergessen. Jetzt nahe der Sommer, ob es denn schon Pläne bezüglich des Elefanten gebe.

Lucia sah sich gezwungen zuzugeben, dass Emilia in dieser Welt nicht mehr gebraucht wurde. Sie hatte das Tier per Bahn aus dem fernen Sibirien hierher nach Finnland gebracht, war bis zum Hafen von Pori mit ihm gereist. Dort hatte sie es auf ein Containerschiff laden und in ein warmes Land, etwa nach Südafrika, schicken wollen. Von dem Plan hatte sie jedoch Abstand nehmen müssen, da es auf den Containerfrachtern keine sichere Unterbringung für Elefanten gab und die Besatzungen in den engen Räumen keinen solchen Vielfraß betreuen wollten. Bei schwerer See könnte der Riese an den Containern, der übrigen Fracht oder den Innenwänden zerquetscht werden. In ihrer Not hatte sie sogar schon daran gedacht, Emilia zum Schlachthof zu schaffen, aber Mitleid und Freundschaft hatten sie im letzten Moment davor zurückgehalten, die gute alte Gefährtin töten zu lassen.

Lucia wusste tatsächlich nicht, was sie mit Emilia machen sollte. In den Schlachthof wollte sie sie auf keinen Fall schicken, der Gedanke war ihr von Anfang an so schrecklich erschienen, dass sie gar nicht mehr davon reden wollte.

Paavo erklärte sich bereit, den Elefanten zu ernähren, bis sich eine bleibende Lösung fände. Vorläufig sollte alles beim Alten bleiben. In der Glasfabrik fühlte Emilia sich wohl, das war an allem zu erkennen. Vor seinem Aufbruch ließ sich Paavo noch dazu hinreißen, die Frauen, ebenso Kaufmann Taisto Ojanperä und die anderen an der Sache beteiligten Personen auf sein Gut einzuladen. Wenn man gemeinsam über das Problem nachdachte, würde man ganz sicher auch eine Lösung finden. Wie wäre es, wenn die Damen bereits am kommenden Sonntag, bald nach dem Kirchgang, zu Besuch kämen?

Am Sonntag versammelte sich eine kleine Gesellschaft auf Gut Köylypolvi. Das Hauptgebäude wirkte sehr stattlich, es hatte einen gelben Anstrich wie ein Herrenhaus oder eine Pfarrei, war eingeschossig, mindestens dreißig Meter lang und stand auf einem kleinen Hügel. Uralte Birken und Fichten umgaben das Haus, sodass es vor Blicken geschützt war. Ein langer Birkenhain führte von der Straße zum Tor. Ringsum erstreckten sich weite, drainierte Felder. Die übrigen Gebäude des Gutes, mehr als zehn an der Zahl, waren um den Wirtschaftshof gruppiert: ein aus Stein gebauter Kuhstall, Scheune, Speicher, die Futterhalle, die Maschinenhalle, die Sauna. Köylypolvi war wie ein kleines Dorf, ein harmonisches, schönes Ganzes. Bauer Paavo und seine Frau Kaarina empfingen die Gäste auf der Veranda und geleiteten sie ins Esszimmer, wo ein regionaltypisches Mittagessen wartete.

Lucia Lucander, Laila Länsiö, Taisto Ojanperä, Tauno Riisikkala und Seppo Sorjonen traten in den Raum, dem anzusehen war, dass er mindestens hundert Jahre alt war. Im Hintergrund stand ein langer Tisch und um ihn herum Stühle mit hohen Lehnen. In der Ecke prangte ein weiß gekalkter riesiger Ofen, und daneben befand sich die Küche, ausgestattet mit modernen Schränken und Geräten. Der Schaukelstuhl war ein Modell aus der Meisterwerkstatt von Nakkila. An den Wänden hingen Wandteppiche und einige Gemälde. Gegenüber dem Ofen standen ein Klavier und ein Bücherschrank, den Fußboden bedeckten lange Flickenteppiche.

»Sie brauchen sich nicht die Schuhe auszuziehen, ich bringe die Teppiche noch vor Mittsommer zum Waschen«, erklärte die Hausfrau.

Eine große, grau gemusterte Katze begrüßte die Gäste, sie maunzte und strich ihnen um die Beine, besonders eifrig rieb sie sich an Lucias ledernem Hosenbein. Ob es Emilias Geruch war, der sie faszinierte? Die Hausfrau zischte ungehalten, und die Katze verzog sich beleidigt.

Kaarina Satoveräjä hatte zu einem traditionellen Mittagessen eingedeckt. Verglichen mit anderen Regionen wirkte die Tafel nicht gerade üppig, dennoch hatte Kaarina im Namen der Gastfreundschaft ihr Bestes gegeben.

»Probieren Sie erst mal einen Salat«, forderte Bauer Paavo die Gäste auf. In Satakunta verstand man darunter Heringssalat. Dazu gab es trockenes Gerstenbrot. Im Angebot war auch so genannter Schusterlachs, schließlich lebte man in einer maritimen Gegend. Aber Satakunta ist auch eine Landwirtschaftsregion, und so hatte Kaarina einen großen Kessel mit Schweinefleisch gekocht. Sie empfahl ebenfalls

ihren Kohlrübenauflauf und forderte die Gäste auf, tüchtig zuzulangen.
Zu trinken gab es Buttermilch, Hausbier und Wasser. Zum Abschluss löffelte man nach einheimischer Tradition einen Teller Gerstengrütze.
Nach der Grütze kam man auf das Thema des Tages, nämlich Emilias künftiges Schicksal, zu sprechen. Da der Mietvertrag für die Glasfabrik Ende Mai auslief, musste für den Elefanten vorher eine neue Unterbringung gefunden werden.
Bauer Paavo erklärte, dass auf seinem Gut Platz für Emilia wäre, zum Beispiel im leer stehenden Kuhstall, und Auslauf für das Tier gäbe es in den umliegenden Wäldern. Mit einiger Fantasie fände man auf dem großen Gut sicherlich auch praktische Einsatzmöglichkeiten für einen Elefanten. Man brauchte ihn ja nicht direkt vor einen Pflug zu spannen, aber er könnte dünne Bäume fressen und so beim Ausdünnen der Wälder helfen.
Tierarzt Seppo Sorjonen war von dem Gedanken sehr angetan:
»Gerade Faserpflanzen sind sehr wichtig für Elefanten.«
Er erzählte, dass die Tiere mühelos handgelenkdicke Erlen und Birken verputzen konnten. Ein Elefant fraß, indem er die Nahrung in Vorwärts- und Rückwärtsbewegungen zermalmte, seine Kiefern bewegten sich nicht in seitliche Richtungen, so wie die der anderen Säugetiere. Deswegen verschlangen die Tiere auch so viel, das Maul eines Elefanten funktionierte etwa so ähnlich wie ein Spanhobel.
Kaufmann Taisto Ojanperä bedankte sich für das Essen und lud gleichzeitig die ganze Gesellschaft einschließlich der Gastgeber zum nächsten Sonntag gleicher Zeit in sein

Haus ein. Bis dahin hätte man sicherlich schon eine Lösung hinsichtlich Emilias Sommergestaltung gefunden.
Bauer Paavo schien sehr angetan von Emilia.
»Sie wäre eine prima Gesellschaft, oder was meinst du, Kaarina?«
»Ich bin nicht recht an Elefanten gewöhnt. Die Katze ist Mühsal genug«, sagte seine Frau und räumte den Tisch ab.

WOFÜR MAN EINEN ELEFANTEN AUF EINEM LANDGUT VERWENDEN KANN

Bauer Paavo spielte mit dem Gedanken, Emilia künstlich zu befruchten und Nachkömmlinge zu züchten. Wenn er nun auf seinem Gut eine kleine Elefantenherde gründete? Er könnte die großen Feldflächen mit Elefantenkraft pflügen – nun ja, Kaarina würde in dieses Projekt nie einwilligen. Heutzutage bestimmte auf einem Bauernhof nicht mehr nur der Bauer allein, sondern die Bäuerin hatte ebenso großes, ja manchmal sogar noch größeres Mitspracherecht.

Auch sonst war das Los eines Landwirtes hart in den nördlichen Breitengraden, besonders jetzt, da die Europäische Union über das Leben der finnischen Bauern bestimmte. Der uralte Begriff vom freien Bauern hatte schon längst seine Bedeutung verloren und bot sogar in zunehmendem Maße nur noch Anlass zu Hohn und Spott.

In der Nähe des Gutes Köylypolvi befand sich der See Köyliönjärvi, dessen Name aus demselben Wortstamm gebildet war. An diesem See waren, jeweils am entgegengesetzten Ufer, Denkmäler für zwei Feinde aus alter Zeit errichtet worden. Am östlichen Ufer des Sees stand der Gedenkstein für den Heiligen Henrik, und gegenüber, am Westufer, das Denkmal seines Mörders, des Bauern Lalli. Seufzend dachte Paavo bei sich, dass heutzutage keine

Männer vom Schlage eines Lalli mehr geboren wurden, Männer, die imstande waren, sich gegen die Obrigkeit zu erheben. Er selbst verlor ja zum Beispiel bereits die Herrschaft bei der Führung seines Gutes. Seine Frau hatte, nachdem die Gäste gegangen waren, kurz und bündig erklärt, dass auf Köylypolvi niemals ein Elefant Haustier werden würde. Kaarina, die in der Gegend spöttisch Kaarina Maununtytär, Tochter des Maunu, genannt wurde, hatte in Fragen des Gutsbetriebes ein gewichtiges Wort mitzureden. In ihrer strengen Art war sie tatsächlich eine Kaarina Maununtytär, zwar nicht mit einem König verheiratet, aber sie stammte aus einer wohlhabenden Familie. Ihr Großvater Maunu Kamskeri war einst ein gewiefter Schnapsschmuggler gewesen, hatte während des Alkoholverbots heimlich Schnaps auf die vorgelagerten Schären und Inseln geschafft und war in jenen nach Fusel riechenden Jahren zu Reichtum gelangt. Er hatte sich im Dorf Köylypolvi ein Landgut gekauft und sich den Ruf eines achtbaren und gesetzestreuen Bürgers erworben, Geld genug hatte er ja gehabt. Sein Sohn hatte nach dem Tod des Schmuggler-Vaters das Gut weitergeführt. Er und seine Frau hatten eine hübsche Tochter bekommen, die sie Kaarina genannt hatten, und da es in der Familie die Berühmtheit namens Maunu gab, hatten die Leute das Mädchen scherzhaft nach der vom Lande stammenden Gattin des einstigen schwedischen Königs genannt.

Kaarina war insoweit eine Herrscherin, als sie sich nicht mit der Rolle einer gewöhnlichen Landfrau und Bäuerin begnügte. Sie nahm sich das Recht zu entscheiden, ob auf den Feldern ihres Gutes ein Elefant herumstapfen durfte oder nicht. Sie hing an dem Gut, an seiner Größe, an dem gediegenen Leben, an ihrem eigenen Status als wohlhabende Frau.

Taisto Ojanperä wiederum besaß eine geräumige Wohnung im Obergeschoss seines Ladens. Sie bestand aus einem großen Wohnzimmer und drei weiteren Räumen, außerdem gab es noch eine gesonderte kleine Einzimmerwohnung, vorgesehen für die Ladengehilfen, in der jetzt Lucia Lucander wohnte. Taisto und Lucia hatten gemeinsam ein leckeres Sonntagsmahl zubereitet, aber diesmal nicht nach einheimischer Tradition, sondern sie boten ostfinnische Delikatessen, angefangen vom Rogen kleiner Maränen und verschiedenen Salzfischen bis hin zum karelischen Braten. Lucia Lucander stammte ja aus Ostfinnland, nicht direkt aus Karjala, sondern aus Lemi in der Nähe von Lappeenranta. Sie hätte am liebsten eine dortige Spezialität gemacht, aber in Satakunta hatte sie nicht die Möglichkeiten dafür, nicht einmal der erforderliche hölzerne Trog war aufzutreiben.

Die Gäste stiegen am Nachmittag ins Obergeschoss hinauf. Die ostfinnischen Delikatessen regten nicht nur den Gaumen, sondern auch den Geist an, die Gäste langten ohne Scheu zu, und bald war der Raum erfüllt von begeisterten Ausrufen und fröhlichem Geplauder. Tierarzt Seppo Sorjonen hatte das Buch *Huf- und Rüsseltiere* von Wolfgang Puschmann mitgebracht, das er kennen gelernt hatte, als er in den 1980er Jahren an der Berliner veterinärmedizinischen Fakultät studiert hatte. Er hatte zu Hause in seinem Fachbuchbestand gestöbert und dabei das besagte Werk gefunden. Unter der Woche hatte er einige Passagen ins Finnische übersetzt, und die las er während der Mahlzeit vor. Die Gäste erfuhren zum Beispiel, dass die Risthöhe eines ausgewachsenen Elefanten im Allgemeinen mehr als drei Meter betrug und dass Emilia zwar auf der Güterwaage der sibirischen Eisenbahn mit 3600 Kilo gewogen worden war, dass es aber die mächtigsten Tiere unter Umständen bis auf sieben Tonnen brachten.

»Die Elefanten haben einen großen Kopf, die innere Schädeldecke, die das Gehirn umschließt, besteht aus schwammähnlich poröser, dünner Knochensubstanz. Die Hohlräume sind teils mit Schleimhaut ausgekleidet und dienen der Riechwahrnehmung.«

Erst jetzt begriff Sorjonen, dass er einen Text vorgelesen hatte, der nicht recht zu einem Festmahl passte. Informationen über die Schleimhäute der Elefanten waren sicher nicht dazu angetan, den Appetit zu fördern. Also entschuldigte er sich und erzählte von den Augen der Elefanten.

»Die Augen der Elefanten sind mit weichen, langen Wimpern bedeckt. Dank dieser Wimpern haben die Tiere einen irgendwie sanften und rührenden Blick. Es heißt, dass Elefanten weinen können. Darüber wird weltweit viel diskutiert.«

Emilia besaß, wie alle Elefanten, große und fächerartige Ohren. Sorjonen erklärte, dass die Tiere, wenn sie mit ihren großen Ohren fächelten, ihren Kreislauf abkühlen und so die extreme Nachmittagshitze in ihrer Heimatregion besser ertragen konnten. Andererseits wedelten sie, wenn sie wütend wurden, mit ihren Ohren, um so dem Feind Angst zu machen und ihn zu verscheuchen, und wenn das nicht half, rannten sie frontal auf ihn zu. Wer dann nicht rechtzeitig die Flucht ergreifen konnte oder nicht mit einem Elefantengewehr ausgerüstet war, war verloren.

Lucia wies darauf hin, dass die Elefanten zwar steif und

nach Meinung mancher Leute rührend plump wirkten, dass sie sich aber im Ernstfall erstaunlich flink bewegen und nahezu jeden Feind vernichten konnten. Ein großes Tier konnte ein ganzes Haus unter sich zermalmen oder einen Bus umkippen, wenn es ihm einfiel.

Nach der Mahlzeit setzte Sorjonen seine Ausführungen über den Körperbau der Elefanten fort:

»Oberlippe und Nase sind zu einem Rüssel umgebildet, in diesem befindet sich also kein eigentlicher Mund, wie allgemein angenommen. Es ist ein Riechorgan, mit dem Rüssel kann der Elefant außerdem Gegenstände ertasten, und es ist gleichzeitig der Arm des Elefanten, ein Greiforgan. Mit dem Rüssel nimmt der Elefant Nahrung und Wasser auf, schließt mit Artgenossen Bekanntschaft oder rauft sogar.«

Nach diesen Rüsselgeschichten widmete man sich der Lösung des eigentlichen Problems, nämlich Emilias Sommergestaltung. Bauer Paavo erzählte, dass er daran gedacht habe, eine Elefantenherde auf seinem Gut zu gründen, gestand aber ein, nachdem er die Miene seiner Frau gesehen hatte, dass es wohl mehr ein jungenhafter Spaß gewesen sei. Nun ergriff seine Frau Kaarina das Wort, und sie hatte eine interessante Lösung anzubieten.

»Auf Köylypolvi wird kein Elefantenzoo gegründet, aber Emilia braucht trotzdem nicht geschlachtet zu werden. Schicken wir sie als Fracht nach Afrika, aber nicht vom Hafen Pori, sondern von Lappeenranta aus! Die erste Etappe der Reise führt durch den Saimaa-Kanal.«

EMILIAS SOMMERPROGRAMM WIRD ENTSCHIEDEN

Kaarina Maununtytär, oder nennen wir sie doch besser Bäuerin Kaarina, erinnerte ihren Mann und die übrigen Anwesenden daran, dass ihr Großvater seinerzeit in der Seefahrt tätig gewesen war. Auf die kriminellen Seiten seines maritimen Heldentums ging sie nicht näher ein, sondern erzählte, dass seitdem in ihrer Familie gewisse seemännische Traditionen gewahrt worden seien, obwohl sie selbst dank ihres Vaters und Großvaters in ländlicher Umgebung aufgewachsen sei. Dennoch habe das Geschlecht des alten Schnapsschmugglers in zwei Generationen, jetzt bereits in der dritten, beruflich mit der See zu tun gehabt. Ihr Vetter befahre beispielsweise den Saimaa-Kanal als Skipper auf einem kleinen Stückgutfrachter. Mit ihm habe sie sich letzte Woche in Verbindung gesetzt. Emilias Schicksal sei quasi entschieden, sofern sie denn tatsächlich in die Natur oder jedenfalls nach Afrika oder Indien zurückgeführt werden solle.

Sie hatte am Telefon gesagt, dass ein lebender Elefant nach Afrika verfrachtet werden sollte, und der besagte Vetter Armas Toivonen hatte, nachdem er sich zunächst von seiner Überraschung erholt hatte, versprochen zu erkunden, wie das Projekt in der Praxis am klügsten und kostengünstigsten zu realisieren sei.

»In Poris Hafen Mäntyluoto nehmen die Schiffe nicht gern lebende Tiere an Bord, das ist der Grund dafür, warum Emilia an Land bleiben musste. Schon allein die hygienischen Bestimmungen bilden ein übermächtiges Hindernis.«

Bei den kleinen Schiffen, die durch den Saimaa-Kanal fuhren und ihre Fracht im Binnenland aufnahmen, waren die Bestimmungen lockerer. Für Tiertransporte, sogar ins Ausland, bestanden keine Hindernisse, man brauchte für die Tiere nur einigermaßen taugliche Papiere.

»Ich kann für Emilia Impf- und sonstige Zeugnisse ausstellen«, versprach Seppo Sorjonen bereitwillig. Er schätzte außerdem ein, dass der Winter in der Glasfabrik mehr als ausreichend die Quarantänezeit ersetzte, auch wenn Emilia zuvor auf Sibiriens Schienensträngen unterwegs gewesen war.

Nun überlegten alle gemeinsam, wann und wie Emilia zum Saimaa-Kanal geschafft werden sollte. Kaarina hatte ihren Vetter so verstanden, dass der Elefant in jedem beliebigen Hafen an Bord genommen werden konnte, die Kais waren heutzutage aus Beton und hielten einem Gewicht von zig Tonnen gut stand. Viele der Schiffe im Kanalverkehr beförderten Papier oder Massengut, sie konnten Emilia nicht aufnehmen, zumal sie die großen Exporthäfen wie Kotka und Hamina zum Ziel hatten. Aber es gab noch genug andere Schiffe, die von ihrer Größe und ihren Frachträumen her geeignet waren, Emilia zu transportieren, und, was das Beste war, ihre Zielhäfen befanden sich im Allgemeinen im Ausland, manche Frachter liefen Rostock oder andere deutsche Häfen an, andere fuhren nach England oder auch nach Holland. Und wo, wenn nicht dort, gab es die großen Handelsschiffe, die zusätzlich zu ihrer Fracht notfalls noch eine ganze Elefantenherde aufnehmen und zum gewünschten Hafen in Afrika oder Indien bringen konnten, und der Transport würde nicht einmal sehr teuer.

Sportlehrer und Spritzmeister Tauno Riisikkala meldete Zweifel an, ob es wirklich Sinn mache, Emilia nach Afrika zu verfrachten. Stand nicht zu befürchten, dass ein Tier, das sein ganzes Leben in Gefangenschaft zugebracht hatte und im Zirkus aufgetreten war, nicht mehr in der freien Natur zurechtkäme? Möglich war doch, dass seine Artgenossen es nicht in der Herde akzeptierten. Das glaubte Lucia Lucander nun gar nicht. Sie sagte, Emilia habe einen verträglichen Charakter, sie komme sowohl mit Menschen als auch mit Tieren gut aus, außerdem habe sie, als sie klein gewesen war, durchaus mit erwachsenen Elefanten zu tun gehabt.

»Auch wenn Emilia von Menschen aufgezogen und gezähmt worden ist, würde es ihr bestimmt keine Schwierigkeiten bereiten, sich einer Herde wildfremder Elefanten anzuschließen.«

Lucia betonte noch, dass Emilia sehr wohl in der Lage sei, sich in jeder beliebigen Herde zu behaupten, sie sei groß, klug und geschickt, und sie werde in der Hackordnung oder besser gesagt im Rüsselwettkampf ganz bestimmt nicht den Kürzeren ziehen.

»Ich bin sicher, dass sie in einer Herde weiblicher Tiere bald die Anführerin sein wird, wenn sie nur erst zeigen kann, was sie draufhat«, behauptete Lucia.

Tauno Riisikkala bestätigte, dass es durchaus so sein mochte, aber es gab noch eine andere ernst zu nehmende Gefahr:

»In Afrika gibt es Wilddiebe, die sogar in den Naturreservaten Elefanten töten, darüber ist ja in den letzten Jahren immer wieder berichtet worden. Man sollte genau überlegen, ob man ihnen extra aus Nordeuropa noch zusätzliche Beute schickt. Emilias Stoßzähne sind für einen weiblichen Elefanten ihres Alters bemerkenswert groß und somit kostbar, sie sind immerhin fast einen Meter lang und zehn Zentimeter dick.«

Der Preis für Elfenbein war in der Tat ins Unermessliche gestiegen, das war Fakt, und besonders, seit die Elefantenjagd verboten war. Von der UNO war ein Schutzprogramm ins Leben gerufen worden, das den Handel mit Elfenbein weltweit verbot. Leider stieg dadurch der Preis noch weiter, und somit wuchs auch die Verlockung, Elefanten heimlich zu töten.

Lucia sagte darauf, dass sie sich bereits im Herbst über diese Dinge informiert habe. Zumindest in Südafrika gebe es zahlreiche Naturparks, die so streng überwacht wurden, dass dort keine Wilderei möglich sei. Die Strafen seien streng, die Elefantenherden wurden aus Helikoptern beobachtet und eventuelle Wilderer dingfest gemacht, sowie sie im Naturpark auftauchten.

Die anderen Anwesenden fanden, dass Riisikkalas Sorge berechtigt war, aber war die Alternative, Emilia an den Schlachthof zu verkaufen, etwa besser? Das unbegreifliche Faible der Chinesen für Elfenbein bedrohte jetzt ganz praktisch die gezähmte Emilia. Ihre Gattung war Millionen Jahre alt, viel älter als der Mensch, der in seiner jämmerlichen Eitelkeit nach den Stoßzähnen des Elefanten trachtete, sie sogar zu Potenzpillen zermahlte.

Man widmete sich nun dem nächsten Problem, nämlich den Frachtkosten. Kaarina fand, dass Emilias Ernährung gegenwärtig Unsummen kostete, denn das Tier brauchte pro Tag hundert Kilo Futter oder sogar noch mehr, und das gab es keineswegs umsonst.

Ihr Mann Paavo äußerte, dass man sich darum nicht zu sorgen brauche. Auf Gut Köylypolvi gebe es genug Futter, sogar in Überproduktion. Und sowie Emilia wieder gut und sicher in die Natur zurückgeführt worden sei, falle dieser Posten weg. Die Kosten für die Fracht, so glaube er, ließen sich aufbringen, wenn nicht anders, werde er ins eigene Portmonee greifen.

Seine Frau sah ihn scheel an, ihr Blick schien auszudrücken, dass diese Freigebigkeit auch ihr Portmonee betraf. Zum Streit kam es jedoch nicht. Taisto Ojanperä versprach, sich ebenfalls an den Schiffskosten zu beteiligen, wenn sie denn einigermaßen im Rahmen blieben.

Wie sollte Emilias Reiseverpflegung zum Saimaa-Kanal geschafft werden? Wie sollte das fast vier Tonnen wiegende Tier vom Kanalschiff auf den großen Ozeanliner gelangen, würde es selbst gehen, oder müsste ein Kran eingesetzt werden? Und dann die Hauptfrage: Wie käme Emilia zum Kanal? Sollte man einen großen Sattelschlepper vom Atomkraftwerk Olkiluoto mieten oder versuchen, sie mit der Bahn nach Lappeenranta zu verfrachten?

Lucia erklärte, dass der Bahntransport nicht in Frage kam, denn die gewöhnlichen finnischen Viehwagen waren für einen Elefanten zu eng. In Russland hatte sie seinerzeit für Emilia einen Spezialwaggon zur Verfügung gehabt, der ursprünglich für den Transport von Panzerwagen gebaut worden war. Den hatte sie gemietet, und mit ihm war sie auch bis nach Pori gefahren. In Finnland würden sich wohl kaum Waggons dieser Größe auftreiben lassen, und für die kurze

Fahrt extra einen aus Russland zu holen, lohnte nicht. Mit dem Sattelschlepper wiederum würde der Transport viel zu teuer. Außerdem war es in dem Auflieger stockdunkel, und Emilia würde garantiert krank werden, wenn sie nicht nach draußen sehen und auf dem schaukelnden Anhänger ihr Gleichgewicht nicht halten könnte. Sie würde möglicherweise sogar im Dunkeln an Platzangst sterben.

Am billigsten und im Sommer sicher auch am einfachsten wäre es, Emilia durch Südfinnland, von Satakunta nach Karjala, laufen zu lassen. Das wäre sogar günstig für sie, denn unterwegs bekäme sie wieder Berührung mit der lebendigen und gewissermaßen auch wilden Natur, wenngleich natürlich die finnische Wald- und Seenlandschaft ganz anders war als die afrikanische Savanne.

Lucia war also gewillt, Emilia die Strecke selbst zurücklegen zu lassen, und Paavo versprach, sich unterwegs um das Futter zu kümmern. Er könnte sich, wenn er die im Mai anfallenden Arbeiten erledigt hatte, der Expedition anschließen. Taisto Ojanperä empfahl den beiden, ein Mobiltelefon zu kaufen, wie er eines besaß. Es hatte sich als Kommunikationsmittel ausgezeichnet bewährt.

Kaarina machte ihren Mann darauf aufmerksam, dass er, wenn er tatsächlich den Elefanten bis ans Schiff begleiten wollte, zuvor die Frühjahrsarbeiten wie Pflügen und Säen abgeschlossen haben müsste, und gegen Ende des Sommers, vor der Ernte und den Herbstarbeiten, müsste er wieder zurück sein.

»Ist klar, und für den Sommer stellen wir ein paar Knechte ein, außerdem können wir uns von der Agrarschule Jokioinen einen Studenten holen, der den Traktor fährt«, plante Paavo.

Laila Länsiö berechnete anhand der Landkarte, dass die Entfernung nach Lappeenranta vierhundert Kilometer betrug. Durch die Wälder wäre der Weg natürlich viel länger, aber Lucia fand, dass Emilia diese Wanderung durchaus zuzumuten war.

»Wir werden nachts wandern, damit sich nicht Scharen von Neugierigen an ihre Fersen heften.«

»In der Tat, das machen wir«, sagte Paavo begeistert. »In Finnland gibt es schließlich noch genug Wälder!«

PROBEAUSFLUG AN DEN SEE

Landwirt Paavo Satoveräjä widmete sich in diesem Jahr eifriger als sonst der Frühjahrsbestellung. Er erledigte Pflügen, Bodenbearbeitung und Saat in Rekordzeit, und nebenbei hatte er noch Zeit und Kraft genug, sich um seinen neuen Liebling Emilia zu kümmern. Er fuhr ganze Anhänger voller Rüben und Kartoffeln, Getreide und Halmfutter zur Glasfabrik. Seine Frau Kaarina belächelte seinen Eifer, aber manchmal kam ihr doch der Gedanke, dass da nicht nur Tierliebe im Spiel war. Die Zirkusprimadonna Lucia Lucander war jung und vor allem attraktiv, hatte die Welt aus unterschiedlichster Warte erlebt und gesehen. Aber sie besaß keine lehmigen Satakunta-Felder. In diesem Sinne war sie harmlos, mochte sie auch vielleicht auf gefährliche Weise anziehend wirken, zumindest in den Augen eines dummen Bauern.

Emilia fraß jeden Tag bis zu zweihundert Kilo Futter. Paavo wunderte sich darüber und sprach Tierarzt Seppo Sorjonen darauf an, als sie zufällig in der Glasfabrik zusammentrafen, wohin beide gekommen waren, um Emilia und Lucia zu besuchen.

Seppo Sorjonen war mittlerweile ein rechter Elefanten-Spezialist, denn er hatte die einschlägige Literatur studiert und sich eingehend mit dem Körperbau, ja sogar mit dem Wesen dieser bemerkenswerten Tiere befasst. Er erzählte,

dass den Elefanten die Eckzähne fehlten. Aus den Vorderzähnen des Oberkiefers hatten sich zwei noch oben gebogene Stoßzähne entwickelt. Bei Emilia waren sie besonders prächtig ausgebildet, obwohl sie erst zehn Jahre alt war. Alle Zwischen- und Backenzähne waren länglich und abgeflacht, irgendwie brotlaibförmig. Er klappte Emilias Mund auseinander und zeigte auf die großen, klobigen Zähne.
»Dies sind harte, glänzende Platten, die wie Querleisten aussehen. Davon haben die jungen Elefanten vier Stück, die alten indischen Elefanten sogar mehr als zwanzig. In jedem Kiefer gibt es nur einen einzigen funktionstüchtigen Zahn, aber dahinter wächst ein zweiter, der mit zunehmendem Alter des Tieres nachrückt.«
Sorjonen ließ Emilias Mundwerk wieder zuklappen. Die großen Ohren angelegt, drehte sie den Männern ihr gewaltiges Hinterteil zu. Es gefiel ihr eindeutig nicht, dass in ihrem Rachen herumgefummelt wurde.
Seppo Sorjonen berichtete weiter, dass sich die Zähne des Elefanten nur vor und zurück bewegten und das Futter nicht auch in seitlicher Richtung zermahlten, wie es beispielsweise bei den Kühen der Fall war.
»Der Elefant käut sein Futter nicht wieder, sondern verschlingt es wie eine Dreschmaschine, deshalb verbraucht er gewaltige Mengen davon, und da er es in groben Fasern hinunterschluckt, kann der Magen nicht alles verdauen.«
Bauer Paavo tätschelte Emilias Hinterteil und sagte, dass er keineswegs die Futterration verringern wolle, er habe sich lediglich über den grenzenlosen Appetit des Tieres gewundert. Emilia drehte sich wieder zu den Männern um, sie hatte ihnen die Zahnkontrolle verziehen.

Ende Mai, als die Frühjahrsbestellung beendet war, beschlossen Paavo und Lucia auszuprobieren, wie die Wanderung mit Emilia in der Praxis klappen würde. Paavo schlug vor, in der Nacht zunächst nach Kiukainen und dann weiter nach Köyliö zu ziehen. Am dortigen See könnten sie tagsüber ausruhen, um schließlich in der Nacht wieder in die Glasfabrik zurückzukehren.
Paavo schaffte zweihundert Kilo Futter an den See und lagerte es im Ufergebüsch: gekochte Kartoffeln und Möhren, ein paar Eimer Gerste und zwei Ballen Heu. Das Wasser zum Trinken und zum Baden bot der See.
In den hellen Stunden des Frühlingsabends machten sie sich dann auf den Weg. Paavo setzte Lucia auf den Rüssel, und der Elefant beförderte sie auf seinen Rücken. Paavo hatte Karte und Kompass dabei, und er ging vorweg, zunächst in Richtung seines Gutes. Sie zogen durch Felder und Wälder zunächst nach Köylypolvi und von dort weiter zum See. In den frühen Morgenstunden erreichten sie das Nordufer, wo die Felder endeten und sie sich in einem kleinen Wald lagern konnten. Sie hatten in der Nacht gut zwanzig Kilometer zurückgelegt und dabei mehrere Landstraßen und eine Bahnlinie überquert. Die Wanderung war gut verlaufen. Emilia war nicht einmal müde, aber Lucia klagte über ihren schmerzenden Hintern, denn der Rücken des Elefanten ist zwar breit und stabil, aber die Kruppe dafür lang und scharfkantig, und das verursacht ähnliche Beschwerden wie ein harter und nicht passgerechter Fahrradsattel. In dem Waldstück warteten die Kartoffeln und Möhren, das Korn und das trockene Heu, all das Futter, das Paavo vorher für Emilia hingeschafft hatte. Als besonderen Leckerbissen mähte sie sich selbst frisches Gras:

Sie packte mit dem Rüssel ein ganzes Büschel, trat es mit dem Vorderfuß nieder und riss es dann wie mit der Sichel ab. Weder Wurzeln noch Erde gelangten in den Rüssel. Sie fraß mit gutem Appetit, und dann watete sie so tief in den See, dass nur noch der Rüssel, der Scheitel und die Augen herausschauten. Paavo entzündete am Ufer ein kleines Lagerfeuer, an dem er und Lucia sich Wurst rösteten, Kaffee kochten und ihren mitgebrachten Proviant verzehrten.
Während sie dort saßen, kam ein alter, sehniger Bauer angestiefelt, der die beiden würdevoll per Handschlag begrüßte. Er blickte zu Emilia, die im See planschte, und äußerte:
»Ich schätze, hier wird ein Elefant gebadet.«
Nachdem ihm das bestätigt worden war, setzte er sich auf einen Grashöcker. Lucia reichte ihm einen Pappbecher mit Kaffee. Schweigend genossen die drei ihr Getränk. Schließlich fragte Lucia, ob es in der Gegend immer so ruhig sei.
»Gewiss, gewiss, aber im Winter hat mal ein Bauer von drüben, vom anderen Ufer, einen Engländer erschlagen. Der Mann kam aus dem Gutshaus auf der Insel.«
Lucia fragte interessiert, ob der Täter gefasst worden sei.
»Nee, nee, das haben sie nicht mal versucht. Alle haben ihn gelobt, haben ihm gesagt: Das hast du gut gemacht.«
»Man hat ihn gelobt?«
»Und das tut man immer noch.«
Lucia wollte Näheres über das englische Opfer wissen.
»Irgendein Kirchenmann war es, ein Pastor wohl, manche behaupten sogar, ein Bischof. Ich kann's nicht sagen, die Sache passierte, ehe ich überhaupt geboren wurde.«
Sowie der Bauer weg war, riefen die beiden Emilia aus dem See zurück. Als Emilia sich getrocknet hatte und sich niederlegte, ruhten sich Lucia und Paavo an ihren warmen

Flanken aus. Paavo erzählte Lucia die Legende vom Bischof Henrik und dem Bauern Lalli und von dem schrecklichen Ereignis, das sich im zwölften Jahrhundert, vor fast tausend Jahren, auf dem Eis des Sees zugetragen hatte. Er sagte, er habe aus der Geschichte eine Art Lied gemacht, und das sang er Lucia vor. Bauer Lalli, der Besitzer des Gutes auf der Insel, war auf Reisen gewesen. Als er heimkam, berichtete man ihm, dass ein Falschgläubiger sein Haus besucht habe, irgendein verflixter Bischof. Lallis Frau machte die Sache sehr dringlich, sagte ihrem Mann, der Bischof habe sie bestohlen, habe seinen Knechten befohlen, Brot und Fleisch mitgehen zu lassen. Lalli schnallte die Skier unter, griff sich die Axt und machte sich an die Verfolgung. Auf dem vereisten Köyliönjärvi holte er den frechen Henrik ein und spaltete ihm ohne viel Federlesens den Schädel. Von den Knechten, die Widerstand leisteten, tötete er drei, mehr waren nicht dabei. Brot und Fleisch waren recht teuer geworden.

Paavo sang die letzte Strophe des Liedes drei Akkorde länger, als es in Kirchenkreisen allgemein üblich war.

Einige Kilometer von Köyliö entfernt liegt der Hiirijärvi, der Maussee. Gott überlegte nämlich, wie er den Mord an seinem Bischof rächen konnte. Lalli war ein tüchtiger Kerl und konnte mit der Axt umgehen, somit lohnte es nicht, Mörder oder etwa Wölfe nach ihm auszusenden, da wäre aus der Rache nichts geworden. Aber Gott ist gewitzt, und so schickte er tausend Mäuse und dreihundert Ratten hinter Lalli her. Gegen die ließ sich mit der Axt nichts ausrichten. Lalli flüchtete in den Wald, aber die vermaledeiten Mäuse und vor allem die Ratten verfolgten den Helden gnadenlos. Ihm blieb nichts weiter übrig, als am Ufer eines kleinen Sees auf einen Baum zu klettern, doch die verflixten Viecher kletterten hinterher. Lalli fiel entnervt vom Baum und plumpste in den See.

»Er ertrank mitsamt den Mäuse und Ratten, und daher hat der See seinen Namen.«

Irgendein Kirchenforscher hatte behauptet, dass die Legende von Lalli und dem Bischof Henrik eine Erfindung der Leute sei und dass kein einziger verlässlicher Beweis existiere. Paavo fand, dass man diese Behauptungen außer Acht lassen konnte. Glaubte dieser Forscher allen Ernstes, dass aus dem Mittelalter mehr als nur der mündliche Bericht überdauern sollte? Hätte man vielleicht die blutige Bischofsmütze oder Lallis Axt finden sollen? Nicht einmal neuere Schandtaten ließen sich immer beweisen. Zum Beispiel war Kaarinas Großvater, ein Schnapsschmuggler von nationaler Berühmtheit, für seine Taten wegen Mangels an Beweisen nie richtig verurteilt worden.

Lucia lobte Paavo und bestätigte ihm, dass er von Lalli und Bischof Henrik viel lebendiger erzählt hatte als vorhin der Bauer.

Bald ging die Sonne auf. Den ganzen Tag über faulenzten die drei im Schatten der Bäume. Am Abend gingen sie alle zusammen baden, und anschließend machten sie sich wieder auf den Weg zu Emilias Quartier, der Glasfabrik. Jetzt stieg auch Paavo auf den Rücken des Elefanten. Ohne Sattel war das Reiten recht problematisch, der Hintern hatte die Nacht hindurch einiges auszuhalten.

DER STRECKENPLAN FÜR DIE ELEFANTENWANDERUNG

Eine ganze Woche lang hatten Lucia und Paavo Probleme beim Gehen, vom Ritt auf dem Elefanten schmerzte ihnen der Hintern. Durch ganz Finnland ohne anständigen Sattel zu reiten war von vornherein ausgeschlossen. Der Probemarsch zum See war auch anderweitig von Nutzen gewesen. Die beiden hatten erkannt, dass sie sich besser auf das Übernachten im Freien vorbereiten mussten, auch wenn der Schlafplatz an Emilias Flanke im Prinzip warm und sicher war. Kleidung, Verpflegung, ein Verzeichnis der Hotels und Campingplätze, Landkarten – all das war nötig, vor allem aber mussten sie einen Elefantensattel anschaffen, und zwar speziell einen Zweisitzer.

In Nakkila werden die schönsten und stabilsten Schaukelstühle Finnlands und darüber hinaus sogar der ganzen Welt hergestellt. Sie sind die Arbeit von Meistertischlern, entstanden im Ergebnis jahrhundertelanger Traditionen. Was lag da näher, als Eljas Leistilä, den besten Schaukelstuhlmacher von Nakkila, zu bitten, bei Emilia Maß zu nehmen und einen zweisitzigen Sattel zu entwerfen mit allem notwendigen Zubehör und einer Steigleiter. In einen Sattel, der sich in drei Metern Höhe befindet, schwingt man sich nun mal nicht im Stile der Cowboys aus dem Wilden Westen.

Eljas Leistilä war bereits fünfundachtzig Jahre alt und wohnte im Altenheim des Kirchdorfes Nakkila. Im Werkunterrichtsraum der nahe gelegenen Schule hatte er die Möglichkeit, weiter Schaukelstühle, auch Standuhren und jetzt sogar Elefantensessel zu basteln. Taisto Ojanperä holte Eljas mit dem Auto ab und fuhr ihn zur Glasfabrik, damit er bei Emilia Maß nehmen konnte. Lucia und Paavo erwarteten den Meister dort, um mit ihm die Einzelheiten zu besprechen.

Eljas wunderte sich nicht weiter über den Auftrag, denn im Dorf war längst das Gerücht in Umlauf, dass Bauer Paavo mit der Zirkusprimadonna auf dem Elefantenrücken eine Liebesreise durch Finnland antreten wollte. Viel Zeit blieb allerdings nicht, denn der Sattel sollte bereits in drei Wochen fertig sein. Es war eine anspruchsvolle Arbeit, sie beinhaltete Entwurf und Fertigung sowie Probereiten. Eljas war ein sehr betagter Mann, aber er betonte, dass man sich auf ihn verlassen könne, er werde das Gewünschte liefern. Er rühmte sich damit, dass er einmal einen Schaukelstuhl in zwei Tagen gebaut hatte, und davon war noch die meiste Zeit fürs Trocknen der Kufen draufgegangen.

Lucia amüsierte sich. Die Kufen eines Schaukelstuhls trockneten garantiert nicht in zwei Tagen, sie war schließlich auf dem Lande groß geworden und wusste Bescheid, also dürfte sich der Meister da wohl geirrt haben.

Eljas gab zu, dass frische Birke nicht ganz so schnell trocknete, aber für den besagten Schaukelstuhl hatte er Wacholder genommen, und das ist von Natur her ein trockenes Holz. Der Stuhl zeichnete sich im Übrigen auch dadurch aus, dass er beim Schaukeln besonders elastisch war, und die Kufen konnte man zwischendurch noch als Flitzbögen benutzen. Er hatte selbst einmal mit seinem Schaukelstuhl innerhalb eines Tages einen ganzen Sack voll Haselhühner erlegt. Immer zwei Vögel auf einmal, da es ja zwei Bögen waren.

Emilia ließ sich brav von Eljas Maß nehmen. Der Alte krabbelte behände mit dem Bandmaß über den Rücken des Tieres und rief die Angaben nach unten, wo Kaufmann Taisto Ojanperä sie auf den leer gebliebenen Seiten eines alten Rechnungsbuches notierte. Als alles erledigt war, fuhr Taisto den Meister wieder ins Altenheim, wo dieser sich sofort an den Entwurf machte. Noch während der Kaufmann da war, erschien die Leiterin des Hauses und wollte wissen, wo Eljas den ganzen Nachmittag gewesen sei, nicht mal zum Essen sei er erschienen. Darauf sagte Eljas, dass er um drei Wochen Sommerurlaub bitte, er habe einen lukrativen Auftrag bekommen. Anschließend fragte er Taisto, ob er die nächsten drei Wochen bei ihm wohnen und ob Taisto ihm abends im Schulkeller bei der Arbeit zur Hand gehen könnte. Sie wurden sich einig. Taisto empfand es als große Ehre und einzigartige Gelegenheit, einem Meistertischler aus Nakkila helfen zu dürfen.

Ende Mai planten Paavo und Lucia die genaue Strecke und die anderen Einzelheiten. Dazu bedurfte es freilich etlicher Treffen im Büro der Glasfabrik. Paavo hatte einen dicken Stapel mit Landkarten dabei, er hatte sie zu Hause genau studiert und schlug Lucia eine Strecke vor, die an dem bereits bekannten See beginnen würde. Von dort ginge es nach Norden, und zwar über Sääksjärvi, Nokia und Tampere in die Gegend um Heinola.

»In Häme müssen wir uns dann entscheiden, ob wir Tampere nördlich oder südlich umwandern.«

Von Kangasala aus sollte es dann durch die Wälder nördlich von Heinola in Lucias Heimatgemeinde Lemi gehen.
»Herrlich, so komme ich nach Jahren wieder mal in mein Elternhaus. Schade nur, dass dort niemand mehr wohnt, ich bin Waise. Mein Vater starb, als ich noch ganz klein war, meine Mutter vor drei Jahren.«
Von Lemi aus wäre es schließlich nur noch eine kurze Reststrecke nach Luumäki und Lappeenranta, oder besser gesagt, zur Schleuse von Mustola, wo sich der erste finnische Hafen im Saimaa-Kanal befand.
»Dort geht es für Emilia dann ab aufs Schiff und mit dem Rüssel voran ins wilde Afrika!«, freute sich Paavo und wartete gespannt, ob Lucia seinen Streckenplan akzeptieren würde. Sie fand ihn ausgezeichnet, wollte aber gern wissen, wie lange der Elefantenmarsch dauern würde und wie weit es insgesamt von Satakunta nach Karjala war.
Paavo breitete die Karte auf dem Tisch des Büros aus. Lucia befeuchtete einen dünnen Wollfaden und führte ihn in Schlangenlinien über die Strecke, die Paavo vorgeschlagen hatte. Bei Lappeenranta schnitt sie das Ende ab und zog den Faden dann neben dem Maßstab der Karte gerade, so bekamen sie eine ziemlich genaue Zahl: dreihundertneunzig Kilometer. Sie rechneten noch dreißig Prozent für kleinere Umwege hinzu und kamen so auf ein Endergebnis von fünfhundertsieben Kilometern sommerlicher Wanderung. Wenn sie bei Nacht jeweils zwanzig Kilometer zurücklegen würden, bräuchten sie fünfundzwanzig Tage, aber wegen eventueller Regenfälle, unvorhergesehener Aufenthalte und Ruhetage mussten sie noch ein, zwei Wochen hinzurechnen. Also waren anderthalb Monate fürs Durchqueren des südlichen Teils Finnlands einzukalkulieren. Aber es

würde sich garantiert lohnen! Es erwartete sie das schönste Abenteuer, das man sich denken konnte.

Lucia und Paavo waren begeistert. Sie gingen hinüber in die Fabrikhalle, um Emilia zu erzählen, dass die Reise bereits vor Mittsommer losginge. Die Feldarbeiten waren erledigt, der Mietvertrag für die Glasfabrik lief aus, der finnische Sommer wartete.

Emilia begriff natürlich nicht, was Lucia und Paavo ihr da so eifrig erklärten, aber die Stimmung verstand sie gut. Ihr schien, als befände sie sich wieder im Zirkus.

DER SCHAUKELSTUHLMEISTER FERTIGT EINEN ELEFANTENSATTEL

Meister Eljas Leistilä entwarf einen zweisitzigen Elefantensattel. Er bestellte in der nahen Lederfabrik von Friitala zehn Meter Riemen, drei Zoll breit und vier Millimeter dick, aus denen er gleich in der Fabrik das Sattelgeschirr anfertigen ließ. Das Gerippe des Sattels machte er aus Eberesche, denn das war ein festes, zugleich aber elastisches Holz. Für das Geländer holte er sich trockene Birke. Als eigentlichen Sitz wählte er die zweisitzige Schlafcouch *Rondo* aus einem Einrichtungsgeschäft in Pori, ein leichtes Möbel, das für Studentenbuden gedacht war. Die Rechnungen für all diese Einkäufe ließ er an Landwirt Paavo Satoveräjä auf Gut Köylypolvi schicken.

Paavo bezahlte die Rechnungen ohne zu murren, wusste er doch, dass es sich um Materialkosten für den Elefantensattel handelte. Aber als er die Rechnung des Möbelgeschäftes für die Schlafcouch öffnete, konnte er nicht gleich die Verbindung zum Sattelmacher herstellen. Er glaubte, seine Frau Kaarina sei in ihrer Unverschämtheit so weit gegangen, dass sie ihn sogar das Lotterbett bezahlen ließ, das sie für ihren unsittlichen Lebenswandel benötigte. Bei den Eheleuten herrschte nämlich schon seit Jahren ein gewisses Misstrauen hinsichtlich der ehelichen Treue des jeweils anderen. Paavo hielt sich für einen halbwegs anständigen Partner, der sich nur selten von seinem Trieb auf den Weg in die hoffnungsvollen Betten fremder Damen leiten ließ. Seine Frau verdächtigte er dagegen schon lange des außerehelichen Beischlafs, obwohl er bisher noch keine Beweise gefunden hatte. Nun, einiges sagte vielleicht doch die Tatsache aus, dass Kaarina am nahen Waldrand ein kleines Gästehaus hatte errichten lassen, an einem Ort also, der abseits lag und vom Haupthaus her nicht eingesehen werden konnte und an den der passende Gespiele unauffällig direkt von der Landstraße her gelangte. Aber jetzt war die untreue Gattin zu weit gegangen! Kaarina war frech genug gewesen, ein Bett für ihr Liebesnest zu bestellen! Feuerrot im Gesicht und mit der Rechnung in der Pranke stürmte Paavo ins Esszimmer, wo seine Frau scheinbar nichtsahnend den Mittagstisch deckte.

Paavo knallte die Rechnung auf den Tisch und wetterte heftig, wie es ein Bauer aus Satakunta nur äußerst selten tat, er warf seiner Frau Untreue, Arglist und Frechheit sowie noch viele andere Sünden vor, die wir hier nicht unbedingt wiederholen wollen. Wütend prophezeite er unter anderem, dass der jahrhundertealte Familienbesitz unaufhaltsam den Bach hinuntergehen würde, weswegen sich all die Leichname der aufopferungsvollen Vorväter bis zur absehbaren Zwangsversteigerung im Grabe umdrehen würden.

Kaarina prüfte übertrieben ruhig die Sofarechnung und bemerkte dann trocken, dass Meistertischler Eljas Leistilä offenbar in einem Möbelgeschäft in Pori eine Schlafcouch bestellt habe. Sie gab ihrem Mann die Rechnung zurück, und er las sie genauer. Als er Eljas' Unterschrift entdeckte, verschwand die Röte der Eifersucht von seinem Gesicht, und an ihre Stelle trat das düstere Grau der Reue.

»Du hast das ganze Frühjahr hindurch deine Zirkusclownexpedition planen dürfen, und ich habe kein Wort dazu gesagt, und jetzt kommst du daher und brüllst wegen einer Rechnung herum, von der ich überhaupt nichts weiß«, sagte seine Frau, ohne die Stimme zu heben.

Paavo stürzte verwirrt aus dem Zimmer. Im Flur hörte er noch Kaarinas lakonischen Schlusssatz:

»Du hättest dir statt des Elefanten eine Sommerkatze nehmen sollen.«

Paavo fuhr im Aufruhr der Gefühle zur Glasfabrik, öffnete die Halle und trat zu Emilia. Sie begrüßte ihn, inzwischen ein vertrauter Gefährte, indem sie freundlich brummte. Paavo erzählte ihr, wie er vorhin grundlos seine Frau beschimpft hatte, er sprach mit ihr wie mit einem Pferd, denn die verstehen ihren Herrn bekanntlich oft besser als die eigene Ehefrau. Auch Emilia bezeugte ihr Verständnis, indem sie Paavo mit dem Rüssel umarmte.

Kurz darauf trafen Lucia, Taisto Ojanperä und Meistertischler Eljas in der Glasfabrik ein. Sie brachten Teile des Sattels, die Sitzkiste und verschiedenes Zubehör sowie bündelweise Sattelgeschirr mit, das in der Lederfabrik von Friitala zugeschnitten worden war. Sie wuschen Emilia mit dem Schlauch und ließen sie erst trocknen, ehe sie darangingen, all die Strippen an ihrem riesigen Leib zu befestigen. Eljas Leistilä spielte dabei routiniert den Boss. Die wendige Lucia saß auf Emilias Rücken, zog die Lederriemen hinauf und ließ ihre Enden auf der anderen Seite hinabhängen, wo Taisto stand und sie festzog. Der Lieferwagen des Möbelgeschäftes fuhr vor, und die zweisitzige

Schlafcouch *Rondo* wurde hereingetragen. Eljas quittierte den Empfang.

Obwohl es bereits Abend war, mochte niemand nach Hause gehen, ehe der Sattel endgültig befestigt war. Auch Paavo hatte es nicht eilig, zu seiner Frau heimzukommen. Er rief sie jedoch auf dem Handy an und erzählte ihr, dass die ominöse Couch aus Pori nun gekommen sei und sofort angebracht werde.

»Gut möglich, dass es bis in die Nacht dauert, geh du inzwischen ruhig schlafen.«

»Bleib nur, solange du willst, hier sehnt sich keiner nach deinem Gebrüll, Schatz.«

Emilia nahm das Anbringen des Sattels mit interessierter Ruhe hin, sie fühlte sich im Mittelpunkt des Geschehens, so wie in alten Zirkuszeiten. Es heißt ja, dass Elefanten ein gutes Gedächtnis haben, ein viel besseres als manche Menschen. Das mag durchaus stimmen. Emilia drehte und wendete sich und kniete nieder, je nach Befehl. Sie wartete geradezu darauf, dass man sie mit dem Zaumzeug lenkte, und genoss das ganze Treiben.

Eljas Leistilä erklärte, dass das Satteln nicht jedes Mal so lange dauere. Dies hier sei gewissermaßen die letzte Bauphase. Wenn alle Riemen festgezurrt und alle Teile an ihrem Platz und erprobt seien, könne man den Sattel samt Sofa und allem Drum und Dran innerhalb von fünf Minuten auf den Rücken des Elefanten hieven.

Um zwei Uhr morgens führten sie Emilia nach draußen. Eljas holte zusammen mit Taisto aus dessen Lieferwagen eine dicke Rolle mit blauem Markisenstoff. Es war das Regen- und Sonnendach, der Baldachin der zweisitzigen Schlafcouch. Sie breiteten den Stoff auf der Erde aus, dann

bekam Emilia den Befehl, niederzuknien. Eljas kletterte auf ihren Rücken, unter dem Arm vier Aluminiumrohre, die er in die Hülsen an den Ecken des Sattelrahmens steckte. Taisto und Paavo reichten ihm den Markisenstoff, und er spannte ihn mithilfe der Aluminiumrohre. Es entstand ein hübsches Gebilde, ganz wie das Festdach der Paradeelefanten der indischen Herrscher.
»Nur das Lenkrad fehlt«, fand Eljas.
Jetzt war alles fertig. Eljas kam herunter, und Lucia und Paavo stiegen hinauf. Sie nahmen nebeneinander auf dem ausgeklappten Doppelbett Platz, Emilia erhob sich, und dann ging es los.

KAARINA RÜSTET DIE EXPEDITION AUS

Lucia und Paavo ritten auf Emilia in den frühen Morgenstunden nach Gut Köylypolvi. Kaufmann Taisto Ojanperä und Tischler Eljas begleiteten sie im Lieferwagen. Sie nahmen die um diese Zeit einsame Landstraße, damit die beiden Begleiter im Auto genau beobachten konnten, wie der Ritt verlief und wie sich der Sattel auf dem Elefantenrücken ausnahm.

Rot glühend ging die Sonne hinter den weiten Feldern auf. Die Gestalt des Elefanten zeichnete sich als blaue Silhouette in der Landschaft ab, und der dunkle Baldachin wirkte wie ein kleines Haus, das im Takt der ruhigen Schritte des großen Tieres leise schwankte. Lucia und Paavo saßen eng umschlungen auf dem Sattelsofa. Eljas stellte laut Überlegungen an, dass er sich, wenn er jung wäre, ebenfalls einen Elefanten anschaffen, sich einen ähnlichen Sattel machen und eine junge Frau vom Stile Lucias zur Reisegefährtin nehmen würde. Das wäre was! Taisto Ojanperä sah das ähnlich, auch er hätte nichts dagegen, auf einem Elefanten zu reiten, aber wegen des Ladens blieb ihm für derlei Vergnügungen keine Zeit.

Auf halber Strecke hielten sie an, um die Bauchriemen, die sich gelockert hatten, festzuziehen und auch die Position des Sattels nachzubessern. Sie mussten ihn einen halben

Meter vorschieben, so passte er sich besser der Kruppe des Tieres an. Eljas war zufrieden mit seinem Werk, der Sattel scheuerte nicht auf Emilias Rücken, und das Sattelgeschirr war nicht zu eng.

In Köylypolvi angekommen, ließen sie Emilia in der Nähe des Hauses auf einem Feld fressen und ausruhen. Bäuerin Kaarina war bereits aufgestanden, sie bereitete ein Frühstück für alle. Anschließend wünschten Eljas und der Kaufmann Lucia und Paavo eine gute Reise und fuhren zur Glasfabrik zurück, um sauber zu machen.

Lucia machte sich ein Bett auf Emilias Sattel. Sie schlief darin wie in einer Wiege, denn der Sattel schaukelte sacht, während Emilia am Waldrand Erlenzweige fraß. Paavo kroch drinnen im Haus in seine Hälfte des Ehebettes. Der Wortwechsel des Ehepaars um die Schlafcouch war inzwischen vergessen, dennoch kam Kaarina nicht mehr ins Schlafzimmer, sondern erklärte, sie wolle sich waschen und anziehen. Außerdem wolle sie letzte Reisevorbereitungen treffen. Lucia und Paavo sollten zum Mittagessen ins Speisezimmer kommen, bis dahin sei alles fertig, versprach sie.

Während Lucia und Paavo schliefen, rief Kaarina bei einer Versicherungsgesellschaft in Pori an und schloss für beide eine Reiseversicherung ab. Emilia versicherte sie nicht, denn das wäre viel zu teuer geworden. Ein Elefant wurde in diesen Fragen einem Rennpferd gleichgestellt, und wenn man sein Gewicht mit dem eines normalen Pferdes verglich, ergab sich eine Versicherungssumme von fast tausend Mark. Kaarina entschied, wenn der Elefant sich das Genick brechen und sterben würde, so wäre das kein großer Schaden für die Besitzerin, sondern Lucia wäre höchstens erleichtert. Ein toter Elefant wurde in den afrikanischen Savannen nicht gebraucht.

Paavo hatte bereits früher in vielen Ortschaften angerufen, die an der geplanten Wegstrecke lagen, und Vereinbarungen für Emilias Fütterung getroffen. Nun war noch zu klären, welche Schiffe im Sommer und speziell gegen Ende des Sommers im Kanal unterwegs waren. Ebenso die Frage, ob man bereits jetzt den Frachtraum bestellen oder noch ein paar Wochen warten sollte, wenn der genaue Ankunftstermin feststand.

Kaarina rief ihren Verwandten Armas Toivonen an, der als Skipper den Kanal befuhr, und er sagte, dass er den Elefanten eigentlich jederzeit an Bord nehmen könnte. Sein Schiff *Marleena* transportierte einmal pro Woche Stückgut nach Rostock, und von dort gab es gute Verbindungen nach überall in der Welt. Man könnte den Elefanten also zunächst nach Deutschland bringen, und von dort könnte er mit einem Ozeanliner nach Indien oder Afrika fahren.

»Die Tour nach Deutschland kostet nicht viel, unter Verwandten gebe ich Rabatt«, versprach Armas.

Kaarina packte saubere Kleidung in Paavos Koffer. Sie überlegte, ob sie den Overall einpacken sollte, den er bei der Feldarbeit benutzte, oder lieber leichte Freizeitkleidung, und entschied sich für Letzteres. Sicherlich würde der Elefantenmarsch für Aufsehen sorgen, nicht nur bei der gewöhnlichen Landbevölkerung, sondern auch in der lokalen Presse, vielleicht sogar bei Funk und Fernsehen. Es wäre übertriebene Bescheidenheit, den Bauern in Arbeitskleidung und lehmigen Stiefeln auf Reisen zu schicken. Die Leute würden denken, dass sie, Kaarina, unfähig war, ihren Mann zweckentsprechend auszustatten.

Kaarina hatte rechtzeitig zwei Kühltaschen besorgt, außerdem mehrere Fahrradtaschen und Wasserbehälter aus Kunststoff. Nun packte sie deftige Wegzehrung für eine ganze Woche und natürlich für zwei Personen ein und füllte die Behälter mit Wasser. Dazu kamen noch die beiden Kühltaschen voller Aufschnitt, Fisch und Käse. Für all das ging der ganze Vormittag drauf, aber nebenbei wurde auch das Mittagessen fertig. Als Lucia und Paavo aufstanden, jeder von seiner Lagerstatt, war alles fertig.

Vor dem Essen duschte sich Paavo und karrte Kartoffeln, Möhren und leicht vertrocknete Äpfel, die aus Taisto Ojanperäs Laden stammten, vor Emilias Rüssel.

Als sie gegessen hatten, gingen sie daran, Emilia zu beladen. Paavo konnte nicht begreifen, wie Kaarina all die Vorbereitungen geschafft hatte. Er schämte sich, wenn er daran dachte, wie er sie der Untreue bezichtigt hatte und wie sie ihn jetzt für die lange Wanderung mit einem Elefanten und einer jungen Frau ausstattete. Das zeigte doch ganz deutlich, dass sie eine reizende und vertrauensvolle Frau war, die ihren Mann liebte und niemandem etwas Böses wollte.

Am unteren Rand des Sattels waren Haken angebracht, hier wurden die Taschen eingehängt. Die Last wurde auf beide Seiten gleichmäßig verteilt, damit der Sattel im Gleichgewicht blieb. In den Bettkasten der Couch kam die Bettwäsche, die Kaarina gemangelt hatte: Laken, Kopfkissenbezüge und zwei Decken, außerdem für Paavo ein Pyjama. In die Vorratskiste, die sich hinter dem Baldachin befand, kamen für beide Reiter Handtücher, ferner Paavos Rasierzeug, Seife und andere Hygieneartikel. Lucia packte ihre Schminktasche und weiteren persönlichen Bedarf in die Kiste.

»Beinahe hätte ich die Erste-Hilfe-Tasche vergessen«, rief Kaarina von der Treppe her. Sie brachte das gute Stück und machte darauf aufmerksam, dass sich auch Mückencreme und -öl darin befanden. Für den Elefanten hatte sie kein Insektengift gekauft, denn Seppo Sorjonen hatte auf die dicke Haut des Tieres hingewiesen und gesagt, dass die finnischen Mücken daran nichts ausrichten konnten, außerdem war der Elefant zu groß, um ihn mit Mückenöl einzureiben.

»Das ist einfach überwältigend«, seufzte Lucia, aber Kaarina sagte nur, dass man aus diesem Haus den Hausherrn nicht mit leeren Taschen in die Welt schickte, und auf Köylypolvi wurde auch sonst nicht gegeizt.

»Paavo übernimmt sämtliche Reisekosten, so war es abgemacht, denke ich.«

Gegen Abend war alles bereit. Lucia gab Emilia wieder den Befehl, niederzuknien, dann stieg sie in den Sattel. Kaarina umarmte ihren Mann und überreichte ihm dann das neueste Handy von Nokia. Paavos altes Handy bekam Lucia, ebenso seine Nummer. Für ihn hatte Kaarina eine neue Nummer besorgt, außerdem hatte sie sich selbst das gleiche Handy gekauft. Ihrem Mann stieg ein Kloß in die Kehle, und er bedankte sich.

»Das ist einfach zu viel«, stotterte er.

Der Augenblick war gekommen.

Paavo holte die Landkarte heraus und setzte sich auf die Couch, Lucia trat ans Geländer des Sattels und schnalzte mit der Zunge. Emilia reckte den Rüssel zum Himmel und trompetete munter. Sie war zufrieden, dass es losging, denn nach dem eintönigen Winter in der Glasfabrik sehnte sie sich nach Bewegung. Aus der aufgeregten Stimmung entnahm sie, dass etwas Angenehmes bevorstand. Zirkusleute gehen immer mit Beginn des Sommers auf Tournee. Kaarina begleitete die Reisenden mit ihrem Auto bis zum See. An der Birkenallee, die zu Lallis Denkmal führte, schickte sie ihrem Mann zum Abschied Kusshände und beobachtete noch lange, wie der Elefant durch die von Birken gesäumte schmale Gasse trabte. Sie vergewisserte sich gleichsam, dass die Reisenden auf den Weg kamen. Als das riesige Reittier samt Reitern hinter einer Biegung verschwunden war, stieg sie in ihr Auto und fuhr nach Hause. Unterwegs führte sie auf ihrem neuen Handy ein Gespräch.

Zu Hause, vor dem Hauptgebäude des großen Landgutes, wartete ein Auto, dem Sportlehrer Tauno Riisikkala, der drahtige Spritzmeister der Freiwilligen Feuerwehr, entstieg. Er öffnete den Kofferraum seines Wagens und holte einen zartgelben Blumenstrauß heraus, den er Kaarina mit glühenden Wangen überreichte. Es waren duftende, frühsommerliche Narzissen.

BEGRÄBNIS EINES HUNDES

In den frühen Morgenstunden gelangten die Reisenden nach Kullaa, wo sich ein großes Königsgrab aus der Bronzezeit befindet. Es ist ein mehrere Meter breiter und drei, vier Meter hoher Steinhaufen, ähnlich wie ein steinzeitliches Geröllfeld. Paavo war als Kind mit seinen Freunden manchmal da gewesen, und sie hatten die sonderbaren Steinbrocken umgedreht, ohne zu begreifen, dass darunter die Gebeine zahlreicher Stammesführer ruhten.

Paavo hielt Lucia einen Vortrag über jene alten Zeiten, und sie lauschte aufmerksam. Auch ihr früherer Zugdiener Igor hatte ihr auf den Bahnfahrten in Sibirien von den alten Zeiten in Russland erzählt, als es noch Mystik und Hexerei gab. Mit der Gelehrigkeit des Zirkuselefanten lauschte auch Emilia und ließ sich auf das Spiel ein. Sie fing an, die Steine auf dem Königsgrab nach ihrem Geschmack umzuschichten, und Lucia und Paavo ließen sie gewähren. Der Rüssel eines Elefanten ist weitaus geschickter als ein menschlicher Arm. Er hat sich aus Oberlippe und Nase gebildet, ist in die Länge gewachsen und hat sich zu einem großartigen Glied entwickelt, das keine Knochen hat, aber kräftiger als der Schenkel eines Pferdes ist. Am Ende des Rüssels befinden sich zwei fingerähnliche Ausbuchtungen. Mit den beiden im Rüssel befindlichen Nüstern kann der Elefant Wasser trinken, Erde oder Kies aufsaugen und die kompliziertesten Dinge tun. Der Rüssel ist eine gefährliche Kampfwaffe, aber auch ein sensibles Witterungsorgan, genauso scharf wie die Nase des Wolfes. Der Rüssel schlängelt, dreht und bewegt sich wie eine Schlange, ist aber nicht giftig.

Lucia und Paavo aßen Butterbrote und fütterten Emilia mit zwei Metzen Kartoffeln, die Kaarina extra für sie abgekocht hatte. Dann zogen sie weiter.

Die Hunde in den kleinen Dörfern machten stets ziemlichen Lärm, wenn sich die Reisenden näherten. Sie waren nicht an Elefanten gewöhnt. Emilia trompetete dann zur Warnung, und das Gekläff verstummte, die Köter verzogen sich still in ihre Hütten. Aus den dunklen Öffnungen funkelten gelb glühende Augen, aber die schwarzen Schnauzen glänzten feucht vor Angst.

In der Nähe von Sääksjärvi wollten sich Lucia und Paavo tagsüber ausruhen, aber daraus wurde nichts. Sie begegneten zufällig einem kleinen streunenden Hund, der eine interessante Mischung aus einem Rauhaardackel, einem Terrier und einem Spitz war. Es war ein genetischer Hundecocktail mit kräftigem Vorgeschmack und nachhaltiger Wirkung. Als der Köter den gemächlich durch die Felder trottenden Elefanten und die beiden Reiter auf seinem Rücken entdeckte, zögerte er keinen Moment, Emilia zum Zweikampf herauszufordern.

Schon von weitem fing er an zu kläffen. Das arme Tier begriff nicht, dass die drei in friedlicher Mission nach Lappeenranta unterwegs waren, sondern betrachtete es als seine Pflicht, sie anzuhalten. Als das laute Gekläff nicht wirkte, schnappte er mit gefletschten Zähnen nach Emilias Schwanz, der über den Boden schleifte – seine Kiefer waren

zu klein, um nach den dicken Beinen zu greifen. Auch weniger versetzt einen Elefanten in Zorn. Emilia trompetete ungehalten und hob den Rüssel gen Himmel, auf diese Weise versuchte sie den Störenfried abzuschütteln.
Der Köter gab nicht auf. Er hatte das tausendjährige Naturell eines Wolfes und einen im harten Dasein gestählten Kampfeswillen. Er umschwirrte Emilia wie eine Hornisse, zog an ihrem Schwanz und versuchte sogar nach dem Euter zu schnappen. Das war zu viel für Emilia, sie ging durch.
Dumpf brüllend näherte sie sich dem frechen Angreifer. Der Köter musste flüchten, so schnell ihn seine Pfoten trugen. Emilia folgte in gleichmäßigem Trab, das Tempo wurde schneller, die ganze Gegend bebte. Die kleine Töle war flink und flüchtete in den Wald, Emilia folgte. Fichtenzweige schlugen Lucia und Paavo ins Gesicht. Der Baldachin löste sich knirschend aus den Ecken des Sattels. Lucia rief Paavo zu:
»Gib mir die Hand, wir springen!«
Mit kräftigem Druck stieß die Zirkusprimadonna den Bauern vom Rücken des durchgehenden Elefanten und brachte ihn und sich so in Sicherheit. Im Wald knackte und krachte es, der Hund kläffte und Emilia brüllte, aber bald wurden die Stimmen leiser und verstummten schließlich ganz. Lucia und Paavo gingen auf demselben Weg zurück, rollten den Baldachin auf und konnten sich nicht genug wundern, dass sie am Leben geblieben waren.
Paavo rief zu Hause an, und Kaarina meldete sich.
»Emilia ist ausgerissen.«
Paavo erzählte kurz, was passiert war, und meinte, dass er bei der Suche wohl Hilfe benötigte. Sollte er vielleicht die Polizei oder die Feuerwehr alarmieren?

Kaarina legte den Finger auf die Lippen und sah den neben ihr sitzenden Spritzmeister an. Sie flüsterte ihm zu, dass der Elefant ausgerissen war und die Gefahr bestand, dass Paavo jeden Moment wieder zu Hause auftauchte. Ins Telefon sagte sie:
»Sei unbesorgt, Emilia wird sich bald wieder beruhigen. Die Feuerwehr anzurufen ist auf jeden Fall zwecklos, im Lokalsender wurde berichtet, dass die draußen im See eine Übung durchführt – im Bergen von Leichen aus dem Wasser.«
Lucia und Paavo folgten dem Pfad, den Emilia in den Wald getrampelt hatte, die Spuren waren deutlich zu erkennen. Sie trugen den Baldachin auf der Schulter, weiteres Gepäck hatten sie nicht, denn die ganze Ausrüstung und der Proviant befanden sich auf Emilias Sattel und in den Seitentaschen. Lucia rief nach der Gefährtin, bekam aber keine Antwort. Nach zehn Minuten war wieder das scharfe Gebell des Hundes zu hören. Die beiden gingen der Stimme nach und gelangten auf einen freien Platz, auf dem ein stattliches Bauernhaus stand, auf dem Hof befand sich ein Erdkeller mit Torfdach.
Der Köter tobte wild um Emilia herum, schnappte nach ihrem Rüssel und zog sie am Schwanz. Sie konnte nichts ausrichten, sie war wie gelähmt in ihrer Wut und Phobie. Elefanten haben einen Horror vor kleinen teuflischen Wesen, Mäuse und Ratten jagen ihnen mehr Angst und Schrecken ein als Löwen. Lucia versuchte Emilia zu beruhigen, aber die war so außer sich, dass sie nicht mal auf ihre Pflegerin hörte.
In ihrer Verzweiflung entschloss sich Emilia, auf das Dach des Erdkellers zu steigen, vielleicht hätte sie dort wenigs-

tens für einen Moment vor dem Quälgeist Ruhe. Aber das hätte sie nicht tun dürfen, denn das Dach des Kellers hielt den vier Tonnen Lebendgewicht eines Elefanten nicht stand. Krachend brach Emilia durch das Dach und landete auf dem Boden des Kellers. Sie stieß ein verdutztes Gebrüll aus und stand hilflos in dem engen Verlies, nur der Rüssel, der Kopf und der Rücken samt Sattel ragten aus der zerstörten Öffnung.

Der Köter geriet durch die überraschende Wendung noch mehr außer Rand und Band. Er sprang in dem Sattel herum, pinkelte auf die Schlafcouch, biss Emilia ins Ohr. Aber in seinem grenzenlosen Eifer vergaß er für einen Moment seine Vorsicht und fiel selbst in den Keller. Ohrenbetäubendes Jaulen war zu hören, als er auf dem Betonboden aufschlug, aber bald hatte er sich erholt und setzte im Dunkeln sein schrilles Gekläff fort. Er war ein tapferer Kerl, ließ sich durch die riesige Größe des Gegners nicht beeindrucken, gab nicht nach. Emilia tänzelte nervös in dem engen Verlies herum, bemühte sich jedoch, nicht auf den Quälgeist zu treten. Lucia und Paavo versuchten den Hund aus dem Keller zu locken, aber er hörte nicht. Und so kam es dann natürlich dazu, dass das kleine Tier unter den Fuß des Elefanten geriet und zerquetscht wurde. Lautes Gejaule war zu hören, und damit endete der Lärm.

In diesem Moment traten Bauer und Bäuerin aus dem Haus. Ersterer trug ein Elchgewehr unter dem Arm. Sie kamen zum Erdkeller.

»Wir sind die Riekkinens, Tauno und Eeva«, stellte die Bäuerin sich und ihren Mann vor.

Der Bauer wollte wissen, ob der Elefant gefährlich war und ob man ihn womöglich erschießen musste. Lucia erklärte ihm, dass Emilia zahm und völlig ungefährlich war, sie war nur durchgegangen, weil ein wütender streunender Hund sie angegriffen hatte. Die Bäuerin wagte sich näher heran und tätschelte Emilias Rüssel. Die hatte sich inzwischen beruhigt und schien zu begreifen, dass es am klügsten war, still dazustehen. Der Versuch, herauszusteigen, war zwecklos, sie hatte nicht die Kraft, einen solchen Riesensatz zu machen. Sie war ein Elefant und kein Känguru.

Paavo und der Bauer angelten den wütenden Kämpfer aus der Höhle. Es war Rekku, der Mischlingshund des Nachbarn, eigentlich ein liebes Tier, aber manchmal recht angriffslustig. Der Hundekadaver sah aus wie ein behaarter Eierkuchen, hätte so, wie er war, in einen Aktenkoffer gepasst.

Lucia redete beruhigend auf Emilia ein, und Eeva brachte ihr einen Eimer mit Wasser, den sie sofort leerte.

Unterdessen rief Paavo zu Hause an und berichtete seiner Frau, dass sich Emilia wieder angefunden hatte und dass alles in Ordnung war. Kaarina seufzte vor Erleichterung. Der Spritzmeister konnte bleiben. Abends würden sie zusammen in die Sauna gehen.

Bauer Tauno Riekiinen erklärte, dass sie für den Elefanten eine stabile Schräge bauen mussten, damit er aus eigener Kraft wieder aus dem Keller herausgelangte. Sie machten sich sofort ans Werk und holten mit dem Traktor Stämme aus dem Wald, die der Sturm im letzten Winter gefällt hatte. Jetzt waren sie von Nutzen. Mit dem Bau der Schräge wollten sie am nächsten Morgen beginnen. Elefanten halten es ja gut im Stehen aus, notfalls eine ganze Woche, sie schlafen auch in dieser Stellung, sodass Emilia die Nacht durchaus in dem eingestürzten Keller verbringen konnte. Lucia und Paavo beschlossen, zur Gesellschaft im Sattel zu schlafen.

Ein paar Nachbarskinder kamen angelaufen und erzählten, dass Rekku weggelaufen sei. Dann entdeckten sie den Hundekadaver im Gras und fingen an zu weinen. Das kleinste Kind, ein Mädchen, war erst vier, der Bruder war ein Jahr älter, die große Schwester zehn. Lucia und Eeva hoben den Kadaver auf und legten ihn in einen Pappkarton. Die Kinder beschlossen, für ihren Rekku ein Begräbnis zu veranstalten. Paavo und Tauno hoben am Waldrand ein Grab aus, und Eeva versprach, den Begräbniskaffee zu kochen. Die Kinder rannten nach Hause, um dort von dem schrecklichen Ereignis zu berichten, und Eeva forderte sie auf, auch ihre Eltern zu der traurigen Zeremonie einzuladen.

Rekkus Begräbnis wurde eine rührende Veranstaltung. Anwesend waren die Nachbarsleute und eine größere Anzahl von Dorfkindern. Auf den Pappkarton mit dem Hund hatten die Kinder mit schwarzem Filzstift große Kreuze gemalt, nun wurde er in die Grube gesenkt und anschließend das Grab zugeschaufelt. Die Kinder schmückten den kleinen Hügel mit Blumen, die sie auf der Wiese gepflückt hatten. Es wurde gesungen und geweint. So fand Rekkus irdischer Kampf einen würdevollen Abschluss.

Die Nacht war wolkenlos. Lucia und Paavo schliefen unter warmen Decken auf der Schlafcouch auf Emilias Rücken. Ein sternklarer Himmel wölbte sich über den Feldern. Am südlichen Horizont schimmerte wunderbar klar das Sternbild des Orion. Emilia schnarchte friedlich. Lucia flüsterte, dass der kleine Rekku jetzt bestimmt im Hundehimmel war, und Paavo war derselben Meinung. Man konnte fast hören, wie droben in der Höhe Mischlingshunde hell und fröhlich bellten.

BEIM WARTEN AUF MITTSOMMER WIRD DER KELLER REPARIERT

Tauno Riekkinen und Paavo bauten am nächsten Morgen eine robuste Schräge, dann redete Lucia Emilia zu, aus dem Keller zu steigen. Es klappte gut. Emilias Füße waren in Ordnung, wie Lucia bei einer Kontrolle feststellte. Der Elefant hat unter dem Mittelfuß und den Zehenknochen dicke Sohlen. Dieses elastische Gewebe wirkt zugleich als Stoßdämpfer für die Sprunggelenke. Diese Gelenke werden oft fälschlich für die Knie des Tieres gehalten, weil der Fuß nach hinten abgeknickt werden kann und die Tiere auf diesem Gelenk knien können.

In dem Erdkeller lagerten noch ein paar hundert Kilo Kartoffeln. Paavo fragte den Bauern, ob er ihm die verkaufen würde, und bei der Gelegenheit wollte er ihm auch gleich die Reparatur des Kellers bezahlen.

»Die Kartoffeln kriegt ihr umsonst. Hilf mir beim Reparieren, dann ist die Sache damit abgegolten.«

Es war bereits die Woche vor Mittsommer. Die beiden Männer machten sich daran, ein neues Kellerdach zu bauen. Auf einem gut geführten Bauernhof gibt es für solche Zwecke stets einen Vorrat an Sägeholz. Tauno fuhr mit dem Traktor einen Stapel Bohlen vor den Keller. Nun bekam Emilia den Befehl, das eingebrochene Dach abzubauen. Zunächst begriff sie nicht, was man von ihr erwartete, aber als Lucia und die Männer sie am Rüssel fassten und ihr genau zeigten, dass sie die übrig gebliebenen morschen Dachbalken herausbrechen und auf dem Hof stapeln sollte, verstand sie die Idee. Der Rüssel des Elefanten ist ein unglaublich elastisches und sensibles Organ. Er lässt sich in jede erdenkliche Richtung biegen. Mit den Sauglippen des Rüssels kann der Elefant auch Stellen abtasten und identifizieren, die er nicht sieht. Der Rüssel ist nicht nur sensibel, sondern auch unerhört stark. Wenn das Tier damit etwa einen Dachbalken fest packt, dann löst sich dieser knirschend, hebt sich hoch in die Luft und landet an der gewünschten Stelle. In zwei Stunden hatte Emilia die alte Dachkonstruktion abgebaut. Zur Belohnung bekam sie zwanzig Kilo Kartoffeln, davon gab es auf dem Bauernhof ja genug.

Paavo machte sich daran, Dachstühle zusammenzunageln. Insgesamt waren zwölf Stützdreiecke erforderlich. Im Allgemeinen werden sie mit sechzig Zentimeter Abstand eingesetzt, aber da es hier um ein schweres Erddach ging, entschieden sich die Männer für einen Abstand von nur dreißig Zentimetern.

Lucia und Eeva gingen währenddessen mit Emilia an den Rand eines nahen Feldes und ließen sie Grummet fressen. Gelächter schallte herüber, die beiden Frauen schienen guter Dinge zu sein. Der Bauer erzählte, dass sowohl Eevas als auch seine eigenen Eltern einst aus Karelien evakuiert worden waren, inzwischen aber nicht mehr lebten. Sie waren bereits in mittleren Jahren gewesen, als sie vor dem Krieg hatten flüchten müssen, dann hatten sie hier zwischen Satakunta und Pirkanmaa neues Land bekommen und es bis ins hohe Alter bestellt. Jetzt führte bereits die zweite Generation den Hof, und auch sie durfte nicht nach Karelien zurück.

»Es wäre so schön, könnte man auf dem Land seiner Vorväter arbeiten«, sagte Tauno. »Aber jetzt haben es schon zu lange die Russen gehabt, alles ist zersiedelt und verwohnt.«

»Mein Vater hat seine Felder in den Fünfzigerjahren mit einem Fordson gepflügt«, fuhr er fort. »Der Fordson Major war damals schwer gefragt. Ich hab das alte Ding nach und nach repariert, will es wieder fahrtüchtig machen.«

Paavo bekundete großes Interesse für den alten Traktor. Er erinnerte sich, ihn als Kind auf den Feldern gesehen zu haben. Die Männer unterbrachen ihre Arbeit und gingen in die Maschinenhalle, ganz hinten in der Ecke stand ein großer schmaler Traktor, der blaue Fordson Major. Gemeinsam bewunderten sie ihn und vereinbarten, ihn später, wenn es klappte, in Gang zu setzen und eine kleine Runde auf dem Feld zu drehen.

Wieder auf der Baustelle, berichtete Paavo seinerseits von seinen Vorfahren und sagte, dass sie alle aus Satakunta seien, solange sich das in den Kirchenbüchern zurückverfolgen lasse. Auch die Familie seiner Frau stamme aus der Gegend.

»Manchmal habe ich schon gedacht, dass ich glatt ein Nachfahre Lallis sein könnte. Alles passt, die Namen der Dörfer und viele andere Faktoren.«

Paavo bekannte, dass er sich mit Lalli seelenverwandt fühle. Jener Bauer aus dem Mittelalter sei ein sehr jähzorniger Charakter gewesen, leicht erregbar, und einer, der nicht viel Umstände machte, weder bei Dingen noch bei Menschen. Der unverschämte Bischof Henrik sei in Lallis Haus aufgetaucht und habe verlangt, dass man ihn bewirte. So was könne ein Mann nicht dulden, vor allem, da nur hilflose Frauen und ängstliche Knechte daheim gewesen seien. Da habe nur sofortige Rache geholfen. Der Bischof habe auf dem Eis des Köyliönjärvi seinen Kopf eingebüßt.

Tauno lachte und sagte, dass es vielleicht auch in seiner Familie Mörder gegeben habe, aber vermutlich keinen, der einen Bischof getötet habe.

Die Frauen holten die restlichen Kartoffeln aus dem Keller und reinigten die Kisten von Erdkrumen und Holzsplittern. Eeva machten den Gästen Betten im Speicher zurecht, einer konnte in der alten Knechtstube schlafen, der andere in jener der Mägde. Emilia bekam eine Kette ans linke Vorderbein, in die Wand des Speichers wurde ein Haken geschlagen und die Kette daran befestigt. Falls Emilia aus irgendeinem Grunde in der Nacht auf Wanderschaft gehen wollte, würden die beiden Schläfer erwachen und könnten sich um sie kümmern. Versorgt wurde sie mit einem Bottich mit fünfzig Litern Trinkwasser, zwanzig Kilo Äpfeln und einem großen Heuballen, der geöffnet und als Häcksel verstreut wurde.

Nachts kam Lucia aus ihrer Mägdekammer, kroch zu Paavo ins Bett und schmiegte sich an ihn. Sie hatte über Emilia nachgedacht und nicht schlafen können. Paavo machte ihr Platz. Er fand, dass es Emilia wieder gut ging, sie war nur wild geworden, weil der Hund sie am Schwanz gezogen hatte.

Lucia sagte darauf, dass Emilia noch nie zuvor dermaßen getobt habe, nicht mal im Großen Moskauer Zirkus oder in Sibirien.

»Ich habe so Angst, dass sie verrückt wird.«

Paavo versuchte sie zu beruhigen. Es komme doch immer

mal vor, dass sich ein Mensch aufrege, und erst recht ein Elefant. Er selbst, Paavo, sei ähnlich veranlagt.

»Aber du bist so schnell wieder versöhnt. Der Elefant hat ein besseres Gedächtnis als du.«

Darauf sagte Paavo, dass es auch an seinem Gedächtnis nichts auszusetzen gebe, er erinnere sich noch an jede Menge unangenehmer Dinge aus der Vergangenheit.

Lucia beruhigte sich, schlief bald ein und lag die ganze Nacht an Paavos Seite.

Am Morgen gab es ein kräftiges karelisches Frühstück: Piroggen, gesalzenen Fisch, Käse, Gelee und Tee mit Honig. Dann machten die Frauen mit Emilia einen Spaziergang, und die Männer bauten weiter am Kellerdach.

Tauno holte vom nahen Sägewerk weiteres Holz, sie brauchten noch mehrere Bohlen und verschiedene Sorten Spundbretter für Innen- und Außendach. Als sie die Fracht entladen hatten, setzten sie als Basis für das Dach in jede Ecke einen großen Feldstein und verlegten auf ihnen dicke Bohlen. Um die Steine kam trockener Kies, den sie feststampften. Nun setzten sie Paavos Dachstühle ein und nagelten das Innendach fest. Darauf verlegten sie zwei Schichten Dachpappe, und zwar so, dass die Ränder überlappten, so konnte keine Feuchtigkeit in die Konstruktion eindringen. Über die Isolierung legten sie noch zwanzig Zentimeter dick Glaswolle. Das Regendach bildeten Spundbretter, darüber kamen nochmals zwei Schichten Dachpappe. An den Traufen brachten sie zwanzig Zentimeter hohe Kanten an, und dann bedeckten sie das ganze Dach noch mit einer fünfzehn Zentimeter dicken Schicht Kies, auf den sie zum Abschluss zehn Zentimeter Erde schaufelten. Tauno säte Klee darin aus, und nun war der Keller fertig.

EIN NEUER STALL FÜR DIE KÜHE DER RIEKKINENS

Die Riekkinens besaßen einen recht großen Milchbauernhof, und sie waren dabei, ihn noch zu erweitern. Da die Reparatur des Kellerdaches so flott und fachmännisch vonstatten gegangen war, wollte Tauno gern, dass Paavo noch ein paar Tage bliebe und ihm beim Dach des neuen Kuhstalls half. Das war freilich ein ganz anderes Ding als das Kellerdach, aber ganz sicher würde Paavo auch das bestens bewältigen. Tauno hatte zu Beginn des Sommers das Fundament und das Gerippe aus geschwungenen, geleimten Balken gebaut, und jetzt sollte das Material für das Dach kommen. Er hatte bereits ein paar Nachbarn engagiert, aber eine zusätzliche Kraft wäre eine große Hilfe.

Paavo fragte Lucia, wie sie darüber dachte, und sie hatte nichts einzuwenden. Es würde angenehm sein, die Tage bis Mittsommer bei den Riekkinens zu verbringen, sie kam gut mit Eeva aus, und Emilia hätte Zeit, sich ans freie Landleben zu gewöhnen.

Die Dachelemente kamen am nächsten Morgen. Es waren leichte, schmale Blechplatten, innen drin befand sich als Isolierung Zellkunststoff. Die Platten ließen sich gut von einer Person handhaben, sie waren mehr als zehn Meter lang, aber nur einen Meter breit. Der gesamte Kuhstall war genau 62,5 m lang und 22 m breit, und Tauno erzählte, dass im Winter neunzig Kühe darin Platz finden würden. Vorher könnten die Kühe den Fortgang der Arbeiten von der Weide aus verfolgen. Bei starkem Regen sollten sie sich im alten Kuhstall aufhalten.

»Eeva und ich haben uns das System gemeinsam ausgedacht, hauptsächlich geht es uns darum, den Anteil der manuellen Arbeit möglichst gering zu halten. Außerdem war uns wichtig, dass die Tiere schnell zur Melkstation und wieder zurück gelangen, dass es keine Staus gibt und alles so läuft, wie es soll«, erklärte Tauno sowohl Paavo als auch seinen Helfern. Er freute sich, denn die Arbeit ging flott voran. Ein Teil der Männer half dem Fahrer des Kranwagens, die Elemente von der Ladefläche zu heben und an den Haken des Krans zu hängen, die anderen nahmen die Elemente entgegen und setzten sie sofort ein. Paavo stand an der höchsten Stelle des Daches und leitete die Arbeiten. Er hatte ein natürliches Talent zum Chef, aber er half auch selbst und setzte so viele Elemente ein, wie er irgend konnte.

Sie arbeiten bis in die späten Abendstunden, um das Dach vollständig zu schließen. Zur Nacht war Regen angesagt, der aber zum Glück nicht kam. In der Sauna sagte Tauno, dass Regen in der gegenwärtigen Bauphase nicht gut gewesen wäre, wenngleich er keine Schimmelbildung befürchtete. Während er sich in dem heißen Dampf duckte, konstatierte er zufrieden:

»Zellkunststoff trotzt den schwierigsten Bedingungen. Diese Wärmeisolierung garantiert, dass das Dach selbst bei strengem Frost nicht kondensiert und sich in der Sommerhitze nicht wellt. So haben sie es mir in der Fabrik geschworen.«

Zwischen den einzelnen Saunagängen bewunderten sie draußen ihr Tagewerk. In der dunklen Kühle des späten Abends glänzte das neue Dach wie ein matter Spiegel, es sah teuer und elegant aus. Tauno sagte, dass in Ställen dieses Typs die Kühe manchmal bösartig wurden und sich gegenseitig am Fressen hindern. In seinem Stall dürfte es dieses Problem jedoch nicht geben, denn die Fressplätze kämen an die Seitenwände zwischen die Balken. Dort würde nicht mal das wildeste Rind Gelegenheit haben, andere zu stören. Das Gebäude war in jeder Hinsicht prima und gut geplant, aber deswegen war das Leben des Landwirts trotzdem nicht leicht:

»Dauernd zwingt uns die Europäische Union, dämliche Berichte zu schreiben, ginge das Ganze nicht auch mit weniger Papier?«, meinten die Bauern, während sie da mit einem Handtuch um die Hüften auf der Baustelle standen. Später, wieder in der Sauna, erzählte der Fahrer des Kranwagens, dass er noch nie im Leben einen derartigen Schrecken bekommen hatte wie an diesem Morgen, da er mit der Fuhre zu den Riekkinens unterwegs gewesen war. Er hatte im Wald einen lebenden Elefanten gesehen.

»Beinah wäre ich im Straßengraben gelandet, ich dachte, ist das ein Felsen oder wirklich ein echter Elefant?«

Er hatte sein schweres Fahrzeug gestoppt und gesehen, dass bei dem Elefanten zwei Frauen waren. Sie hatten ihm den Weg zur Baustelle gewiesen und erzählt, dass der Elefant Emilia heiße und dass er ganz zahm und ein ehemaliges Zirkustier sei.

»Einmal bin ich in eine Gruppe von fünf Elchen gefahren, aber so was wie heute war noch nie da«, sagte er und schüttete eine Kelle Wasser auf den Ofen. Sanft zischend gab der Ofen sein Bestes, um zum Wohlbefinden der Männer beizutragen.

»Was ist aus den Elchen geworden?«, fragte Paavo.

»Was schon, sie sind über die Felder zum Wald gerannt.«

Der Fahrer erzählte, dass es auf der Landstraße besser sei, mehreren Elchen als einem einzelnen zu begegnen. In der Gruppe gebe es immer irgendein Tier, das das Auto bemerke und die anderen alarmiere, aber der einzelne Elch trabe vor sich hin und kümmere sich um nichts anderes.

Nach der Sauna zog sich der Mann an und sagte, er wolle noch am selben Abend seinen Kranwagen wieder wegfahren. Er wünschte ein schönes Mittsommerfest und brach auf.

Der nächste Tag war bereits der Vortag von Mittsommer. Das Dach des neuen Kuhstalls war am Abend zuvor mit den Blechelementen abgedeckt worden, und nun gab es nicht mehr viel zu tun. Paavo und zwei andere Männer passten die First- und Traufenbleche ein. Die Belüftungsschornsteine für das Dach machte der Blechschmied. Am Nachmittag war alles fertig. Die Helfer brachen auf, um zu Mittsommer zu Hause zu sein.

Die beiden Frauen streiften mit Emilia durch den nahen Wald. Sie fällten Birken und stellten sie zu Ehren von Mittsommer neben der Haustür auf, außerdem banden sie Saunaquaste. Emilia fraß mit Vergnügen frische Birkenblätter und verschlang sogar ein paar der fertig gebundenen Quaste.

Die Frauen waren guter Stimmung. Der Keller war repariert, und auf dem neuen Kuhstall schimmerte das prächtige Dach. Tauno und Paavo waren prima Kerle, tüchtig und rechtschaffen. Ständig werkelten sie irgendwo herum,

zum Beispiel gingen sie gerade jetzt in die Maschinenhalle. Wer weiß, was sie dort vorhatten.
Tauno und Paavo hängten die Arbeitsoveralls an den Haken, denn sie wollten sich die guten Stücke nicht mit dem Öl des alten Traktors beschmieren. Dann machten sich die nackten Helden daran, den alten Fordson in Gang zu setzen. Er lief mit Petroleum. Sie gaben zusätzlich ein Fünftel Benzin in den Tank, denn nach Paavos Erfahrungen war dieser Zusatz nicht nachteilig, eher im Gegenteil, die alte Maschine würde besser anspringen, wenn das Petroleum noch einen schärferen Bestandteil enthielte. Paavo, als der Kräftigere, stellte sich an die Kurbel, Tauno kletterte auf den Sitz und träufelte Kraftstoff in den Vergaser. Sie starteten einen Versuch.
Dumpf brummend machte der uralte Motor ein paar Umdrehungen, sprang aber nicht an.
»Wir bräuchten Äther, der würde ihn zum Leben erwecken«, meinte Tauno.
»Gib ihm zu saufen, er braucht einfach nur Kraft«, keuchte Paavo und kurbelte vorn an der Maschine, dass sein nackter Rücken vom Schweiß glänzte. Ein bisschen vielversprechender hörten sich die Geräusche schon an, es knallte ein paarmal, und dann verstummte der Motor wieder. Blauer Rauch schwebte durch die Maschinenhalle. Die Männer machten eine Ruhepause.
Eeva und Lucia kamen mit dem Elefanten an die Tür, um zu schauen, was die Männer dort trieben. Emilia erschnupperte mit ihrem sensiblen Rüssel den strengen Petroleumgeruch. Die beiden Frauen wollten nicht begreifen, warum sich die Männer an einer alten, verrosteten Kiste abmühten, wo es doch auf dem Hof moderne Maschinen gab.

Paavo kurbelte mit gerötetem Nacken an der widerspenstigen Maschine, Tauno ließ weiteren Brennstoff einlaufen. Plötzlich sprang der Motor donnernd an. Emilia erschrak und zog sich auf den Hof zurück, die Frauen folgten. Der alte Fordson ratterte dröhnend, dass die ganze Maschinenhalle bebte. Vor Freude juchzend, fuhren die Männer den Traktor nach draußen. Nein, so was, er lief prima! Tauno kletterte vom Sitz, und sie stellten den Vergaser ein, beide Männer beugten sich über den dröhnenden Motor. Da riss der Ölboden des auf vollen Touren laufenden Motors, und schwarzes Schmieröl spritzte nach allen Seiten. Die beiden Männer waren im Nu mit einer glitschigen, schwarzen Schicht bedeckt, nur die Augen glänzten weiß in den verdutzten Gesichtern.

Der Motor stotterte noch ein bisschen und verstummte dann. Die Frauen musterten ihre ölverschmierten Männer. Du liebe Güte, solche Tölpel! Haben wir nicht gesagt, dass es sinnlos ist, diese Schrottkiste anzuwerfen? Männer sind einfach unmöglich! Wie kriegen wir die Kerle jetzt wieder sauber? Und Mittsommer steht vor der Tür!

Bis um Mitternacht wuschen Lucia und Eeva die Männer mit Kernseife, nachdem sie ihnen befohlen hatten, sich ins Gras zu legen. Das schwarze Öl haftete fest an ihren Körpern, der ganze Hof glänzte mittlerweile von der Schmiere. Tauno und Paavo baten, dass ihnen die Frauen Bier brachten.

»Ach, nun wollt ihr auch noch saufen? Kommt nicht in Frage!«

Die letzten Ölflecke ließen sich erst in den frühen Morgenstunden in der Sauna beseitigen. Auch die Frauen kamen hinzu und brachten das Bier mit.

Am Morgen versuchten die Riekkinens ihre Gäste zu überreden, mit ihnen Mittsommer zu feiern, aber Lucia und Paavo fanden, dass sie schon allzu lange geblieben waren. Sie mussten weiter, wenn sie rechtzeitig am Saimaa-Kanal sein wollten.
Tauno Riekkinen wollte Paavo denselben Lohn zahlen wie seinen anderen Helfern, aber Paavo lehnte Geld ab.
»Ich habe schon welches und brauche nicht noch mehr, aber vielleicht kannst du Emilia Kartoffeln geben.«
Sie vereinbarten, dass Emilia die überjährigen Kartoffeln aus dem Erdkeller bekäme, es waren noch fast tausend Kilo. In den Kisten lagerten auch noch zweihundert Kilo Äpfel vom vorigen Herbst, die Bauersleute hatten sie schlicht vergessen.
Paavo sollte nach Mittsommer Tauno per Handy informieren, wohin er die Kartoffeln und Äpfel mit dem Traktor bringen sollte. Sie sahen sich die Landkarte an und kamen zu dem Schluss, dass sich die Elefantenexpedition Ende Juni vielleicht schon in der Nähe von Nokia befände. Nach einem herzlichen Abschied wurde der Sattel samt Baldachin auf Emilias Rücken gehievt, und Lucia und Paavo stiegen auf. Der Elefant hatte gefressen, Mittsommer stand bevor. Paavo und Lucia beschlossen, über Nacht zum nahen Sääksjärvi zu reiten. Es war das größte Gewässer in der Gegend, und am Ostufer fänden sie vielleicht einen hübschen Platz für einen ruhigen Mittsommerabend.
Lucia und Eeva waren am Vortag im Kirchdorf gewesen und hatten Vorräte fürs Fest eingekauft, Lucia hatte unter anderem auch bei *Alko* zwei Flaschen Schaumwein erworben. Als die beiden Reiter das Westufer des Sees erreichten, öffneten sie eine der beiden Flaschen und nahmen einen

Drink. Paavo studierte die Karte. Der See war knapp zehn Kilometer lang und vielleicht fünf Kilometer breit. An seinem Südwestufer lag eine Gruppe kleiner Inseln, aber sonst war er offen. An der südöstlichen Bucht befand sich der Karte zufolge ein Campingplatz, dort könnten sie ihr Quartier aufschlagen. Sie überlegten, von welcher Seite sie den See am besten umrunden sollten, aber Emilia löste das Problem auf ihre eigene, elefantenhafte Weise. Sie hob den Rüssel und trabte majestätisch geradewegs in den See. Sie wollte schwimmen. Das Wasser war warm und die Oberfläche vollkommen ruhig. Warum nicht, sagten sich Lucia und Paavo. Ein geruhsames Bad zu Mittsommer war eine wirklich hervorragende Idee.

Emilia musste gut zweihundert Meter durch den flachen Uferstreifen waten, ehe sie richtig schwimmen konnte. Sie genoss das klare Wasser und den milden Abend ungemein. In ihrem Kielwasser folgten ein paar Wildenten, die ganz offensichtlich gefüttert wurden und zahm waren. Emilia schien an der Gesellschaft der gackernden Tiere Spaß zu haben, sie spritzte mit dem Rüssel eine Wasserfontäne auf den Entenschwarm. Die Tiere erschraken und flogen auf. Es sah aus, als wäre Emilia verlegen und schämte sich ein wenig, dass sie das zutrauliche Geflügel verscheucht hatte. Paavo peilte mit dem Kompass das Südostufer an, Emilia wollte jedoch mitten in den See hinausschwimmen. Sie war eigensinnig, aber zu Ehren von Mittsommer ließen die beiden Reiter sie gewähren. Lucia und Paavo prosteten sich zu, ganz unter dem Eindruck des schönen Festes der Sonnenwende. Längs des Seeufers flammten Lagerfeuer auf, von fern tönten Musik und Gesang herüber. Auf der stillen Wasseroberfläche bildeten sich hübsche kleine Wellen, als der riesige Elefant hingebungsvoll seine Bahn zog. Ein großer Hecht platschte direkt neben Emilias Rüssel im Wasser herum, doch sie nahm keine Notiz davon. Die Stimmung war auf ihrem Höhepunkt, aber wie man weiß, ist das finnische Mittsommerfest im Grunde genommen ziemlich gefährlich.

EIN ELEFANT GERÄT INS FISCHERNETZ

Die schöne Stimmung hätte womöglich bis spät in die Nacht angehalten, wenn der Elefant nicht in ein Fischernetz geraten wäre. Es passierte etwa auf der Hälfte der Schwimmstrecke, an einer Stelle, wo von Süden her eine Landzunge weit in den See hineinragte, die Entfernung bis dorthin betrug etwa einen Kilometer. Die ganze Uferzone war voller langer Treibnetze, zu Dutzenden lagen sie dort, die Fischer vom Sääksjärvi waren fleißig gewesen. Emilias Vorderbeine verfingen sich in den Leinen, und während sie strampelte und sich zu befreien versuchte, geriet sie in immer weitere Netze. Fische waren auch darin, große Brachsen.

Anfangs amüsierten sich Lucia und Paavo darüber. Sie stießen mit Schaumwein an und brachten ein anspornendes Hoch auf Emilias Gestrampel aus. Die Einheimischen hatten in ihren Netzen einen fast vier Tonnen wiegenden Elefanten gefangen, eine Anglergeschichte von ganz besonderer Güte.

Bald jedoch merkten sie, dass es gar keinen Grund zur Freude gab. Emilia hatte sich so hoffnungslos in den Netzen verfangen, dass sie nicht mehr in der Lage war zu schwimmen. Ihr Kopf sank immer tiefer, viel fehlte nicht, und sie wäre auf der Stelle ertrunken. Zum Glück besaß sie einen langen Rüssel und ein geduldiges Naturell. Sie richtete sich mit aller Kraft auf, sodass ihre Hinterbeine den moderigen Grund berührten. In dieser unbequemen Stellung versuchte sie sich freizustrampeln, die Netze hatten sich inzwischen mehrfach um ihre Vorderbeine gewickelt, ein paar Fetzen sogar schon um ihren Rüssel.

Lucia und Paavo leerten rasch ihre Gläser, und Paavo brüllte zu den feiernden Leuten am Ufer hinüber, sie sollten schleunigst die Ruderboote ins Wasser stoßen und auf den See kommen, um ihre Netze vom Elefanten abzuschneiden. Mit dröhnender Stimme drohte er den Anwohnern mit schrecklicher Rache, sollten sich die Rettungsarbeiten auch nur einen Moment hinauszögern.

Lucia griff in die Kiste mit dem Küchenbedarf, schnappte sich ein langes Filiermesser und warf die Kleidung ab, bis ihr sehniger Körper nur noch von einem Schlüpfer bedeckt war. Sie schickte sich an, in das trübe Wasser zu tauchen. Zu Paavo sagte sie:

»Mach nicht solchen Lärm, du Depp, sonst rastet Emilia wieder aus!«

Lucia glitt an Emilias Rüssel und Stoßzähnen geschickt ins Wasser und verschwand in den Wellen. Paavo dämpfte ein wenig die Stimme, hörte aber nicht auf zu rufen.

»Schnell zu Hilfe! Der Elefant ertrinkt! Bringt die Messer mit!«

Rasch wurden am Südufer des Sees die Boote ins Wasser gestoßen, die angetrunkenen Männer eilten mit kräftigen Ruderschlägen zum Unglücksort. Emilia stand auf den Hinterbeinen im Wasser, und Lucia tauchte und schwamm um sie herum, um ihre Vorderbeine und den Rüssel mithilfe des Messers von dem Gewirr von Leinen zu befreien.

Paavo trieb die Rettungsflottille an. Sieben Boote näherten sich. Emilia keuchte schwer. Es zehrte an ihren Kräften, auf den Hinterbeinen im Grundschlamm zu stehen und einen zwei Tonnen schweren Oberkörper zu tragen – auch wenn der sich größtenteils unter Wasser befand und somit nicht ganz so viel wog wie auf dem Trocknen.
Lucia tauchte viele Male und konnte den größten Teil der Netze entwirren. Nun trafen auch die Bootsbesatzungen ein. In dem ganzen Durcheinander kippten zwei Boote um, aber das scherte niemanden, alle wollten helfen. Die betrunkenen Männer tauchten mit dem Dolch zwischen den Zähnen und zerschnippelten die restlichen Netze. Auch Paavo glitt ins Wasser, in voller Bekleidung, denn er hatte in seiner Aufregung vergessen, sich auszuziehen.
Als Emilia die Netze los war, prustete sie erleichtert durch den Rüssel und schickte sich an, weiterzuschwimmen. Lucia und Paavo paddelten neben ihrem Elefanten an Land. Auch die Besatzungen der beiden umgekippten Boote taten es ihnen nach, denn die Boote waren voll Wasser gelaufen. Zum Glück ertrank niemand, nicht einmal Emilia. Die war von dem Schwimmausflug und vom Gezappel in den Netzen so erschöpft, dass sie sich gleich unten am Strand hinlegte.
Lucia und Paavo nahmen ihr den Sattel ab und trugen ihn ans Ufer. In der Nähe loderte das Lagerfeuer der einheimischen Fischer und wärmte die durchnässte Gesellschaft. Bald erholte sich auch Emilia und kam ans Ufer. Sie legte sich in der Wärme des Feuers nieder und schloss seufzend die Augen. Lucia und Paavo traten zu ihr und redeten beruhigend auf sie ein, Lucia streichelte sie sanft hinter den Ohren. Emilia seufzte erneut, und es schien, als wäre sie

für einen Moment eingeschlafen. Kein Wunder, dass sie müde war, war sie doch stundenlang geschwommen und hatte anschließend noch verzweifelt im Fischernetz gezappelt.
Die Fischer klaubten die fetten Brachsen aus den Fetzen ihrer Netze, und dabei unterhielten sie sich über das Ereignis und kamen zu dem Schluss, dass sie zwar die Schwierigkeiten des Elefanten irgendwie verstanden, dass es aber trotzdem nur recht und billig wäre, wenn die Gäste ihnen den entstandenen Schaden ersetzten. Neue Netze waren teuer, und mindestens zehn, wenn nicht sogar fünfzehn waren zerstört.
Paavo hörte zwangsläufig alles mit an und wurde furchtbar wütend. Stehenden Fußes marschierte er zu den Fischern hin und verlangte eine Erklärung. Ob sie denn nicht begriffen, dass es sich um ein reines Unglück handelte, das hätte vermieden werden können, wenn die Netze richtig gekennzeichnet und wenn zwischen ihnen entsprechende Abstände zum Beispiel für die Schwimmbahn eines Elefanten gewesen wären.
»Seht ihr diese Fäuste?«, bullerte er.
Es kam zu einem heftigen Wortwechsel, der in Handgreiflichkeiten endete. Lucia eilte zu Hilfe. Sie schwenkte drohend das Filiermesser und verkündete, sie werde die Fischer skalpieren, wenn sie ihren Reisegefährten nicht in Ruhe ließen. Sie sagte, sie könne es durchaus mit Männern aufnehmen, habe ihre Erfahrungen aus Sibirien, und sogar die Kraftmenschen des Großen Moskauer Zirkus hatten sich einst vor ihr gefürchtet.
Auch Emilia erwachte, sie drehte ihren gewaltigen Kopf zu den Streithähnen um, und als sie auch Lucia und Paavo im

Lichtkreis des Feuers entdeckte, entrang sich ihrem Rüssel ein qualvolles Geheul, und aus ihren Augen rannen große Tränen. Sie betrachtete hilflos die streitenden Menschen. Sie stand nicht auf, hatte nicht die Kraft dazu, sie konnte nur noch weinen. Die Schlägerei endete auf der Stelle. Am Johannisfeuer breitete sich verblüfftes Schweigen aus. Niemand hatte zuvor eine unschuldige Kreatur weinen gesehen, es war irgendwie unbegreiflich rührend.

Betreten boten die Fischer Lucia und Paavo die Versöhnung an. Die beiden brauchten die Netze auf keinen Fall zu bezahlen, es war klar, dass es sich um ein bloßes Versehen gehandelt hatte. Auch Paavo beruhigte sich schließlich, man reichte sich die Hand, schloss Frieden. Lucia und Paavo gingen zu Emilia, tätschelten ihr den Hals und die Stirn, redeten sanft auf sie ein, Lucia trocknete ihr mit einem Handtuch die Tränen. Emilia seufzte tief und schloss wieder die Augen. Jetzt ging es allen wieder gut, Paavo, Lucia, Emilia und den einheimischen Fischern – zumal jene mehrere Eimer voller frischer Brachsen hatten, die sie die ganze Nacht hindurch in der Glut des Lagerfeuers rösteten.

TURBULENTES JOHANNISFEST IN DER FINNISCHEN WILDNIS

Am Johannistag verlor die Königin des Waldes, eine wackere Bärin, zweimal ihre Krone, und um ein Haar wären auch noch ihre beiden Jungen dabei ums Leben gekommen. Es ergab sich, dass sie deutlich einen großen Elchbullen witterte, der in der Nähe Birkenschösslinge abfraß, und beschloss, ihm den Garaus zu machen.

Bevor sie sich auf den Weg machte, schickte sie ihre beiden Jungen, die die Größe von Lämmern hatten, auf eine hohe, mit Flechten bewachsene Kiefer. Die beiden Wollknäuel fanden das lustig und beäugten neugierig die Waldlandschaft, die sich unter ihnen ausbreitete. Mit besonderem Interesse beobachteten sie allerdings ihre liebe Mutter, die in scharfem Trab zu dem Elch unterwegs war, der nichtsahnend im Gebüsch stand. Bald jedoch wurden sie auf ein lautes, dröhnendes Geräusch aufmerksam, das von einer großen gelben Universalmaschine, einer *Ponsse*, ausging. Diese Forstmaschine bekam einst ihren Namen nach einem streunenden Hund, der sich dem im Maschinenbau tätigen Waldarbeiter Einari Vidgrén angeschlossen hatte. Einari gab der von ihm entwickelten Maschine den Namen des schönen und treuen Tieres.

Zwar war Johannistag, aber der Fahrer war trotzdem zu seinem Arbeitsplatz hinausgekommen. Er wollte die Maschine vor Beginn der Feiern noch umsetzen, und zwar zu der neuen Einschlagstelle, wo er für einen Bauern sechs Hektar Kiefernwald fällen sollte, die dieser an die Holzfabrik verkauft hatte. Auf dem Weg dorthin fällte er ein paar Kiefern nur so zum Spaß. Bald war er unten an jenem Baum angelangt, in dessen dichtem Wipfel die beiden Bärenjungen auf Geheiß ihrer Mutter in scheinbarer Sicherheit saßen. Mit eisernem Griff packte die *Ponsse* den dicken Stamm, schnitt ihn durch, saugte ihn in ihren Schlund, entästete und zerstückelte ihn. Zweige und kleine Bären flogen durch die Gegend, und das war die Rettung für den Elch. Die Bärenmutter bemerkte, welche Zerstörung da im Gange war, sie kam zurück, und das in zweimal schärferem Trab. Ohne zu zögern stürzte sie sich auf die Maschine, um so ihre Jungen zu schützen, die im Unterholz hockten und jaulten.

Obwohl ein Bär die Kräfte von neun Männern hat – und eine Bärin die von zehn –, ist er gegen eine robuste Universalmaschine machtlos. Der Fahrer bemerkte zwar, dass die Bärin auf der Ladeanlage herumdrosch, kümmerte sich aber nicht darum. In aller Ruhe zerschnitt er den Stamm in fünf Meter lange Stücke und fuhr dann weiter zur nächsten Kiefer. In dieser Phase kletterten die verängstigten Jungen fiepend auf den Rücken ihrer Mutter und hielten sich mit Zähnen und Klauen an ihrem grauen Fell fest.

Die Bärenmutter ließ von der Maschine ab und flüchtete in rasantem Tempo über den nächsten Waldweg, dabei kam sie an dem Elch vorbei, den sie sich vorhin zur Beute auserkoren hatte. Die Lebensaufgabe einer Bärenmutter ist nun mal, ihren Nachwuchs zu schützen. Die erschrockenen Jungen hockten knurrend in ihrem dichten Rückenfell. Aber manchmal passiert es, dass einem, wenn man vor einer stählernen *Ponsse* flüchtet, ein Elefant entgegenkommt.

Da hatte die Bärin ein neues Problem. Sie schüttelte ihre Jungen von sich ab und stürzte sich Hals über Kopf auf den Elefanten, in dem sie einen Feind erkannt hatte. Aber wenn schon die *Ponsse* ein übermächtiger Gegner gewesen war, so stand Emilia dieser in keiner Weise nach. Sie nahm die Königin der Wälder mit ihrem Rüssel in den Würgegriff und schleuderte sie in eben jenes Gebüsch, in dem der Elch stand, der das ganze Geschehen mit seinen großen Ohren verfolgt hatte und nun die Flucht ergriff. Der Bärenmutter blieb nichts anderes übrig, als ihre Brut einzusammeln und auf die nächste Kiefer zu klettern. Alle drei knurrten wütend zu Emilia hinunter, die, von dem Zwischenfall völlig unberührt, gemächlich auf dem einsamen Waldweg weitertrottete.

Lucia und Paavo hatten mit staunend aufgerissenen Augen beobachtet, wie rasch die Bärenfamilie in den Baum gelangt war. Lucia fand, dass die finnischen Bären schneller klettern konnten als die Moskauer Zirkusbären. Auch Paavo bestätigte, dass Kraft und körperliche Verfassung der Wildtiere eine Klasse besser waren als die der dressierten Zirkustiere.

Ohne noch weiter auf den Zwischenfall einzugehen, setzten sie ihren Weg fort. Sie passierten die gelbe Universalmaschine, die der Fahrer gerade ausschaltete, um zur Mittsommerfeier zu gehen. Er wunderte sich ein wenig darüber, dass er im Abstand von wenigen Minuten drei Bären und einem Elefanten begegnet war.

Lucia und Paavo ritten vom Sääksjärvi zum Kiimajärvi, die

Strecke betrug etwa zwei Meilen. Der Elefant war in guter Verfassung und hatte die Begegnung mit den Bären und den anstrengenden Schwimmausflug des vergangenen Abends schon wieder vergessen.
Sie hatten die weiten Ebenen Satakuntas hinter sich gelassen und kamen in die steinigen Ödwälder von Pirkanmaa. Emilia erwies sich als tüchtige Wanderin. Sie trabte ruhig und mit ausgestrecktem Rüssel über den steinigen Boden und trat so gut wie nie auf scharfe Kanten. Ihr natürlicher Instinkt funktionierte, und es schien, als wäre sie ihr Leben lang durch finnische Ödwälder gestreift. Es herrschte herrlich klares Wetter, die Sonne wärmte, aber es war nicht zu heiß. Ein sanfter Wind fuhr durch die dunklen Nadelwälder. Die Vögel sangen aus voller Kehle, es schien, als wollte ihnen die kleine Brust schier vor Glück zerspringen. Sie hatten ihre Nester, ihre Reviere, sie fütterten ihre Jungen, und auf den weiten Lichtungen konnte man beobachten, wie Feldlerchen in unendliche Höhen aufstiegen und sich dann unter hellem Gezwitscher wieder auf ihren Nestern niederließen.
In dem steinigen Gelände wuchsen stellenweise sehr dichte Kiefernwälder, die schwer zu durchdringen waren. Oft stoppte Emilia ein wenig ungehalten, trat zurück und brach dann mit Macht und wildem Tempo hindurch, sodass die beiden Reiter im Sattel Mühe hatten, oben zu bleiben. In Abständen von ein paar Dutzend Metern gab es große Ameisennester, zwischen ihnen auch noch etliche kleinere. All das ärgerte Emilia, aber Lucia beruhigte sie und kraulte ihr das Ohr. Paavo bemerkte, dass sich am Rande der großen Ameisennester ausgehöhlte Gänge befanden, so als hätten sich dort Bären oder Dachse Eier herausgeholt. Er

rief den Tierarzt Seppo Sorjonen an und erkundigte sich, welche Tiere dort wohl am Werke gewesen waren und ob es stimmte, dass sich Elefanten vor Ameisen fürchteten. Auf Anhieb konnte Sorjonen berichten, dass der natürliche Abscheu großer Säugetiere vor Insekten und ganz besonders vor Ameisen, aber auch vor Mäusen und Ratten daher rührte, dass diese nach ihrer Meinung Parasiten waren, gegen die sie nichts ausrichten konnten. Dasselbe traf laut seiner Interpretation auch auf die Frauen zu, die Angst vor Schlangen hatten. Ameisen, Schlangen und Filzläuse waren ein Horror für weibliche Säuger, zu denen Emilia und die Frauen gehörten.

Die Frage nun, warum sich an den Ameisennestern Gänge befanden, sogar von mehreren Seiten, bedurfte erst mal einer gründlichen Klärung. Nach anderthalb Stunden klingelte Paavos Handy, und die Erklärung kam:

»Es war kein Bär, keine Schlange und kein Dachs, sondern der Schwarzspecht.«

Sorjonen hatte es von den Hobbyornithologen des Bezirkes Pori erfahren. Außerdem berichtete er, dass ihm Spritzmeister Tauno Riisikkala von der Freiwilligen Feuerwehr Ulvila in der Angelegenheit geholfen habe.

Die Schwarzspechte drangen im Frühjahr ins Innere der Ameisennester ein, um sich mit den für die Ernährung wichtigen Proteinen zu versorgen. Sie näherten sich verstohlen den vom Schnee befreiten Nestern, schoben ihren gierigen Schnabel und oftmals sogar den ganzen Körper hinein und schleckten nach Art der Bären Ameiseneier. Die Erfahrungen zeigten, dass ihre Stimmen nach solcher Mahlzeit noch schriller wurden und dass das Nisten bestens klappte.

Als interessantes Detail erwähnte Sorjonen noch, dass die Pelikane, die einst im Donaudelta zu Hause gewesen waren, ebenfalls gern Ameiseneier geschleckt hatten. Da es aber in den Niederungen nicht genügend Ameisen gegeben hatte, hatten sie sich angewöhnt, in die Ukraine zu fliegen, um sich dort den Bauch mit den Eiern voll zu schlagen. Sie hatten manchmal bis zu drei, vier Flugreisen monatlich von Baku nach Kiew unternommen, und das aus rein kulinarischen Gründen.
Diese bemerkenswerte Information hatte Sorjonen dem Werk eines estnischen Wissenschaftlers entnommen. Er war gründlich wie kein Zweiter und ein Tierarzt, dem die Insektenphobie der Elefanten direkt zur Herzenssache wurde.
Schließlich hatten Reiter und Elefant die Ameisenwälder hinter sich und kamen an den kleinen Kiimajärvi, den Brunstsee. Emilia schwamm hinüber. Der See war zwei Kilometer lang, aber nur einen halben Kilometer breit. Während der Überfahrt praktizierten Lucia und Paavo so viel nackte Nähe, dass der Name des Sees voll gerechtfertigt war.
Gegen Abend erreichten sie Häme in der Gegend von Kylmäkoskenmaa. Am Ritajärvi schlugen sie ihr Lager auf. Es war ein wunderschöner kleiner See. Am Ufer wuchsen Ebereschen und, weiter landeinwärts, schöner schlanker Kiefernwald. Nach Westen hin schimmerte ein zweiter, kleinerer See, und auf der Landzunge zwischen beiden ließen sie sich nieder.
Sie hängten ihre Ausrüstung, die bei dem Schwimmabenteuer nass geworden war, an den Bäumen zum Trocknen auf. Lucia machte Essen, Paavo führte Emilia ins Wasser.

Er zog sich nackt aus und wusch sie sorgfältig von oben bis unten. Es war ein hartes Stück Arbeit. An ihren Vorderbeinen waren keine Einschnitte von den Leinen der Fischernetze mehr zu sehen. Die Haut eines Elefanten hat wahrhaftig keine Ähnlichkeit mit der einer Frau. Sie ist vier Zentimeter dick, und auch wenn sie sensibel auf die Angriffe feindlicher Insekten reagiert, verträgt sie durchaus schlimme Verletzungen. Der Elefant hat sich auf seine Weise dem Leben in der großen Natur angepasst, und er führt nicht Buch darüber, ob seine Pfade durch Afrika, Sibirien oder Pirkanmaa führen.

Nach der Reinigungsprozedur brachte er sie wieder ins Lager. Lucia hatte bereits ein kräftiges Abendessen fertig, und Paavo hatte schon großen Hunger, trotzdem öffnete er zunächst Emilias Futtersack und gab ihr von den Kartoffeln, die aus dem Keller der Riekkinens stammten, außerdem Frischfutter, duftendes Grummet, das Tauno extra als Reiseproviant gemäht hatte und von dem noch fünfzig Kilo übrig waren. Emilia schlang ihren elastischen Rüssel um Paavos Taille und hob ihn zwei Meter in die Höhe, um ihm so ihre tierische Freundschaft zu beweisen.

Lucia hatte am Feuer Pelmenis gebraten, sie hatte die Zubereitung in Sibirien von Igor gelernt, der ein guter Koch gewesen war. Wo mochte er sich wohl jetzt herumtreiben? Lucia erwähnte, dass Igor ihr Witwer sei.

Außer den Pelmenis aßen sie Brachsen, die ihnen die Fischer vom Sääksjärvi beflissen für die Reise geräuchert hatten. Sie waren letztlich ganz anständige Kerle gewesen, auch wenn sie anfangs für ihre Netze eine Entschädigung verlangt hatten.

Lucia und Paavo ließen sich die Pelmenis und Räucherbrachsen am Feuer schmecken. Emilia lag am Seeufer und schlief. Sie schien irgendeinen Elefantentraum zu haben, ihr Rüssel vibrierte, und die Ohren wedelten im Takt der Wellenbewegungen. Lucia schluchzte und sagte, dass sie es nie fertig bringen würde, aus diesem rührenden Tier Fleisch machen zu lassen. Sie wunderte sich über sich selbst, dass sie in Luvia versucht hatte, Emilia an den Schlachthof zu verkaufen. Jahrelange Freundschaft konnte man unmöglich durch einen Totschlag beenden. Paavo sagte darauf, dass sich die Leute in den Viehzuchtbetrieben jedes Jahr von den Rindern trennen mussten, die sie aufgezogen hatten. Der Tod lieb gewordener Zöglinge, das war das Leben der Bauern.

»Gerade aus dem Grund halten Kaarina und ich kein Milchvieh. An das Schlachten von Tieren gewöhnt man sich nie.«

Lucia fragte, ob Kaarina eine eifersüchtige Frau sei. Wie konnte sie es nur fertig bringen, ihren Mann wochenlang mit einer anderen durch Finnland stromern zu lassen? Sie konnte doch bestimmt ahnen, dass zwei erwachsene Menschen dabei nicht ganz tugendhaft blieben, zumal sie noch Tag und Nacht gemeinsam im selben Sattel reisten.

Paavo vermutete, dass Kaarina sich bereits vor Jahren an den Gedanken gewöhnt hatte, dass ihr Ehepartner nicht hundertprozentig treu war. Außerdem hatte sie vielleicht selbst einen Liebhaber, wer weiß. Aber der Besitz hielt die Bauernehepaare zusammen. Eine Scheidung bedeutete die Teilung des Hofes, und zugleich auch den Verlust des Berufes oder zumindest eine Halbierung der Einkünfte.

»Bauern lassen sich nicht scheiden.«

»Würdest du mich heiraten, falls Kaarina sich scheiden lässt?«

»Würde ich, wenn du hundert Hektar Feldfläche hättest.«
Die Sonne ging erst um Mitternacht unter, es war ja Mittsommer. Der melancholische Schrei eines Prachttauchers war aus dem Kieferngehölz am Ufer zu hören. Vom Wasser stieg Nebel auf, im See sprang ein Fisch. Ein paar matte Sterne erschienen am Himmel. Lucia und Paavo legten sich in Emilias Sattel schlafen. Die Nachtluft war frisch, die Laken dufteten nach Heu. Lucia murmelte mit schläfriger Stimme:
»Dies ist ein herrlicher Sommer, auch wenn ich keine Felder besitze.«
Das Paar schlief fest bis zum Morgen. Als sie erwachten, stand die Sonne schon hoch am Himmel, es war zehn Uhr. Emilia watete bereits im flachen Wasser.
Paavo entzündete ein Feuer und fütterte den Elefanten. Lucia kochte den Morgentee. Von der abendlichen Mahlzeit war eine ganze Räucherbrachse übrig, die Lucia in der Pfanne wärmte. Gleichzeitig machte sie Brot warm, auf dem die Butter schmolz. Kaum jemand kann sich vorstellen, wie lecker gewöhnliche Räucherbrachse auf Pelmeni draußen in der Natur schmeckt.

EINE U-BOOTS-WERFT IM HERZEN VON HÄME

Als Lucia und Paavo in die Seenlandschaft von Häme kamen, gerieten sie eines Morgens auf eine Zufahrtsstraße, auf der jemand Dutzende leerer Zweihundert-Liter-Blechfässer abgestellt hatte. Genau gezählt waren es hundertvierzehn Stück. Für welchen Zweck waren die wohl vorgesehen? Der Gedanke, eine Fabrik könnte all die leeren Fässer in die Einöde geschafft haben, erschien abwegig. Der Ort befand sich am westlichen Ende des Tupurlanjärvi, an einer langen, fjordähnlichen Bucht mit steilen Ufern, die zum großen Kulovesi gehörte. Es war kaum vorstellbar, dass ein klar denkender Mensch hierher diese riesige Anzahl leerer Blechfässer schaffte.

Lucia und Paavo ritten auf der schmalen Straße weiter, bis sie ans Seeufer gelangten. Dort standen mehrere Sommerhäuser, und eines davon bot einen Anblick, dass die Reiter ihren Augen nicht trauten. Auf dem Hof des Hauses stand ein halbfertiges fünfzig Meter langes U-Boot im Bau.

Das Sommerhaus war recht bescheiden, Stube mit Sauna. Dahinter lag ein kleiner Kartoffelacker, und am Waldrand stand ein Schuppen. Der Hof war übersät mit allerlei Baumaterial, es gab eine Schweißmaschine und einen Stapel dicker Stahlstangen. Etwa ein Dutzend Blechfässer waren seitlich aufgeschnitten und die Bleche säuberlich aufgestapelt worden. Es war sofort erkennbar, dass all die Blechfässer an der Straße als Material für die Außenhaut des U-Bootes dienen sollten. Der Rumpf lag auf stabilen Böcken unmittelbar am Ufer. Am Bug war bereits auf etwa fünfzehn Metern ein einigermaßen glatter Mantel aus Blechen aufgeschweißt. Die Form des Bootes war gut zu erkennen, es sah sehr imposant aus. Aus dem Inneren war dumpfes Dröhnen zu hören, dort ging jemand mit harter Hand zu Werke. Emilia beäugte das riesige Gebilde interessiert, sie schien sich ein wenig vor dem seltsamen Ding zu fürchten, das wie ein Wal aussah und metallische Geräusche von sich gab.

Lucia und Paavo überlegten, ob sie vor dem Haus warten sollten, damit sie herausfanden, warum an einem See in Häme in einer privaten Werkstatt ein U-Boot gebaut wurde. Emilia stieß einen verwunderten Trompetenlaut aus. Darauf verstummte das Hämmern, und aus dem halbfertigen Rumpf kroch ein großer Mann in blauem Overall und mit einem Schmiedehammer in der Hand. Jetzt war es an ihm zu staunen, als er auf seinem Hof einen großen Elefanten mit zwei wildfremden Menschen auf dem Rücken entdeckte. Er blickte zweifelnd zu den in luftiger Höhe schwebenden Reitern auf und stellte die Frage:

»Nanu … Ihr seid wohl auch verrückt?«

Lucia und Paavo stiegen aus dem Sattel. Man stellte sich gegenseitig vor. Der Besitzer des Hauses hieß Leo Valkama. Er sagte, dass er noch nie einen lebenden Elefanten gesehen habe, nicht einmal im Zoo, geschweige denn auf seinem eigenen Hof. Lucia erzählte ihm Emilias Geschichte und auch, dass sie mit ihr zum Saimaa-Kanal unterwegs waren, von wo sie die Reise zunächst in den Finnischen Meerbusen und die Ostsee und dann nach Afrika antreten sollte. Paavo erkundigte sich nach dem U-Boot, und der Mann sagte.

»Das hier sieht möglicherweise wie das Werk eines Irren aus, und im Grunde genommen bin ich auch durch die Depressionen nach dem Konkurs und der Scheidung irre geworden.«

Die Geschichte Leo Valkamas und des U-Bootes war noch trauriger als die von Emilia und nicht minder facettenreich. Während der schweren Rezession in den 1990er Jahren war Leos Metallbetrieb in Konkurs gegangen, so wie Tausende andere Kleinfirmen, die ausländische Kredite aufgenommen hatten. Leos Werkstatt in Tampere hatte als Zulieferer großer Firmen verschiedene Metallkomponenten hergestellt. Sie hatte Blecharbeiten gemacht und verschiedene Arten von Büchsen sowie Schutzhüllen für Elektromotoren hergestellt. Zu den besten Zeiten hatte er fast zwanzig Mitarbeiter gehabt. Der Konkurs hatte ihn schwer niedergedrückt, und verschlimmert hatte sich die Situation noch dadurch, dass auch seine Ehe in die Brüche gegangen war. Zum Glück waren die Kinder bereits erwachsen. Leo war zur Zeit seiner Scheidung etwa vierzig gewesen, jetzt war er fast fünfzig.

Er hatte also im Zuge der großen Rezession seinen Besitz verloren und war anschließend drei Monate in psychiatrischer Behandlung gewesen. Eines Morgens hatte er sich gesagt, da er nun verrückt war, warum sollte er dann nicht etwas wirklich Verrücktes tun, zum Beispiel ein U-Boot bauen. Vor seiner Erkrankung hatte er in Deutschland ein solches gesehen.

Lucia und Paavo fragten ihn, ob sie den Rest des Tages und

vielleicht auch die Nacht am See verbringen dürften. Leo Valkama hatte nichts dagegen. Er hauste allein in seiner Hütte. Oder eigentlich leistete ihm eine Katze Gesellschaft, aber auch die war am Morgen ausgerissen. Das Häuschen gehörte seiner Exfrau Tiina, die ihm erlaubte, dort zu wohnen, da sie in dem ehemaligen gemeinsamen Sommerhaus nicht mehr Urlaub machen mochte, angeblich hingen zu traurige Erinnerungen daran. In diesem Sinne hatten sie sich einigermaßen gütlich getrennt. Die Frau war weg, aber Leo hatte seine Katze nach ihr genannt.

Leo Valkama war sehr damit einverstanden, dass Elefant und Reiter für ein, zwei Tage auf seinem Hof und im Uferwald lagerten. Er sagte, er wolle noch ein wenig an der Außenhaut des U-Bootes schweißen, aber gegen Abend könnten sie gemeinsam die Sauna heizen und sich eingehender über Elefanten und U-Boote unterhalten.

Paavo entzündete den Grill neben dem Bootssteg, und Lucia machte ein Mittagessen. Der Räucherfisch war verzehrt, aber sie hatten unterwegs an einer Tankstelle ihre Vorräte ergänzt. Würste und Bier waren reichlich vorhanden. Lucia buddelte aus Leo Valkamas Acker neue Kartoffeln. Emilia suchte sich im Schilf am Seeufer selbst ihr Futter.

Die Würste mit neuen Kartoffeln und Bier schmeckten am Nachmittag allen ausgezeichnet. Leo Valkama erzählte, dass er schon seit einigen Jahren an dem U-Boot baue. Er vermutete, dass er es irgendwann im Jahre 2005 oder vielleicht auch schon früher zu Wasser lassen könnte. Er hatte keine Eile. Allerdings mangelte es ihm an Geld, denn die Tilgung der Schulden brauchte ihre Zeit. Das Boot selbst würde recht billig, denn er hatte die leeren Fässer vom

Müllentsorgungsbetrieb in Riihimäki zum Schrottpreis kaufen können. Der Bau eines U-Bootes war letzten Endes gar nicht so teuer, wie die finnische Marine glaubte.
Am Abend nach der Sauna saßen sie auf der Terrasse des Häuschens, tranken Bier und plauderten. Lucia erzählte von ihren Erfahrungen im Großen Moskauer Zirkus und von ihren Reisen durch den Kaukasus und Sibirien. Paavo fand, dass Leo sein Bauprojekt öffentlich vorstellen sollte. Wenn sich die Menschen für Elefanten interessierten, warum dann nicht auch für den Bau eines U-Bootes. Beide waren groß und ungewöhnlich. Laut Friedensvertrag war der finnischen Marine der Einsatz von U-Booten verboten, und jetzt hatte die Europäische Union den Einsatz von Elefanten in Zirkusvorstellungen untersagt.

EMILIA HILFT TIINA VOM BAUM

Leo Valkama begann, sein Projekt näher zu erläutern. Das U-Boot war eine direkte Kopie des finnischen *Vesikko*, das seinerzeit zur Unterwasserflotte der Marine gehört hatte und heute in Suomenlinna zu besichtigen war. Leo hatte die Maße übernommen: Länge 41 Meter, Durchmesser 4 Meter. Die Wasserverdrängung des Vesikko beim Tauchen hatte 250 Tonnen betragen, beim Fahren an der Oberfläche 50 Tonnen mehr. Leos Boot, Vesikko II, war leichter, nur 200 Tonnen Wasserverdrängung. Im ursprünglichen Vesikko waren zwanzig Mann Besatzung gefahren, aber Leo glaubte mit fünf Mann auszukommen. Die technische Entwicklung erlaubte heute den Einsatz zuverlässiger Elektronik, von der sich während des Zweiten Weltkriegs nicht einmal die Großmächte hatten träumen lassen. Die Motoren würden ziemlich kostspielig werden, aber Leo glaubte auch diese Hürde mit der Zeit nehmen zu können. Wenn die Geschwindigkeit von Vesikko an der Oberfläche 13 Knoten und unter Wasser 8 Knoten gewesen war, so veranschlagte Leo für sein Boot 15 Knoten an der Oberfläche, unter Wasser jedoch nur 5 Knoten. Als Maschinenstärke hatte er zwei Diesel mit je 300 PS und zwei Elektromotoren mit je 700 kW/h von Strömberg vorgesehen. Die Letzteren hatte er bereits besorgt.

Sie zogen sich an und gingen in den Schuppen hinter dem Haus. Dort lagerten tatsächlich zwei gewaltige Elektromotoren. Leo erzählte, dass seine Firma einst Komponenten für die Elektromotoren und für andere Anlagen der Firma ABB geliefert hatte. Er erläuterte: Vor dem Krieg hatte die schwedische *Asea* den Hauptanteil an der finnischen Firma Strömberg erworben. Während des Krieges hatte Strömberg seine Selbstständigkeit wiedererlangt, denn in der Kriegsindustrie kam eine ausländische Aktienmehrheit nicht in Frage. Aber jetzt, vor etwa zehn Jahren, hatten Asea und die schweizerische AG Brown Boverie & Cie fusioniert, und das Ergebnis war die heutige ABB. Gerade für diese Riesenfirma hatte Leos Metallwerkstatt als Zulieferer gearbeitet, und deshalb hatte er diese beiden Elektromotoren zum Spottpreis kaufen können, denn es waren veraltete Modelle, die sich auf dem freien Markt nicht mehr verkaufen ließen. Für das U-Boot eigneten sie sich natürlich ausgezeichnet. Alte Geschäftsbeziehungen waren eben manchmal buchstäblich Gold wert.

Lucia musterte die starken Motoren nachdenklich und konnte sich die Frage nicht verkneifen, wo Leo mit seinem Boot tauchen wollte, wenn es dereinst fertig war.

Zunächst würde er es im Kulovesi und vielleicht auch im Näsijärvi ausprobieren. In beide Seen käme er per Oberflächenfahrt, sodass keine Frachtkosten anfallen würden. Später, wenn das U-Boot die Seeklassifizierung bekäme, könnte er es mit einem Sattelschlepper entweder in die Ostsee oder im besten Falle in die Barentssee transportieren. Für den Transport müsste das Boot in drei Teile zerlegt werden, aber das wäre kein Problem. Der aus Blechfässern zusammengeschweißte Rumpf ließe sich leicht zerschneiden und am Ziel erneut zusammenschweißen.

»Alles ist berücksichtigt, ich hatte ja genug Zeit, die Baupläne zu entwerfen.«

Mit dem glühenden Eifer des ganz in seinem Hobby aufgehenden Menschen erzählte Leo von seiner Idee. Er war keineswegs total bekloppt, obwohl dieser Eindruck vielleicht bei der ersten Begegnung entstand, sondern er war ein arbeitsloser Unternehmer, der ein tolles Hobby gefunden hatte und damit schon jahrelang einigermaßen glücklich war.

»Ich kann sagen, dass dieses Projekt fast einer Ehe entspricht, nur dass das U-Boot nicht streitet und nicht eifersüchtig ist.«

Leo baute sein U-Boot keineswegs für einen privaten Seekrieg, nein, Vesikko II sollte in den nördlichen Seegebieten als fahrendes und im Bedarfsfalle auch tauchendes Museum für Unterseeschiffe unterwegs sein. Es sollte in seinem Inneren Fachliteratur, Fotos, Tonträger und andere museale Gegenstände bergen, und obendrein sollten noch Bänke für zwanzig Gäste aufgestellt werden, sodass man sich gegebenenfalls auf dem Meeresgrund Vorträge anhören könnte.

»Aber wie sollen denn auf einen Schlag so viele Menschen hineinpassen?«, wollte Paavo wissen.

Leo erklärte, dass es sich um Museumstätigkeit in Friedenszeiten handle und somit keine Waffen erforderlich seien.

»Vesikko war mit fünf Torpedos, jeweils mehr als einen halben Meter dick, ausgestattet, und auf Deck befanden sich eine Zwanzig-Millimeter-Schnellfeuerkanone vom

Typ Madsen sowie ein schweres Maschinengewehr. Ich brauche keine Torpedos, keine Schnellfeuerkanone und kein Maschinengewehr, auch keine Geschosse und keine Abschussvorrichtungen. Mein Boot dient friedlichen Zwecken. An den Zeichnungen seht ihr, dass es ein gutes Museum wird, wenn es denn erst fertig ist.«

Sie verließen den Schuppen und gingen ins Haus. Dort stand an der hinteren Wand ein Bücherschrank mit vielen Fächern, in dem neben Büchern eine ganze Anzahl Ordner standen. An den Wänden hingen keine Familienfotos von gemeinsamen Urlauben in der Hütte, sondern Dutzende von Abbildungen verschiedener U-Boote. Auf einem der Fotos posierte Leo in Suomenlinna vor dem alten Vesikko, in der Hand hielt er einen Schmiedehammer und einen Tiefenmesser.

Er besaß insgesamt vier Ordner mit Zeichnungen.

An den Hauptzeichnungen war sofort zu erkennen, dass Leo den Innenaufbau des alten Vesikko genial für Museumszwecke abgewandelt hatte. In der Tat würden ohne weiteres zwanzig Gäste auf einmal hineinpassen, um sich – buchstäblich – in die Geschichte der Unterwasserkriegsführung zu vertiefen.

Da Leo einmal in Fahrt gekommen war, erzählte er noch von den U-Booten in der Ostsee und der Barentssee und dem, was sie angerichtet hatten.

Während des Krieges hatten die U-Boote der finnischen Marine im finnischen Meerbusen patrouilliert und die Konvoifahrten abgesichert. Vesikko war eines von sechs U-Booten der Marine gewesen. Obwohl das Ziel der kleinen Unterwasserflotte nicht gewesen war, andere Schiffe zu versenken, hatte Vesikko dennoch im Juli 1941 das russische 4100-Tonnen-Transportschiff Vyborg im Seegebiet vor Hogland torpediert. Mit Ausnahme von Vesikko waren die finnischen U-Boote dann auf der Grundlage des Pariser Friedensvertrages Ende der 1940er Jahre verschrottet worden.

Das russische U-Boot S 13 versenkte unter dem Kommando von Kapitän Alexander Marinesko gegen Ende des Krieges zwei deutsche Flüchtlingsschiffe, die Soldaten und Zivilisten aus Deutschland vor dem bevorstehenden Angriff der Roten Armee in Sicherheit bringen wollten. Eines war die *Wilhelm Gustloff* und das andere die *Steuben*. Beim Untergang der *Gustloff* kamen neuntausend Menschen ums Leben, die *Steuben* riss viertausendzweihundert Menschen mit auf den Meeresgrund. Zuvor war bereits der Ozeandampfer *Goya* versenkt worden, und dabei ertranken sechs- bis siebentausend deutsche Soldaten und Zivilisten. Insgesamt an die zwanzigtausend Tote durch ein paar Torpedos! Die Anzahl der Toten beim Untergang der *Titanic* war nichts angesichts dieser Massenvernichtung. Nazi-Deutschland zahlte den Preis für seine Eroberungszüge.

»Krieg ist Krieg. Ich werde in meinem Vesikko-Museum diese Schreckenstaten nicht in den Vordergrund stellen. Die Idee für ein eigenes Museum bekam ich in Deutschland, als ich nach dem Konkurs dort verschiedene Verbindlichkeiten regelte. In Hamburg ist das russische U-434 ausgestellt. Es ist ein Boot der Tango-Klasse, gebaut 1976, fast hundert Meter lang.«

Leo hatte den Museumsgedanken bei seinem monatelangen Aufenthalt in der Nervenklinik entwickelt. Er fand, dass sich Verrückte generell mit Seemuseumsprojekten

beschäftigen sollten, so würden sie wieder gesund, und teure Pflegekosten würden gespart.
Die Vorstellung der Unterwasserwelt hätte vielleicht noch bis zum Morgen gedauert, aber Lucia bemerkte, dass Emilia nicht mehr am Seeufer war. Schleunigst machten sich alle drei auf die Suche.
Emilia war nicht weit weg. Sie stand auf den Hinterbeinen unter einer großen Uferbirke und reckte ihren langen Rüssel gut sieben Meter in die Höhe, denn dort oben hockte maunzend Leos vermisste Katze. Tiina war auf den Baum geklettert, weil sich dort auf einer Astgabel ein kleines Vogelnest mit Jungen befand, die sie interessant und offenbar schmackhaft gefunden hatte, aber dann hatte sie sich nicht wieder hinuntergetraut. So ergeht es Katzen oft, in ihrer Beutegier denken sie nicht an die Gefahren des Rückweges.
Leo geriet in Sorge, wollte sich der Elefant etwa seine einzige Freundin einverleiben? Lucia beruhigte ihn: Elefanten fressen keine Katzen. Emilia führte Gutes im Schilde, sie streichelte das verängstigte Tier mit ihrem Rüssel, und es war zu sehen, dass die Katze keine Angst vor ihr hatte, vielmehr langte sie mit ihren Tatzen nach Emilias feuchter Rüsselspitze. Die Katze vertraute ganz offenbar dem großen Wesen, auch wenn diese Begegnung ganz neu für sie war.
»Hol sie runter«, kommandierte Lucia. Emilia begriff, was von ihr erwartet wurde, sie schlang sanft den Rüssel um die Katze, setzte sie vorsichtig ab und ließ sich wieder auf alle viere nieder. Leo nahm seine Gefährtin, die er lange vermisst hatte, auf den Arm und trug sie in die Hütte, dort bekam die hungrige Tiina warme Milch. Schließlich gin-

gen alle schlafen, Lucia und Paavo in Emilias Sattel, Leo mit seiner Katze in die Saunakammer.
In der Nacht zog ein schweres Gewitter auf, es blitzte und donnerte fast bis zum Morgen. Emilia stand vollkommen ruhig auf ihren Säulenbeinen, obwohl ein ungeheurer Sturm tobte. Auf den Baldachin prasselte der Regen nieder, viel fehlte nicht, und er wäre unter den Wassermassen eingebrochen. Mehrmals schlug ganz in der Nähe der Blitz ein. Gegenüber am anderen Seeufer glänzte ein felsiger Berg hell wie im Tageslicht. Lucia schmiegte sich eng an Paavo. Beide hatten das Gefühl, als würde der Blitz jeden Moment in den Elefanten einschlagen und sie allesamt verbrennen.
Am Morgen wachten sie erleichtert auf, sie hatten überlebt. Leo Valkama kam mit seiner Katze aus dem Haus. Erst jetzt sahen sie, dass der Blitz in die große Uferbirke eingeschlagen hatte, eben jene, in der Tiina gehockt hatte. Die Baumkrone war gespalten, vom Vogelnest keine Spur mehr.
Nach dem Frühstück rüsteten sich die Reisenden zum Aufbruch. Leo schluckte und schlug leise vor:
»Bleibt noch, wenigstens für eine Woche. Ich fühle mich so verlassen.«
Lucia und Paavo schüttelten dem stillen Mann die Hand, Lucia umarmte ihn, und Paavo streichelte Tiina, die unter seinen Händen schnurrte. Emilia legte den Rüssel auf Leos Schulter. Dann zogen sie los. Auf dem U-Boot-Bauplatz blieb ein einsamer Mann mit einer Katze im Arm zurück, ein Mann, den die Rezession in Depressionen und Wahn gestürzt und der keine Freunde hatte. Er hatte nur seine Katze und seinen großen Traum.
Emilia erkannte Valkamas traurige Einsamkeit, sie kam zurück, nahm ihn sanft in den Rüssel und gab Lucia und

Paavo zu verstehen, dass auch Männer Herdentiere sind. Sie wollte, dass Leo in ihren Sattel stieg.
»Ich kann nicht weg, ich habe die Katze und das U-Boot.«
Paavo erzählte Lucia, dass er vor Jahren einen Bullen gehabt hatte, der sich von der Kuhherde verirrt hatte und anderthalb Monate ganz allein draußen gewesen war. Während der Elchjagd hatten ihn die Jäger entdeckt und natürlich verschont. Als der Bulle seinen Herrn gesehen hatte, hatte er ihn abgeleckt.
»Aber zur Jungfernfahrt kommt ihr!«, rief ihnen Leo noch mit gebrochener Stimme nach. Emilia stapfte über die von leeren Fässern gesäumte Straße.

EMILIA VERSCHLINGT HUNDERT KILO FAULE ÄPFEL

Anfang Juli befanden sich Lucia, Paavo und Emilia bereits tief im Inneren von Häme, in der Nähe von Tampere. Nach dem Aufbruch von Leo Valkamas U-Boots-Werft waren sie den ganzen Abend und die Nacht hindurch gewandert und erreichten ihr neues Ziel früh am Morgen. Jetzt, mitten im Sommer, waren die nächtlichen Wanderungen sinnvoll: Nachts war es kühl, und Mensch und Tier wurden nicht von Mücken und Bremsen geplagt. Nachts waren auch keine neugierigen Leute unterwegs, die beim Anblick des Elefanten seine riesige Größe bestaunten und wissen wollten, wohin er unterwegs war, von wo er stammte und so weiter. Zum Glück waren noch keine Journalisten aufgetaucht. Emilias Wanderung hatte zwar lokal für Aufsehen gesorgt, aber nicht landesweit.

Zu einer Tankstelle in Nokia hatte Kaufmann Taisto Ojanperä mit seinem Lieferwagen als eine Art Geschenk für Emilia hundert Kilo Äpfel gebracht. Er hatte sie umsonst bekommen, denn sie waren verschrumpelt, sodass er sie nicht mehr in seinem Laden anbieten konnte. Die Ladenbetreiber im Bezirk Pori entsorgten ihre überalterten Produkte nicht immer, sondern verteilten sie an die Bauern der Umgebung als Schweinefutter, und nun hatte Taisto also eine passende Menge leicht verdorbener Äpfel übrig gehabt, die er Emilia zukommen lassen wollte. Auf eigene Faust hatte er noch ein paar Dutzend Kilo überjährige Äpfel von den Riekkinens abgeholt, deren Hof an seinem Weg lag, Paavo hatte ihm nämlich gesagt, dass auch Tauno versprochen hatte, Futter beizusteuern. Während Taisto mit seiner Apfelfuhre nach Nokia fuhr, schnupperte er. In dem heißen Laderaum rochen die Früchte mittlerweile sehr stark, es schien, als gärten sie. Es war ein betäubender Geruch, fast ein bisschen verführerisch, wie der von Cidre. Taisto überlegte, ob er nicht mal versuchen sollte, selbst Wein herzustellen. Im Laden blieben oft Früchte und Beeren übrig, die sich dafür eignen würden. Aber ein Kaufmann hat viel zu tun, da kann er sich zeitaufwendige Nebenarbeiten gar nicht leisten.

Lucia und Paavo stiegen aus Emilias Sattel. Sie hatten diese Tankstelle für ihren Zwischenstopp gewählt, weil es dort eine geeignete Halle gab, in der sie Emilia waschen konnten, und vor allem auch, weil Taisto Ojanperä mit dem Inhaber Mikko Korpijaakko in Geschäftsbeziehungen stand. Die beiden waren alte Bekannte, und diese Beziehungen ließen sich jetzt gut nutzen.

Für Emilia fand sich ein geeignetes Nachtquartier in einer Reparaturhalle, deren Türen breit und hoch genug waren. Der Inhaber wollte die Halle kostenlos zur Verfügung stellen. Er sagte, dass er nie eine Hallenmiete nahm, wenn ein lebender Elefant an seine Tankstelle kam. Paavo telefonierte nach Tampere und bestellte ein Zimmer im Hotel *Sokos* im Zentrum der Stadt. Das Leben in der freien Natur hatte viel für sich, aber im Hotel könnte man sich gründlich die Haare waschen, sich auch sonst pflegen und sich von den Mühen der langen Waldwanderung erholen.

Taisto Ojanperä hatte, außer den Äpfeln, auch einen Brief für Lucia und Paavo hinterlassen, darin berichtete er ihnen die letzten Neuigkeiten aus Satakunta. Paavos Frau Kaarina ließ herzlich grüßen. Laila hatte für Lucia Wollsocken gestrickt, die waren in einem Päckchen dem Brief beigefügt. Laila hatte gemeint, dass die warmen Socken bestimmt draußen Im Wald angenehm wären, falls Lucia nachts in dem Sattelbett die Füße froren.

»Oh, wie lieb«, rief Lucia, obwohl gerade glühende Hitze herrschte und der Bedarf für Wollsocken nicht eben groß war. Taisto Ojanperä kündigte an, dass er die nächste Fuhre in die Gegend um Heinola bringen wollte. Er hatte mit den dortigen Ladenbetreibern vereinbart, dass sie vorab Obst und Gemüse für Emilia sammelten, sodass sie für die restliche Wegstrecke versorgt war.

Ojanperä hatte seinem Schreiben noch einen Brief der Riekkinens beigefügt, in dem sich das freundliche Ehepaar für den Besuch bedankte und eine gute Reise sowie für Emilia guten Appetit wünschte.

Lucia zerteilte einen Apfel, er war innen schon ein wenig braun und roch sehr stark, geradezu berauschend. Auch der Geschmack war sehr kräftig, ganz so, als hätte man in die Kerne eines Granatapfels gebissen.

»Die Äpfel sind vielleicht schon verdorben«, meinte Lucia zweifelnd. Auch Paavo kostete. Er fand, dass man Emilia die Früchte sehr wohl geben könnte. Ein Elefantenmagen vertrug bestimmt leicht gegorene Äpfel, verschwanden darin doch auch handgelenkdicke Erlen- und Espenschösslinge. Sie breiteten die Äpfel auf dem Rasen hinter der Tankstelle auf einer Plastikplane in der Sonne aus und sagten sich, dass sie dort schön trocknen würden, ehe Emilia sie fraß.

Lucia zeigte ihrem Elefanten, wo er sich aufhalten durfte, während sie und Paavo im Hotel waren. Sie brachte Inhaber Korpijaakko ein paar der geläufigsten Kommandoworte bei, damit Emilia gehorchte. Dann stieg sie mit Paavo in ein Taxi. Die beiden versprachen, gegen Abend wieder zur Tankstelle zu kommen, wenn sie nur erst im Hotel ausgeschlafen und Frühstück und mittaggegessen hätten. Für Emilia lag ja genug Futter auf dem Rasen hinter dem Haus bereit, hundert Kilo leckere, überreife Äpfel.
Es wurde wieder sehr heiß, ein richtig schöner Sommertag. Korpijaakko führte Emilia zu den Äpfeln. Sie kostete die Früchte genießerisch, las überraschend anmutig jeweils nur einen auf, zerquetschte und verschlang ihn, dabei tastete der Rüssel schon nach dem nächsten. Innerhalb weniger Minuten fraß Emilia zwanzig Kilo der von Taisto Ojanperä und den Riekkinens spendierten Delikatessen. Dann bekundete sie, dass sie Durst hatte. Korpijaakoo stellte ihr einen Eimer mit Wasser vor den Rüssel. Sie leerte diesen und noch einen zweiten Eimer. Danach legte sie sich hin und klaubte sich hier und da Äpfel heraus. Sie erinnerte an einen genießerischen Menschen, an eine dicke vornehme Dame, die auf dem Diwan ruht und sich ab und zu aus einer bereitstehenden Schale Weintrauben nimmt.
Das genießerische Tierleben ging so den ganzen heißen Tag weiter. Emilia ruhte auf dem Rasen hinter der Tankstelle wie eine Königin, verputzte Äpfel und verlangte immer in Abständen, dass ihr die Angestellten einen oder auch zwei Eimer Wasser brachten. Korpijaako selbst war mit Reparaturen an der Waschstraße beschäftigt und hatte erst am Nachmittag Zeit nachzusehen, wie es Emilia draußen auf dem Rasen erging.

»Um Himmels willen, du hast ja sämtliche Äpfel aufgefressen!«

Emilia lag faul ausgestreckt auf dem Rasen und sah den Inhaber zerstreut an. Äpfel? Ach ja, die gab es vorhin, schien sie zu denken. Aus ihrem Hintern kam ein mächtiges Dröhnen, in ihren Därmen wogte Apfelsaft, der begonnen hatte zu gären. In dem riesigen Bauch befand sich ein beträchtlicher Weinkeller. Korpijaakko befürchtete, dass hundert Kilo Äpfel womöglich sogar für einen Elefanten zu viel waren. Aber da Emilia in jeder Hinsicht zufrieden wirkte, sagte er sich, dass Elefanten vielleicht einfach Vielfraße waren und fertig.

Am Abend stopfte sich Emilia die letzten Äpfel ein, rülpste und ließ gewaltige Furze, sodass die ganze Umgebung nach saurem Apfelwein stank. Sie stand auf abgespreizten, unsicheren Beinen da und hielt glücklich die Augen geschlossen. Sie war betrunken, und je weiter der Abend voranschritt, desto trunkener wurde sie. Jetzt trafen Lucia und Paavo ein. Emilia stand wie ein Sägebock auf dem Rasen, wankte und ließ aus dem Hintern den überschüssigen Druck in die sommerliche Natur ab.

EMILIA RANDALIERT

Emilia war voller Tatendrang. Lucia und Paavo schafften es kaum, den Baldachin und das Gepäck auf ihren Rücken zu hieven, als sie auch schon losmarschierte. Die beiden Reiter stiegen schleunigst in den Sattel und winkten Korpijaakko, der sie bis auf die Straße begleitete, zum Abschied zu. Lucia lenkte Emilia auf eine Ortsstraße, die dem Nordufer des Pyhäjärvi folgte.
Paavo überlegte, ob er die Polizei von Tampere anrufen und sie bitten sollte, einen Streifenwagen als Geleitschutz zu schicken. Sie beabsichtigten, Tampere im Norden zu umwandern, und zwar auf der Straße, die am Näsijärvi vorbeiführte. Dort herrschte unter Umständen starker Verkehr. Als Emilia auf die Landstraße kam, lief sie zu großer Form auf. Mit ausgestrecktem Rüssel legte sie ihr bestes Tempo vor, und das war nicht wenig. Lucia und Paavo klammerten sich erschrocken an die Eckpfeiler des Sattels. Emilia raste dermaßen schnell, dass sich der Baldachin kaum oben hielt. Lucia schrie, dass sie Emilia noch nie so in Fahrt gesehen habe. Auf der Landstraße war Tempo fünfzig erlaubt, aber Emilia kümmerte sich nicht darum, sondern überholte unbekümmert mehrere PKWs, die in Richtung Tampere unterwegs waren. Die Autofahrer machten bereitwillig Platz, als von hinten der Elefant angeprescht kam. Aus der

Höhe ihres Sattels sahen Lucia und Paavo, wie entsetzt die Leute in den Autos waren. Kein Wunder, denn vermutlich war noch keiner von ihnen von einem Elefanten überholt worden.

Emilias Ohren flatterten im Abendwind, während sie über die Landstraße raste. Sie stieß wilde Trompetenlaute aus, die garantiert bis nach Tampere zu hören waren. Paavo brauchte nicht extra um einen Polizeistreifenwagen bitten. Ihr wilder Ritt sorgte für so viel Aufsehen in der Gegend, dass bei Polizei und Feuerwehr sowohl in Nokia als auch Tampere pausenlos Notrufe eingingen. Wenn ein Elefant sein Bestes gibt, ist das weithin zu sehen und zu hören.

In seiner Not rief Paavo bei Seppo Sorjonen an, erzählte ihm, dass Emilia verrückt geworden sei und fragte, ob der Tierarzt vielleicht einen Rat wisse. Sorjonen versuchte, Lucia und Paavo zu beruhigen. Hatte Emilia etwas Schlechtes gegessen? Als er erfuhr, dass sie sich im Laufe des Tages hundert Kilo halb verfaulter Äpfel einverleibt hatte, wusste er sofort, was los war.

»Emilia ist berauscht. Volltrunken.«

»Wieso? Sie hat keinen Alkohol bekommen, nur ein paar Eimer Wasser.«

Nur mit Mühe konnte Lucia Emilia veranlassen, in Lielahti nach Osten abzubiegen, in Richtung Särkänniemi und Kangasala. Emilia war jetzt in so ausgelassener Stimmung, dass sie selbst bestimmen wollte, wohin es ging. Genauso starrköpfig sind auch betrunkene Menschen.

Seppo Sorjonen erstellte schnell die Diagnose: Die Äpfel hatten begonnen zu gären, in ihnen hatte sich Alkohol gebildet, und als Emilia sie gefressen hatte, hatte sich der Gärungsprozess nur noch beschleunigt.

»Es war eine ähnliche Reaktion wie die bei der Herstellung von Schnellbier. In Studentenzeiten haben wir so was ausprobiert, viele Male.«

Aus Tampere kam ihnen ein Polizeiauto mit Blaulicht und heulenden Sirenen entgegen, Paavo musste das Telefonat beenden. Von hinten näherte sich aus Nokia ein Krankenwagen. Emilia kümmerte sich nicht im Mindesten um die beiden Fahrzeuge. Sie preschte mit ihrem ganzen riesigen Gewicht auf den Vergnügungspark von Särkänniemi zu, dabei bestand ständig die Gefahr, dass sie den übrigen Verkehr niedertrampelte, denn ein kleiner PKW hätte sie kaum aufhalten können.

Der Elefant ist ein Passgänger und galoppiert nicht gern, aber selbst im Trab erreicht er ein enormes Tempo. Auf ihrem Weg nach Särkänniemi hätte sich Emilia garantiert ein Bußgeld für überhöhte Geschwindigkeit eingehandelt. Jetzt allerdings hatten die Polizisten weder die Gelegenheit noch den Mut, den Elefanten zu stoppen. Sie waren vollkommen verblüfft von dem Schauspiel, das sich ihnen bot. Über die Landstraße preschte ein gewaltiger Elefant, auf dem Rücken eine große Sattelkonstruktion mit einem leuchtend blauen Markisendach, das im Fahrtwind flatterte. Unter dem Baldachin saßen zwei erschrockene Reisende, ein Mann und eine Frau. Mit wehenden Haaren hielten sich Lucia und Paavo am Vorderrand der Sattelkiste fest. Eine Vorstellung dieser Art hatte es in Tampere noch nie gegeben, und sie würde sich auch nicht wiederholen. Emilia war das erste Mal in ihrem Leben betrunken, und das war kilometerweit zu sehen und zu hören. Aus ihrem Hintern kam ein kräftiger Furz, und kurz vor der Abzweigung nach Särkänniemi ließ sie einen mächtigen Haufen

Dung fallen, der direkt an die Windschutzscheibe des hinter ihr fahrenden Ambulanzwagens klatschte. Die Reiter hatten keine Gelegenheit, sich für diesen peinlichen Gruß zu entschuldigen, denn Emilia schien es nur immer eiliger zu haben.

Das Polizeiauto, das aus Tampere, aus der Gegenrichtung, gekommen war, wendete vor Pispala kühn entschlossen und folgte dem Elefanten. Der Krankenwagen fuhr an die Seite und hielt an, und der Arzt begann den Elefantenmist von der Windschutzscheibe zu kratzen. Emilia versuchte in den Vergnügungspark abzubiegen, aber Lucias Peitsche veranlasste sie im letzten Moment, darauf zu verzichten. Ohne auf Lucias Kommandos zu hören, strebte sie nun nach Tampere. Sie trabte direkt in die Stadt hinein, wo bereits zwei weitere Polizeiautos warteten. Über Lautsprecher gaben die Polizisten Lucia und Paavo Anweisungen, sie fragten, ob sie Straßensperren errichten sollten und was das Ganze eigentlich zu bedeuten hatte. Paavo brüllte zurück, dass der Elefant durchgegangen war und dass man ihn nicht gewaltsam stoppen konnte.

»Dies ist ein zahmer Elefant, bitte nicht schießen!«, schrie Lucia.

SCHWARZE WURST IM RÜSSEL DES ELEFANTEN

In einem Polizeikonvoi raste Emilia ins Zentrum von Tampere. Lucia und Paavo saßen im Sattel und versuchten den Polizisten zuzurufen, dass man das irgendwie überstehen werde und dass der Elefant lediglich zufällig betrunken sei. Dabei eskalierte die Situation ständig.

Kurz vor der Brücke konnten Lucia und Paavo die betrunkene Emilia endlich so weit besänftigen, dass sie in der westlichen Hauptstraße vor einem Fleischerladen stehen blieb. Im großen Schaufenster sah sie ihr Spiegelbild und wurde wütend, denn sie hielt es für einen drohenden Gegner. Emilia wollte sich dem Gegner nicht beugen und stürmte geradewegs durch die Fensterscheibe in den Laden, Lucia und Paavo ließen sich im letzten Moment hinunterfallen. Das Geklirr rief drei Polizeiautos und den Ambulanzwagen der Feuerwehr von Nokia herbei. Neugierige versammelten sich und bestaunten das Chaos. Zu guter Letzt standen fast tausend Leute herum, denn in den Kinos endete gerade die Abendvorstellung, und die Zuschauer strömten auf die Straße. Unter ihnen befanden sich auch etwa zwanzig Grüne, die dem Ereignis im Fleischerladen entnahmen, dass der Elefant gewaltsam an einen unbekannten Ort verbracht werden sollte, wo man ihn vielleicht schlachten oder ihm etwas anderes Böses antun wollte. Sie beschlos-

sen, sich eingehend zu informieren und die unschuldige Kreatur zu retten, koste es, was es wolle.
Die Polizisten sperrten den Bereich mit gelben Plastikbändern ab und brüllten das Publikum an, es solle auseinander gehen. Das ist eine uralte Gepflogenheit der Polizei, und besonders der von Häme.
Lucia und Paavo gingen durch das Schaufenster in den Laden und versuchten Emilia zu beruhigen. Sie stand in dem engen Raum hinter dem Ladentisch, und an ihrem Rüssel hing ein riesiges Bündel schwarzer Würste von Tapola.
Die Leute hinter der Absperrung spähten neugierig herein und wunderten sich, was ein Elefant, und um einen solchen handelte es sich eindeutig, im Fleischerladen machte. Die Grünen erklärten, dass es sich wahrscheinlich um einen Fall von Tierquälerei handle und dass man unbedingt einschreiten müsse. Das sei zwar gerade im Moment nicht möglich, aber über kurz oder lang werde man das unglückliche Geschöpf aus den Klauen der Polizei und der grausamen Folterer befreien.
Lucia und Paavo konnten Emilia endlich so weit beruhigen, dass sie bereit war, den Laden zu verlassen. Die Polizisten halfen ihnen, den Sattel wieder hinaufzuwuchten und den Baldachin zu befestigen. Die beiden blieben aber noch unten stehen, um den Vorfall zu klären. Die Polizisten riefen den Dienst habenden Kriminalkommissar an, und als der eintraf, wurde das ganze Geschehen aufgenommen. Zwei Wachtmeister waren der Auffassung, dass es sich möglicherweise um Trunkenheit am Steuer handle, doch dem wollte sich Paavo nicht anschließen.
»Wir haben keinen Tropfen getrunken, und am Sattel befindet sich außerdem kein Steuer.«

Emilia schien immer noch betrunken zu sein. Sie stand bedeppert mitten auf der Straße, erkannte, dass sie sich unpassend benommen hatte und begriff nicht, was mit ihr los war. Sie seufzte tief, und Tränen stiegen ihr in die Augen. Sie schämte sich. Sie war letztendlich ein braves Tier, das niemandem etwas Böses wollte, und normalerweise entsprach es nicht ihrem Wesen, kopflos durch die Straßen zu preschen, und schon gar nicht, Fensterscheiben zu zerbrechen.
Die Polizisten fanden im Laden einen Besen und eine Schaufel und fegten drinnen und draußen die Scherben zusammen. Jemand rief den Ladeninhaber an, und der kam, um den Schaden zu begutachten. Als er vor Ort eintraf, konnte er sich mit eigenen Augen davon überzeugen, dass ein lebender Elefant seinen Laden besucht hatte.
Die jüngeren Polizisten überlegten, ob sie beim betrunkenen Elefanten einen Atem-Alkoholtest machen sollten, um festzustellen, ob er mehr als 0,5 Promille im Blut hatte. Darauf sagte Paavo, falls es tatsächlich jemand wagen sollte, in den Rüssel eines vier Tonnen wiegenden Elefanten einen Alkotester zu stecken, so würde er denjenigen nicht nur auf der Stelle umbringen, sondern ihn auch ins dicke Buch der größten Polizeidummheiten aller Zeiten eintragen.
Es wurde vereinbart, dass der Inhaber für das zerbrochene Schaufenster und das Chaos im Laden eine angemessene Rechnung an Paavo Satoveräjä auf Gut Köylypolvi schicken sollte, die seine Frau Kaarina ganz sicher umgehend begleichen würde.
Endlich kletterten Lucia und Paavo wieder in den Sattel. Die Polizisten stiegen in ihre Autos. Der Ambulanzwagen fuhr

zurück ins Depot nach Nokia. Emilia hatte sich beruhigt und trabte ganz brav durch die Straßen. Der Weg führte sie über die Brücke des Tammerkoski-Wasserfalls zum Stadtteil Kaleva. Begleitet von einem Polizeikonvoi trabte Emilia am großen Krankenhaus vorbei. Von dort ging es weiter nach Kangasala. Die Polizisten verabschiedeten sich vom Elefanten und den beiden Reitern und wünschten fortan eine ruhigere Reise. Sie sprachen die Hoffnung aus, dass, wenn die Herrschaften das nächste Mal Tampere besuchten, sie dann möglichst nicht mit dem Elefanten in einen Fleischerladen eindrangen.

Die folgende Nacht verbrachten sie in Kangasala, an einem steilen Berg in der Nähe des Automuseums. Am nächsten Morgen war Emilia bereits völlig nüchtern, aber da sie erst eine beginnende Säuferin war, hatte sie offenbar einen mächtigen Kater. Armes Tier.

Lucia und Paavo brachten Emilia ans Seeufer, damit sie baden und klares Wasser trinken konnte. Nach und nach besserte sich ihr Befinden, sie wurde wieder ganz die Alte. Am Nachmittag rief Seppo Sorjonen an und erkundigte sich, ob Emilia bereits nüchtern sei. Er vermutete, dass von einem Apfelrausch kaum mehr als ein Kater zu erwarten war. Wenn erst die ganze Maische aus ihrem Magen heraus war, wäre sie völlig wiederhergestellt.

Sorjonen ließ sich über den Alkoholismus von Tieren aus, über den er einst eine Belegarbeit geschrieben hatte, als er in der Schweiz, in Zürich, studiert hatte. Hach, das waren Zeiten gewesen! Er erzählte, dass Ratten, Mäuse und Meerschweinchen die versoffensten Tiere waren. Sie wurden manchmal jahrelang unter Alkohol gesetzt, weil man herausfinden wollte, ob sie ins Delirium kamen, wie ihre

Leber das ständige Trinken vertrug und ob sie in betrunkenem Zustand bösartig wurden.

Ferner wusste er, dass speziell die Paviane scharf auf Schnaps waren. In den Freiluftrestaurants schlürften sie pfiffig aus den Gläsern gutgläubiger Touristen, sowie die nur mal den Blick abwandten. Und Schweine gewöhnten sich schneller das Trinken an als Frauen. In den 1960er Jahren war mehrfach das Delirium bei Schweinen untersucht worden, Schweden war führend in der medizinischen Erforschung saufender Schweine. Dort sind über das Thema fünf Dissertationen geschrieben worden, drei in Lund und zwei in Uppsala.

Am Ende des Telefonats erwähnte er noch die Winterdrosseln, die total besoffen wurden, wenn sie Vogelbeeren fraßen, die beim Reifen gegoren und von ihrem Alkoholgehalt her mit Rumbonbons zu vergleichen waren. Die Winterdrosseln und auch die Gimpel wurden davon so benebelt, dass sie gegen den Baum flogen, buchstäblich, gegen die Fenster prallten und auf den Boden fielen, genau wie betrunkene Menschen.

Abschließend forderte er Paavo und Lucia noch auf, Emilias Zustand in den beiden nächsten Tagen zu beobachten.

»Nach dieser Sauferei könntet ihr den Rüssel von innen waschen, dafür eignet sich eine Flaschenbürste – oder vielleicht eine Fahrradpumpe.«

Er erwähnte, dass sich im Rüssel des Elefanten zwei Löcher befanden und nicht nur eines, wie allgemein angenommen. Der Rüssel ist die Nase des Elefanten, überraschend lang und elastisch zwar, aber dennoch eine Nase, und somit befinden sich darin auch zwei Öffnungen.

In Kangasala blieben sie ein paar Tage, machten ein bisschen Urlaub. Der Ort war schön und sauber, die Landschaft herrlichstes Finnland und die Menschen freundlich. Die Häuser wirkten schmuck und gepflegt, überall war ein gewisser Wohlstand zu erkennen. Dies war schönstes Häme, eine Region tüchtiger Menschen. Durch diese Welt auf einem Elefanten zu reiten war ein Vergnügen.

Paavo schrieb ein paar Ansichtskarten mit schönen Landschaftsaufnahmen von Häme, eine schickte er auch nach Hause an seine Frau Kaarina. Er berichtete, dass die Reise bisher ausgezeichnet verlaufen sei, abgesehen vom Besuch in Tampere. Emilia sei wild geworden, nachdem sie hundert Kilo faule Äpfel gefressen habe. Den Reiseplan hatten sie bisher eingehalten, und er gehe davon aus, dass er auf jeden Fall gegen Ende des Sommers wieder seine Arbeit auf dem Gut aufnehmen könne. Unten an den Rand schrieb er noch liebe Grüße von Emilia, Lucia erwähnte er nicht extra.

In der zweiten Juliwoche zogen sie weiter über Pälkäne, Luopioinen, Padasjoki, Asikkala in Richtung Heinola. Die ganze Zeit schönstes Seen-Finnland! Nachts ritten sie, tagsüber ruhten sie und betrachteten die Landschaft. Es war beste Urlaubssaison, überall auf den Seen waren Leute mit Ruderbooten unterwegs. In einigen Lokalzeitungen gab es kleine Meldungen über die Elefantensafari, ein Blatt brachte sogar ein Foto von Emilia mit Lucia und Paavo im Sattel. Ansonsten machten die Leute in Häme kein großes Gewese um den Elefanten, ruhig schauten sie zu, wie das riesige Tier durch ihre Dörfer zog.

Ende der Woche kamen sie an die Grenze zur Provinz Savo, in einen Ort namens Huutola. Es war ein elendes, abgelegenes Kaff, zu ihm hätte besser der Name Dummsdorf gepasst. Als Emilia, Lucia und Paavo morgens im Nieselregen dort auftauchten, kam Bewegung ins Dorf. Im Laden versammelte sich ein Dutzend Kunden, hauptsächlich Männer und junge Burschen, die sich mit Bier eindeckten und, trotz der frühen Stunde, gleich draußen vor dem Eingang anfingen zu trinken. Sie fanden, dass das Auftauchen des Elefanten und der beiden Fremden etwas Besonderes war, ein passender Anlass zum Saufen, und den finden Säufer ja immer.

Paavo und Lucia kauften Proviant ein, dann erkundigten sie sich bei den Männern, wo sie für den Elefanten Futter bekämen: Möhren, Kartoffeln, frisches Heu.

»Hier im Dorf hat seit Jahren keiner mehr Felder bestellt. Alles, was wir brauchen, kaufen wir im Laden, die Kommune bezahlt«, erklärten die Männer.

Nun gut, der Kaufmann hatte immerhin genügend Kartoffeln vorrätig, und am Rande des Dorfes fanden sie einen Bauernhof, auf dem noch ein paar Milchkühe gehalten wurden und es somit auch Heu gab.

Insgesamt standen in Huutola nur etwa zwanzig Häuser. Im Dorf wohnten auch ein Lehrer und ein Pastor, aber die meisten Leute lebten von der Stütze. Schon vor Jahren war das örtliche Sägewerk in Konkurs gegangen, und die Beschäftigten waren seither arbeitslos. An der Landstraße nach Heinola stand eine alte Kapelle, und dort hatte der Dorfpastor einst gepredigt, eigentlich aber war er bei der Kirchengemeinde der Stadt angestellt. Das Dorf hatte auch ihn geprägt, er war mit den anderen zum Alkoholiker geworden, hatte sich in seiner Dummheit sogar ein Flittchen aus dem Dorf zur Geliebten genommen, und auf diesem Pfad der Sünde und Verkommenheit wanderte er weiterhin. Nach dem Konkurs des Sägewerks war der Pastor aus dem Dienst entlassen worden, nicht so sehr wegen der verminderten Frequentierung der Kapelle, sondern eher, weil er nicht mehr imstande gewesen war, seinen Dienst auszuüben, sondern in aller Öffentlichkeit getrunken hatte, sowohl daheim im Dorf als auch in der Stadt. Er war sogar gewalttätig geworden und hatte mit seiner lasterhaften Freundin am helllichten Tag auf Straßen und Plätzen öffentliches Ärgernis erregt. Er hatte noch andere unsittliche Dinge angestellt, und so hatte man ihn schließlich als disziplinarische Maßnahme entlassen müssen.

Der Lehrer des Dorfes war nicht besser als der Pastor. Diese Leuchte des Volkes war ebenfalls ein hoffnungsloser Alkoholiker. Außerdem schwadronierte er bei jeder Gelegenheit über Politik und erklärte, dass er der einzige Mann im ganzen Land, und warum nicht auch in der ganzen Welt, sei, der bei den politischen Umbrüchen in den 1990er Jahren nicht sein Mäntelchen nach dem Wind gedreht hatte. Er sei seinen Ansichten treu geblieben, trotz des Zusammenbruchs der Sowjetunion, Kekkonens Tod und Finnlands gewaltiger wirtschaftlicher Rezession, kurzum trotz aller Stürme, die es in der Gesellschaft gegeben habe. Nun hätte man meinen können, der Lehrer mit dem lauten Organ sei ein glühender Verfechter des Sozialismus und Kommunismus, aber nein. Er behauptete, der letzte Anhänger Veikko Vennamos und nie gewillt zu sein, dessen feurige Ideen aufzugeben oder das kulturelle Erbe des vergessenen Volkes preiszugeben und, nach heutiger Manier, verwässern zu lassen.

Während Paavo und Lucia draußen vor dem Laden Emilia fütterten und auch selbst ihren Proviant verzehrten, erzählte ihnen der Lehrer bereitwillig von den anderen Dorfbewohnern. Gutes hatte er nicht über sie zu berichten. Und es bestand wohl auch kein Anlass, Leute zu loben, die sich vollkommen gehen ließen und denen ihre Zukunft egal war. In Huutola lebte man in den Tag hinein, trost- und freudlos.

Nicht allein der Konkurs des Sägewerkes hatte das Dorf ins Verderben gestürzt. Bereits vorher, bald nach dem Krieg, hatte es drohende Vorzeichen gegeben. Im Dorf hatten ein paar bösartige Bauern gelebt, die untereinander häufig in Streit gerieten, sich prügelten, ja sogar einen Mord hatte es unter den Männern gegeben. Weil das Dorf so abgelegen war, brannten die Bauern im großen Stile Schnaps, und das schon fast professionell. Der Wald am Seeufer war abgebrannt, mehr als vierhundert Hektar, und das bedeutete, dass die Grundstücke dort kaum noch einen Wert hatten. Der Wald war zwar nachgewachsen und heute wieder sehr schön, aber wer sollte schon so dumm sein, sich ein Grundstück für sein Sommerhaus in dieser verrufenen Gegend zu kaufen. Huutola war weithin berüchtigt, ein böser Ruf schallt eben auch aus dem Hinterwald.

Selbst das Aussehen der Bewohner von Huutola war seltsam. Ihre Miene war apathisch, die Augen stierten traurig, ihre Haltung war schlecht. Im Dorf traten erbliche Geisteskrankheiten auf. Die Leute hatten zu oft in der Verwandtschaft geheiratet, und sogar unter Geschwistern waren uneheliche Kinder gezeugt worden.

Jetzt, Ende der 1990er Jahre, war Huutola nicht mehr zu retten. Die wenigen Familien, die der allgemeine Verfall nicht mitgerissen hatte, hatten ihre Häuser verkauft und waren weggezogen. Die Schule war längst geschlossen worden, der Lehrer hatte keine Lust gehabt, sich eine neue Stelle zu suchen, wie der Pastor war auch er ohne Job.

Die Leute starben an den verschiedensten alkoholbedingten Krankheiten. Die wichtigste Aufgabe des Kaufmanns war es, dafür zu sorgen, dass das Bier in seinem Laden nicht ausging. Nun ja, immerhin war jetzt ein ganzer Elefant als Kunde aufgetaucht, aber sonst liefen die Geschäfte schlecht. Der Kaufmann gestand, selbst ebenfalls abends im Hinterzimmer seines Ladens zu sitzen und Bier zu trinken, an Sonntagen sogar den ganzen Tag, auch wenn er, wie er behauptete, sehr religiös war. Die Kapelle war ja längst geschlossen worden, und extra zum Gottesdienst nach Heinola zu fahren war zu weit. Außerdem gab es im ganzen Dorf niemanden, der so nüchtern war, dass er sich am Sonntagmorgen guten Gewissens hätte ans Steuer setzen können.

Auf dem Hof eines jeden Hauses stand ein rostendes Autowrack. Gefahren war man also mal. Fast jeder Mann und auch viele Frauen waren irgendwann wegen Trunkenheit am Steuer verurteilt worden. Manche hatten dieses Delikt bis zu hundert Mal begangen. Andererseits war in dieser entlegenen Gegend das Risiko, erwischt zu werden, nicht sehr groß. Vor einer Woche war zuletzt eine Polizeistreife im Dorf gewesen, sie hatte zwei der schlimmsten Raufbolde abtransportiert. Für beide war es bereits das dritte Mal in diesem Jahr.

DER PASTOR
WIRD VON DER ASTGABEL GEHOLT

Bis zum Abend hatten sich die Männer, die vor dem Laden herumgelungert hatten, weitgehend verzogen, wobei sie schwere Beutel mit Bier weggeschleppt hatten. Auch der Lehrer verschwand, aber, quasi um seinen Platz einzunehmen, kam der Pastor angewankt. Er war, neben dem Lehrer, der einzige Einwohner Huutolas mit akademischer Bildung, und so sagte er denn auch, dass er keine Lust habe, warmes Bier direkt aus der Flasche zu trinken, jedenfalls nicht ständig, und so hatte er jetzt zum Beispiel stattdessen eine halb geleerte Flasche mit Himbeerlikör in der Tasche.

Der Pastor stellte sich nicht weiter vor, gab den Fremden auch nicht die Hand, sondern sagte nur, dass er völlig isoliert lebe. Er war ein geistiger und religiöser Eremit. Sein einziger Begleiter war der ständige Rausch und der unweigerlich darauf folgende Kater.

Der Pastor fing an, seinen verkaterten Zustand zu beschreiben. Es war grausig anzuhören, aber irgendwie brachten Paavo und Lucia es nicht übers Herz, den geschassten Kirchenmann einfach stehen zu lassen. Auch Emilia schien ihm zu lauschen. Sie war daran gewöhnt, den seltsamsten Menschen zu begegnen.

»Wenn der Kater kommt, macht er keine Geräusche. Er setzt sich unter der Haut fest, kriecht in den Magen, ist ganz still. Aber er ist da, man fühlt und man weiß es. Bei Nacht treibt einem der Kater den Schweiß auf die Stirn und lässt einen nicht schlafen. Bei Tag brennen einem die Augen, man hat Atembeklemmung, und wenn man pinkeln muss, hat man nicht die Kraft aufzustehen, man muss sich auf den Fußboden hinunterrollen und versuchen, in die Küche oder nach draußen zu kriechen, um sich nicht die Hose zu versauen.«

All dies erzählte er unverkennbar im Stil einer Predigt. Es schien, als identifizierte er tief im Innersten den Kater mit dem Teufel. Obwohl der Kater ein durchs Trinken verursachter Vergiftungszustand des Organismus war, konnte man ihn durchaus mit dem Seelenfeind, der vom Menschen Besitz ergriff, vergleichen. Beide, sowohl der Teufel als auch der Flaschengeist, verführen den Menschen, um ihn zu zerstören. Den aufsteigenden Rausch kann man eine Erfindung des Teufels nennen.

»Und dann die Gesichter. Lauter kleine Teufel tanzen einem vor den Augen. Man hört seltsame Stimmen. Man kriegt Platzangst, kann aber nicht weg. Man weiß, dass man im Delirium ist. Irgendjemand hat mal gesagt, er hätte rosa Elefanten gesehen. Na gut, dort drüben steht aber ein richtiger Elefant.«

Der Pastor fand, dass ein lebender Elefant tausendmal netter und auch besser zu ertragen war als all die grässlichen Wesen in den Wahnvorstellungen.

»Dann das Zittern, die Krämpfe, das hämmernde Herz, der dröhnende Schädel ... die Galle kommt einem hoch, der Speichel rinnt, man hat ein Stück Darm im Mund, das andere in der Hose, das Haar ergraut binnen einer Stunde, die Leber rinnt auf den Fußboden, die Zunge ist gelb wie die Wand des Pfarrhauses ...«

Die Schilderungen hörten sich an, als wäre der Mann schon sehr oft in der Säuferhölle gewesen. Das zur Freude des Menschen gebraute Bier, der aus der Rebe gezogene Wein oder der destillierte Kognak waren für den Pastor zu elenden Giften geworden, gegen die es nur zwei Mittel gab:

»Mehr Schnaps oder der Tod, halleluja.«

Der unglückliche Mann betrachtete eine Weile Emilia, wandte sich dann an Lucia und Paavo und fragte, ob es irgendwie möglich wäre, dass er wenigstens ein kurzes Stückchen auf dem Elefanten ritt. Er hatte kein Geld, um für den Spaß zu bezahlen, sofern es denn einer war, aber er könnte ihnen für die bevorstehende Reise den Segen erteilen, wenn ihnen das reichen würde.

»Oder eigentlich bete ich auf jeden Fall für euch, auch wenn ich nicht auf dem Elefanten reiten darf. Ihr seid gute Menschen, allerdings bete ich auch für die schlechten, hab es mir so angewöhnt.«

Es war ein hartes Stück Arbeit, den Pastor in Emilias Sattel zu hieven, aber schließlich saß er oben. Lucia kletterte zu ihm hinauf, Paavo blieb vor den Stufen des Ladens sitzen, während Emilia den Elefanten auf die Dorfstraße lenkte. Der Pastor hielt sich am vorderen Sattelrand fest, er machte ein ernstes Gesicht, aber in seinen Augen lag ein glücklicher Schimmer. Als Lucia Emilia den Befehl zum Trab gab, begann der Pastor mit trostloser Stimme ein Kirchenlied zu singen, Paavo konnte die Worte deutlich hören. Dann verschwand Emilia hinter einer Wegbiegung. Sie trug das erste Mal einen Pastor auf ihrem Rücken.

Nach einer halben Sunde kamen Lucia und Emilia zurück, der Pastor war nicht mehr dabei. Seine Geliebte hatte entdeckt, dass er zusammen mit der Zirkusprimadonna auf dem Elefanten saß und ihm eifersüchtig befohlen, sofort abzusteigen und mit ihr zu kommen. Sie hatte noch ihre Verwunderung geäußert, dass fremde Huren, die sonst keinen Mann kriegten, extra mit einem Elefanten anrückten, um anderen den Liebsten wegzunehmen.

Am folgenden Morgen erschien dieselbe Frau im Schlafanzug im Laden und jammerte mit kläglicher Stimme, dass ihr lieber Mann wieder einmal mit einem Seil über der Schulter fortgegangen sei, um sich aufzuhängen. Es war erst sieben Uhr, aber trotz der frühen Stunde erwachte das verkaterte Dorf, und die Suche nach dem bedauernswerten Pastor wurde überraschend zügig in die Wege geleitet. Die Leute baten Lucia und Paavo, sich zu beteiligen, und die beiden stiegen in Emilias Sattel, nachdem sie diese zunächst an der Geliebten des Pastors hatten schnüffeln lassen, da sie vermutlich nach der gemeinsamen Nacht noch ein wenig nach dem Verschwundenen roch. Emilia sog den Geruch der hysterischen Frau in ihren Rüssel und begriff sicherlich, dass sie nach genau diesem suchen sollte.

Nach einer halben Stunde stieß Emilia ein Gebrüll aus und zeigte mit ihrem Rüssel zur einsamen Kapelle. Und tatsächlich, dort fanden sie den selbstmordgefährdeten Kirchenmann, er hockte in einer hohen, dichten Fichte auf dem kleinen Friedhof, war in aller Frühe todesmutig hinaufgeklettert. Er hatte ein rotes Nylonseil bei sich, das ihm zum Selbstmord hätte verhelfen sollen, doch betrunken wie er war, wäre es ihm kaum gelungen, an dem hohen

Standort und zwischen den dichten Zweigen überhaupt eine Schlinge zu knüpfen.
Er hatte sich dann nicht wieder hinuntergetraut, und das war auch gut gewesen, denn er wäre wohl kaum mit heilen Knochen unten angekommen. Er befand sich in derselben Lage wie unlängst Leo Valkamas Katze Tiina. Emilia half auch ihm geübt hinunter, sie lehnte sich an den Baum, Paavo stellte sich im Sattel aufrecht hin und Lucia stieg auf seine Schulter. Mit zielsicherem Griff holte die Zirkusprimadonna den schmächtigen Pastor zunächst in den Sattel und setzte ihn dann auf dem sicheren Boden ab.
Mit dem Seil in der Hand warf sich der Pastor auf die Erde und dankte Gott für die wunderbare Rettung. Emilia schob sanft ihre Stoßzähne unter seinen Hintern und half ihm, sich aufzurichten und an die Fichte zu lehnen. Der Kaufmann eilte mit den übrigen Dorfbewohnern herbei und reichte dem Pastor eine Flasche *Koskenkorva*. Er hatte für den schlimmsten Fall vorgesorgt. Paavo zückte sein Portmonee und bezahlte den Schnaps. All dies geschah verstohlen und ohne viel Aufhebens. Man wollte das Dankesgebet des Pastors nicht unterbrechen.

DIE GRÜNEN BESCHLIESSEN, DEN ELEFANTEN ZU RETTEN

Etwa zu dieser Zeit versammelten sich in einer Privatwohnung in Tampere fünfzehn von der grünen Idee durchdrungene junge Menschen. Unter ihnen waren Tierschützer, zwei Fuchsmädchen, Vogelkundler, Vegetarier, Zivildienstleistende, Studenten. Sie hatten sich zunächst mit Naturkostsalat und Obst gestärkt und sich dann mit einigen Flaschen Rotwein in die richtige Stimmung gebracht. Zuvor hatten sie allerdings eine Grundsatzdiskussion darüber geführt, ob der Wein als Zusatzstoff Stierblut enthielt, wie es, so wussten ältere Hippies, bei ungarischen Weinen der Fall war. Falls das zutraf, hätten sie den Roten in dieser Runde nicht trinken können, sondern hätten zu Weißwein übergehen oder den Alkohol ganz weglassen und sich mit Haschisch begnügen müssen. Veganer schlürfen nämlich kein Rinderblut. Zum Glück befand sich in der Gruppe ein Forscher, der sich in der Ernährungswissenschaft auskannte, und er versicherte, dass bei der Rotweinherstellung keine Produkte aus dem Tierreich eingesetzt wurden, sodass sie also auf den Wein nicht zu verzichten brauchten.

Vom Thema Wein kamen sie ganz natürlich aufs Bier zu sprechen, denn auch davon standen ein paar Pfandflaschen parat. Dosen benutzt ja im Prinzip kein zukunftsorientierter Mensch. Eine der jungen Frauen stutzte über die braune Farbe des Bieres, und sie sprach die Vermutung aus, dass der Wein zwar vielleicht keine Tierprodukte enthielt, dass dafür aber bei der Bierherstellung Fleischbrühwürfel zugesetzt worden waren. Bier mache bekanntlich dick, und irgendwie erinnere sein Aroma tatsächlich an rohes Fleisch. Der Fachmann wies auch diesen Zweifel als unbegründet zurück. Farbe und Geschmack des Bieres entstanden beim Gärungsprozess und stammten vom Malz und vom Hopfen.

Sinn der Zusammenkunft war jedoch nicht die Diskussion über die Herstellung von Wein und Bier. In Tampere hatte es nämlich einen empörenden Vorfall gegeben. Unlängst war in der Stadt eine ganz seltsame Gesellschaft aufgetaucht, ein lebender Elefant mit zwei oder drei Reitern auf dem Rücken. Die Polizei hatte das Tier im Konvoi mitten in die Stadt gebracht, und dort war es mit Peitschenhieben gezwungen worden, durchs Schaufenster in einen Fleischerladen zu gehen, drinnen hatte man dem armen Tier gewaltsam schwarze Wurst von Tapola reingestopft. Die Menge war nicht genau bekannt, denn die Polizei hatte den Ort abgeriegelt. Es waren zahlreiche Zuschauer anwesend gewesen, denn gerade um die Zeit hatten die Abendvorstellungen in den Kinos geendet, und das Publikum war draußen auf der Straße unmittelbar Zeuge der Tierquälerei geworden. Waren die Filme schon spannend und aufregend gewesen, so traf das noch viel mehr auf die Elefantenperformance zu. Es war nicht bekannt, warum das arme Tier so gequält worden war. Der Fall war nicht mal in der Morgenzeitung erwähnt worden. In der Stadt gab es jedoch Gerüchte, dass der Elefant zu heimlichen Vorstellungen nach Ostfinnland, wenn nicht sogar nach Russland, gebracht werden sollte. Die Pflegerin des Tieres war dem Vernehmen nach eine Russin, eine einstige Primadonna des Großen Moskauer Zirkus, die man dort wegen verschiedener Verfehlungen und mangelnder Begabung rausgeschmissen hatte.

Einstimmig stellten die Anwesenden fest, dass es sich offenbar um eine geheime Operation handelte, bei der auf widerwärtige Weise ein unschuldiges Wildtier missbraucht wurde. Ein junger Mann, der bei Greenpeace mitarbeitete, schlug vor, den besagten Elefanten zu befreien und dorthin zu bringen, wo er hingehörte, nämlich auf den Elefantenfriedhof. Oder vielleicht sollte man ihn doch besser in sein Heimatland schicken, Indien war wohl das Land, wo diese Tiere lebten ... Bei der Gelegenheit könnte man sich mit den indischen Weisheiten vertraut machen, dem Krishnamurti und anderen. Jawohl, eine prima Idee, so wird es gemacht!

Es war unerhört, ein so großes Tier in Polizeibegleitung über öffentliche Plätze zu scheuchen, aber der eigentliche Sinn der Aktion wurde der breiten Öffentlichkeit wieder mal verschwiegen. Die Verschwörung, die sich hinter dem widerwärtigen Geschehen verbarg, musste unbedingt aufgedeckt und der Elefant aus den Fängen dieser Leute befreit werden.

Die Grünen müssten eigentlich einen militärischen Flügel für Maßnahmen dieser Art haben, fand ein Zivildienstleistender, aber der Gedanke fand keine allgemeine Unterstützung. Stattdessen schlug jemand vor, dass Vereine und Privatleute gemeinsam eine Art grünes Spionageorgan gründen sollten, eine Organisation, deren Aufgabe es wäre, rechtzeitig solche scheußlichen Machenschaften aufzudecken. Wenn man zum Beispiel beizeiten gesicherte Informationen über Elefantenquälerei erhielte, könnte man unverzüglich und ungeniert eingreifen. Zur Durchsetzung der grünen Idee brauchte man eben Mut und Effektivität.

Ein junger Mann, der an der Universität von Tampere assistierte, hielt einen zukunftsweisenden Beitrag über die künftige Kraft und die weltgeschichtliche Bedeutung der grünen Idee. Er verglich die Naturschutzbewegung mit den großen Weltreligionen, die alle, ohne Ausnahme, aus einem kleinen und zufälligen Ereignis heraus entstanden waren. Aber die allgemeine Not und die Sehnsucht nach einer höheren Macht hatten immer mehr unglückliche und ausgestoßene Menschen um die Religionen geschart. Zum Beispiel hatte sich der christliche Glaube von seinen kleinen und bescheidenen Anfängen im Laufe der Jahrtausende zur größten Religion der Welt entwickelt, der heute Milliarden von Menschen anhingen. Die politischen Bewegungen ähnelten in diesem Sinne den Religionen, aber ihr Lebensbogen war stets kurz, überdauerte im besten Falle eine oder zwei Generationen. Dies wiederum kam daher, dass eine politische Bewegung stets machtgierige Männer, und heutzutage auch Frauen, zu ihren Führern wählte, Leute, die in ihrer grenzenlosen Selbstsucht das edle Ziel vergaßen und es dadurch zerstörten, ebenso wie auch seine Anhänger.

Der Redner sah die Grünen auf den ersten Metern ihres Weges. Es handelte sich in gewisser Weise um eine Religion, aber andererseits auch um eine politische Bewegung. Jetzt musste aufgepasst werden, dass religiöser Fanatismus nicht zu viel Macht in der Bewegung bekam, zugleich

musste abgesichert werden, dass nicht machtgierige, zerstörerische Kräfte in ihr Fuß fassten.
Zum Beispiel konnte jetzt die Gelegenheit genutzt werden, die der Besuch des Elefanten in Tampere bot: Die Blicke der Menschen mussten auf das unmenschliche Schicksal des gequälten Riesen gelenkt und dadurch große Volksmassen in die Grünenbewegung integriert werden. Dies war ein Anfang, es war eine vom Schicksal gebotene Chance. Später irgendwann wäre es dann so weit, dass die Grünenbewegung die ganze Welt beherrschte, aber jetzt mussten zunächst mal die ersten kühnen Schritte gemacht werden. Da der ganze Vorfall, also die demütigende Quälerei des Elefanten im Fleischerladen, vorläufig sehr rätselhaft und von Gerüchten begleitet war, beschloss die Gruppe, sich zunächst genau zu informieren. Die Anwesenden überlegten, wie sie das in der Praxis anstellen könnten. Sollte man die Polizei fragen, wo sich Tier und Reiter derzeit aufhielten und zu welchem Zweck sie unterwegs waren? Oder wäre es doch klüger und hinsichtlich des künftigen Lebens des Elefanten vernünftiger, selbst seinen Aufenthaltsort zu ermitteln? Man sollte doch denken, dass ein so großes Tier leicht zu finden wäre. Man brauchte nur durch Häme zu fahren und unterwegs die Leute zu fragen, ob sie einen Elefanten in der Gegend gesehen hatten. Schade nur, dass niemand in der Gruppe ein Auto besaß. Ein Fahrrad hatte jeder, aber aus dem Fahrradsattel einen Elefanten auszuspionieren dürfte sehr langwierig werden.
Man beschloss, einen PKW zu mieten. Einige der jungen Männer besaßen zum Glück einen gültigen Führerschein, und der wurde nun gebraucht. Spontan wurde eine Geldsammlung für die Wagenmiete initiiert. Wenn man den

Elefanten dann gefunden hätte, könnte man einen Bus mieten und die Kraft der Massen für die Befreiung des Tieres nutzen. Jeder der Anwesenden hatte langjährige Erfahrungen mit Demos.

Während der Abend langsam in die Nacht überging, wandte sich das Gespräch allgemeineren Fragen zu. Die Anwesenden diskutierten darüber, ob es sich beim Tierschutz um den Schutz einzelner Tiere oder die Absicherung des Lebensraumes für ganze Populationen handelte. Eines der Fuchsmädchen sagte, dass ihr Augenmerk nicht so sehr der Anzahl der Tiere (der von ihr befreiten Nerze und Füchse) als vielmehr ihren Lebensbedingungen galt. Aber andererseits, wenn das zu befreiende oder zu schützende Tier so ungeheuer groß wie in diesem Falle der Elefant war, so hatte das schon einen gewissen Stil.

In den frühen Morgenstunden, als Rotwein- und Biervorräte zur Neige gingen, verfassten die Anwesenden ein inoffizielles Kommuniqué, vorrangig zur eigenen Nutzung. Darin konstatierten sie kurz und bündig, dass der in Tampere gedemütigte Elefant wie ein Vorbote der Zukunft war, ein Tier, das in Not war und in dessen Schicksal man eingreifen musste. Außerdem war er das erste Objekt der praktischen Aktivitäten dieser Gruppe. Das Auftauchen des riesigen Tieres in Tampere war wie ein Startschuss, dessen Echo weit hinein in die kommenden Generationen, zu Milliarden von Menschen, über Tausende von Jahren hinweggetragen würde. Der Schutz kleiner Erdenwürmer war wichtig, wurde aber leider kaum beachtet. Erst wenn ein Elefant oder etwa ein Wal befreit werden, gibt es Schlagzeilen in den Zeitungen, und die grüne Idee bekommt die verdiente Aufmerksamkeit.

KAARINAS ELEFANTENSATTEL

Nach dem missglückten Selbstmordversuch des Pastors kehrten Lucia und Paavo wieder in den Laden zurück, wo der Kaufmann aus der Dorfpost, die er mitverwaltete, mehrere an Paavo adressierte Briefe zog. Poste restante! Für Lucia war ein auf russisch verfasster Brief von Igor gekommen. Der war jetzt Fernfahrer, zweimal in der Woche befuhr er die Strecke zwischen St. Petersburg und Kotka. Der gute alte Zugdiener wollte seine verstorbene Ehefrau gern treffen und teilte ihr mit, dass sie ihn über das Mobiltelefon im Auto erreichte, dann könnten sie einen Treffpunkt irgendwo zwischen der Ostgrenze und Kotka ausmachen. Außerdem bestellte er noch liebe Grüße an Emilia.

Von Laila Länsiö war ein trauriger Brief gekommen, ihr Mann Oskari war gestorben. Das Begräbnis sollte in einer Woche stattfinden. Ob Lucia und Paavo wohl nach Luvia kommen könnten? Als Sargträger wollte Laila gern Taisto Ojanperä, Spritzmeister Riisikkala und weitere kräftige Männer der Freiwilligen Feuerwehr gewinnen. Paavo wollte sie einfach nur so dabeihaben.

Paavos Frau Kaarina schrieb, dass sie sehr angetan von Spritzmeister Riisikkala sei. Der hatte unlängst, in der Zeit um Mittsommer, eine Brandschutzübung auf Köylypolvi abgehalten und hatte das Gut auch sonst häufig besucht. »Er hat mir bei der Gartenarbeit geholfen, weil ich mit allem so allein bin. Wir haben darüber gesprochen, dass später im Herbst die Schüler bei uns Johannisbeeren pflücken könnten, er ist ja im Zivilberuf Sportlehrer und könnte die Kinder leicht für diesen Einsatz gewinnen. Außerdem habe ich beschlossen, mir bei dem Tischler, der im Altenheim wohnt, bei Eljas also, ebenfalls einen Sattel zu bestellen, der genauso ist wie der, den ihr dort habt. Es sollte eigentlich eine Überraschung für dich sein, aber ich kann nicht anders und muss es dir jetzt schon erzählen. Man könnte darin auf dem Traktoranhänger sitzen, nur so aus Spaß, aber eigentlich ist er für das Gästehaus gedacht. Es wäre doch schön für die Gäste, in einem Elefantensattel zu schlafen, zumal die ganze Provinz schon über deine und Lucias Reise Bescheid weiß. Mit besten Grüßen, Kaarina.«

Paavo war vom Brief seiner Frau eigenartig berührt. Warum ein zweiter Sattel? Und was sollten die Hinweise auf ihn und Lucia? Seltsam.

Als sie ihre Post gelesen hatten, verließen sie das elende Dorf Huutola. Wieder studierten sie eingehend die Landkarte. Sie beschlossen, nach Osten, zum Salpausselkä, zu reiten. Aus dem Höhenprofil ging hervor, was Paavo ohnehin schon wusste, dass die dortigen Höhenrücken ein gutes Gelände zum Wandern sind. Lucia stammte aus Lemi, also wollten sie nach Luumäki reiten, dort im Motel übernachten und anschließend gen Norden nach Lemi weiterziehen. Lucias Elternhaus war unbewohnt und bestimmt schon recht verfallen, trotzdem war ihr der Besuch wichtig. Sie hing an dem elterlichen Bauernhof und wollte ihn gern noch einmal sehen. Ihre Eltern hatten ihn einst an einen Waldkonzern verkauft und waren auf ihre alten Tage in eine Stadtwohnung nach Lappeenranta gezogen. Jetzt waren beide schon tot.

Zu Hause auf Gut Köylypolvi setzte Kaarina ihr Vorhaben in die Tat um. Sie vereinbarte mit dem inzwischen zum aktiven Liebhaber avancierten Sportlehrer Tauno Riisikkala, dass er Meistertischler Eljas bitten sollte, noch einmal haargenau den gleichen Elefantensattel anzufertigen, den er im Frühjahr gemacht hatte. Sie sagte ihm, wenn er die Bestellung aufgegeben hätte, wäre von da an seine Anwesenheit auf dem Gut in jeder Phase des Projekts natürlich und wünschenswert.

Riisikkala rief im Altenheim an und schlug Eljas zwei Wochen Sommerurlaub vor. Die Leiterin war nicht begeistert davon, dass die Bewohner auf ihre alten Tage im Akkord Elefantensättel produzierten, sie sollten sich besser mit Knetmasse beschäftigen oder den Rollstuhl schieben. Trotzdem gab sie die Erlaubnis, und so holte Riisikkala den Alten mit dem Dienstauto der Feuerwehr ab. Er versprach, Eljas bei der Arbeit zur Hand zu gehen, schließlich hatte er Urlaub, genau wie die anderen Lehrer. Sie gingen gleich beide in den Werkraum der Schule, um die Arbeit in die Wege zu leiten. Eljas meinte, dass er für die Anfertigung des neuen Sattels nur ein paar Tage brauchen würde, schließlich besaß er fertige Zeichnungen und Erfahrungen in der Fertigung. Riisikkala versprach, mit dem Feuerwehrauto sämtliches Zubehör heranzuschaffen, einschließlich der Schlafcouch, die Eljas auch im ersten Sattel als Sitz und Campingbett angebracht hatte.

Riisikkala kaufte die Schlafcouch im selben Möbelgeschäft, aus dem auch die erste stammte. Der Verkäufer erzählte, dass sie dieses Modell *Rondo* in diesem Jahr bereits mehrfach verkauft hatten, es schien in Mode zu sein. Sie trugen die Couch ins Auto, und Riisikkala fuhr sie zum Werkraum, damit Eljas Maß nehmen und die Couch einpassen konnte.

Eljas wollte wissen, ob tatsächlich Paavo hinter dieser neuerlichen Sattelbestellung steckte, so wie Riisikkala behauptet hatte. Der gestand, dass es Kaarina war, die den Sattel samt Schlafcouch auf Köylypolvi haben wollte. Das überdachte Säulenbett, der Baldachin, passte von den Abmessungen her ins Gästehaus, und an warmen Sommertagen könnte man es draußen auf dem Rasen aufstellen, gemütlich darin liegen und sich sonnen. Alles in allem keine schlechte Idee, fand er.

Eljas gab sich wissend und fragte den Sportlehrer, ob er vielleicht den ganzen restlichen Sommer im Gästehaus liegen wollte. Im Dorf wurde erzählt, dass er recht häufig auf Köylypolvi zu tun hatte.

Riisikkala bat den Alten, über diese Dinge zu schweigen. Er sollte nicht auf Gerüchte hereinfallen und sich dazu hergeben, Weibertratsch nachzuplappern.

Als der Sattel fertig war, befestigten sie ihn auf dem Dach des Autos und fuhren damit zum Gut. Kaarina kam heraus, um das Werk zu bewundern. Riisikkala hatte die Idee, dass man den Sattel doch gleich ausprobieren könnte. Konnte Eljas vielleicht das Feuerwehrauto fahren? Überflüssige Frage, ein alter erfahrener Schaukelstuhlmeister und jetziger Elefantensattelmacher konnte einfach alles. Eljas schwang sich behände hinter das Lenkrad des schweren Fahrzeugs und startete den Motor. Sie vereinbarten eine Fahrstrecke über Feld- und Waldwege, etwa eine Meile weit. Der Einsatzwagen mit Allradantrieb bewältigte das Gelände mühelos.

Kaarina und Tauno klappten die Couch aus und schlüpften unter die Decke. Beide entledigten sich der Hose beziehungsweise des Schlüpfers. Bei angenehmem Geschaukel wurde so Eljas' zweiter Elefantensattel Probe gefahren. Es war eine himmlische Erfahrung, dort unter dem blauen Himmel und auf dem Dach des roten Feuerwehrautos. Kaarina konnte eigentlich erst jetzt Paavo und Lucia richtig verstehen, die auf dem Elefantenrücken Finnland durchquerten. Riisikkala fand ebenfalls, dass es wirklich toll wäre, könnten sie Eljas als Fahrer engagieren und durch das sommerliche Finnland fahren, etwa nach Lappeenranta. Aber das ging nicht an.

Auf einem Elefanten konnte man sehr wohl quer durchs Land reiten, aber auf dem Dach eines roten Feuerwehrautos zu reisen wäre vielleicht doch eine zu ausgefallene Idee.

Igor hatte Lucia an ihre angegebene postlagernde Adresse in Huutola einen Brief geschrieben, den Paavo nicht lesen konnte, da er die kyrillischen Buchstaben nicht beherrschte. Lucia übersetzte ihm den Inhalt des Briefes, und dann gestand sie, dass sie Igor halb aus Spaß im sibirischen Dorf Hermantowsk geheiratet hatte. Die Hochzeit war viele Tage lang gefeiert worden.
Nun war Igor also Fernfahrer und kam zweimal in der Woche mit seinem Auto und seinem Beifahrer nach Finnland. Er brachte Stückgut von Kotka nach St. Petersburg und manchmal auch weiter, sogar bis nach Moskau.
Lucia sagte, dass sie den guten alten Zugdiener gern treffen wollte, war er doch eigentlich ihr Ehemann. Auch Paavo interessierte sich dafür, was für ein Typ der Mann wohl war, vielleicht hatten beide die Beziehung noch nicht ganz vergessen. Lucia rief Igor in seinem Auto an, und der alte Freund meldete sich tatsächlich. Sie vereinbarten ein Treffen in Luumäki in der Nähe von Lappeenranta. Von Huutola bis nach dort war es recht weit, die Strecke würde mehrere Tage in Anspruch nehmen. In einer Woche wäre Oskaris Beerdigung, an der sie natürlich teilnehmen mussten, aber wo sollten sie Emilia so lange lassen? Vielleicht könnte Igor helfen? Immerhin hatte er sie jahrelang betreut.

Igor kam zur angegebenen Zeit nach Luumäki. Er fungierte als Beifahrer seines Autos, der eigentliche Fahrer war ein jüngerer Mann aus St. Petersburg. Das Auto war ein großer Lastzug, registriert in Russland. Die Reifen waren abgefahren, die Türen hatten Beulen, insgesamt wirkte das Fahrzeug heruntergekommen, aber der Motor und die Elektronik waren laut Igor einigermaßen in Ordnung. Der Laster stand auf dem Parkplatz des Motels, zu dem auch Lucia und Paavo mit Emilia kamen.

Igors und Emilias Begegnung war rührend. Emilia erkannte ihren langjährigen Pfleger sofort. Sie schlang den Rüssel um seine Taille, hob ihn hoch in die Luft und setzte ihn dann sanft wieder ab. Es schien, als hätte sie Tränen in den Augen. Igor weinte herzzerreißend, er hatte große Sehnsucht nach seinem Schützling gehabt. Emilia brummte beruhigend wie eine Mutter zu ihrem Kind.

Lucia und Igor umarmten sich, dann machte Lucia ihn mit Paavo bekannt. Die Männer musterten einander eine Weile. Eigentlich waren sie Konkurrenten, beide kannten sie Lucia und hatten, jeder auf seine Art, an ihrem Leben teil. Sie fingen jedoch keinen Streit um ihre Freundschaft an. Igor holte ein Schwarzweißfoto aus seinem Portmonee, auf dem ein orthodoxes Grab zu sehen war. Ein schönes Holzkreuz stand da, und der Hügel war mit frischen Blumen geschmückt. Das war Lucias Ruhestätte in Hermantowsk. Igor schenkte ihr das Foto.

Sie betrachtete es lange. Es war eigenartig, sein eigenes Grab zu sehen. Sie war offiziell tot, aber zum Glück nur in Russland und nicht in Finnland, also bedankte sie sich bei Igor für die Pflege ihres Grabhügels und für das Foto. Er war letztlich ein braver Kosak.

Paavo erzählte von dem bevorstehenden Begräbnis und fragte, ob Igor eine Tour auslassen und inzwischen Emilia betreuen könnte. Er könnte in dem Motel wohnen, für Emilia müsste er einen passenden Schlafplatz suchen. Paavo würde ihn für die Elefantenpflege anständig entschädigen.

Der Fahrer des Lasters billigte Igor ein paar Tage Urlaub zu und sagte, er komme ausgezeichnet allein klar – Igor könne gern eine Woche oder sogar zwei in Finnland bleiben. In Russland kümmert man sich nicht groß um den Verbleib von Menschen. In den 1930er Jahren und bis zu Stalins Tod verschwanden in der damaligen Sowjetunion Millionen von Menschen in Sibiriens unzähligen Sträflingslagern, und die Behörden fragten gar nicht nach ihnen. Vor diesem Hintergrund war es wirklich keine große Sache, wenn der Beifahrer eines Lasters für ein paar Sommertage in Finnland blieb.

Lucia und Paavo reisten zu Oskari Länsiös Begräbnis nach Luvia, sie flogen von Lappeenranta nach Helsinki und von dort weiter nach Pori. Am Abend vor dem Begräbnis unterhielt sich Paavo mit seiner Frau über die Ereignisse des Sommers. Kaarina gestand, dass sie eine Beziehung mit Sportlehrer Tauno Riisikkala hatte. Wozu noch leugnen, wenn schon überall darüber getratscht wurde. Im Gästehaus gab es einen Sattel, der ebenso war wie der des Elefanten. Paavo sagte darauf, dass die Spielwiese seinetwegen dort sein mochte, und auch Riisikkala könne gern hinkommen, unauffällig allerdings und unter der Bedingung, dass zu gegebener Zeit Lucia Lucander, wenn sie es wünschte, nach Köylypolvi ziehen dürfte. Nicht als offizielle Ehefrau, zur Scheidung käme es nicht, aber als eine Art Lieblingsfrau auf jeden Fall.

Zum Abschluss dieses Gespräches kündigte Paavo an, den Sportlehrer nach dem Begräbnis anständig zu verdreschen. Das war das Mindeste, was er als Hausherr in der Sache tun wollte. Seine Ehre war verletzt, das verlangte Genugtuung. Und so kam es denn, dass Paavo den Sportlehrer zu gegebener Zeit richtig in die Mangel nahm – wobei er allerdings aufpasste, dass der andere rein äußerlich höchstens blaue Flecken davontrug. Riisikkala empfand die Behandlung als einigermaßen gerechtfertigt. Danach könnte er noch ungezwungener mit Kaarina verkehren. Die beiden Männer legten anschließend ihren Streit bei, indem sie sich die Hand reichten. Die Sache war von der Tagesordnung. Beide Männer hatten jetzt ihre Frau für sich. Eine sehr spezielle Lösung, aber wegen des Landbesitzes musste eine Scheidung vermieden werden, denn dadurch wäre das große Gut zerfallen. Für Lucia bedeutete die Lösung eine Festigung der Freundschaft mit Paavo. Eigentlich lebten sie schon jetzt in einem eheähnlichen Zustand.
Oskari Länsiö wurde von etwa zwanzig Leuten, Verwandten und Freunden, ins Grab geleitet. Es war keine sehr lustige Beerdigung. Oskari hatte kaum Freunde gehabt, er hatte einsam und allein getrunken, hatte das trostlose Leben eines Alkoholikers geführt. Seinen Sarg trugen Paavo, Kaufmann Taisto Ojanperä sowie Tauno Riisikkala und drei weitere Feuerwehrmänner. Laila Länsiö hatte für die Gäste ein Essen vorbereitet, sie servierte Huhn, gab es doch auf dem Hof Tausende der gackernden Viecher. Taisto Ojanperä sagte, dass er nach Ablauf einer angemessenen Trauerzeit zu Laila ziehen werde, um den Hof zu führen. Später dann könnten sie zusammen sowohl den Laden als auch die Hühnerfarm betreiben.

MIT DEM ELEFANTEN IN DER HEUERNTE

Nach der Beerdigung fuhren Lucia und Paavo wieder nach Luumäki, um Emilia bei Igor abzuholen. Der ehemalige polnische Kosak und heutige LKW-Beifahrer hatte den Einfall gehabt, Emilia in der während des Krieges ausgehobenen Felshöhle von Salpalinja einzuquartieren, auch er selbst hatte dort gehaust, hatte im Schein eines Lagerfeuers seine alte Gefährtin gestriegelt und mit ihr russisch geredet. Morgens hatte Emilia ihren alten Zugbetreuer damit erfreut, dass sie Trepak getanzt und zugleich versucht hatte, ihm neue westliche Schrittfolgen beizubringen. Sie hatten es sehr lustig zusammen gehabt, erzählte Igor.

Paavo bezahlte ihm für Emilias Betreuung einen Lohn von zwei Wochen, obwohl für Oskaris Beerdigung und das Verprügeln des Sportlehrers nur drei Tage draufgegangen waren.

Lucia Lucander hieß also eigentlich Sanna Tarkiainen. Sie stammte aus Lemi, wo ihre Eltern einen kleinen Bauernhof besessen hatten. Sie hatten den Viehbetrieb schon vor zwanzig Jahren eingestellt, den Hof an den Enso-Gutzeit-Konzern verkauft und waren nach Lappeenranta gezogen. Jetzt ruhten beide auf dem Friedhof von Lemi neben einer schönen Kreuzkirche.

Lucia und Paavo ritten mit Emilia zum Friedhof, wo sie

einen schönen, selbst gepflückten Blumenstrauß auf das Grab ihrer Eltern legte. Anschließend sahen sie sich die Kirche an, denn die Tür stand offen, da es ein heißer Sommertag war. Von drinnen ertönte vierstimmiger Gesang. Lucia erzählte, dass das eine alte Tradition in der Kirche von Lemi war, bedingt dadurch, dass es im neunzehnten Jahrhundert dort keine Orgel gegeben hatte. Vierstimmiger Gesang ergab eine schöne Begleitung für die Lieder während des Gottesdienstes. Jetzt war zwar eine Orgel vorhanden, doch der Kirchenchor traf sich nach wie vor, um die uralte Tradition zu pflegen, und das war momentan gerade der Fall.

Das Gebäude hatte die Form eines Kleeblattes, die weißen Wände waren mit zartroten Schmucklinien eingefasst. Lucia sah Paavo bedeutsam an und sagte, dass sie, sollte sie je heiraten, in ebendieser heimatlichen Kirche getraut werden wollte.

Paavo machte ihr gleich einen Antrag, und sie willigte sofort ein. Sie könnten auf jeden Fall in wilder Ehe oder in einer Lebensgemeinschaft zusammenleben, wenn Lucia wieder aus Afrika zurück wäre.

Lucias Elternhaus lag am Rande des Kirchdorfes, unmittelbar am Ufer des schönen Lahnajärvi-Sees. Die südkarelischen Moränenhügel waren bedeckt von hohen Kiefernwäldern. Der See war klar und hatte einen Sandstrand. Das Haus selbst war recht bescheiden, der rote Anstrich war verblichen, aber sonst schien es einigermaßen in Ordnung zu sein. Unmittelbar neben dem Haus standen Kuhstall, Sauna und Schuppen, etwas weiter entfernt Scheune und Heuschober. Lucia erzählte, dass es sich tatsächlich nur um einen kleinen Bauernhof mit insgesamt fünfzig Hektar gehandelt hatte, davon nur acht Hektar Feldfläche. Aber er hatte gereicht, um die Familie zu ernähren, Lucia hatte noch zwei Brüder, beide führten natürlich ebenfalls längst ihr eigenes Leben, einer war Ingenieur in den Werken von Kaukopää, der andere Arzt in Kajaani.

»Und ich ging zum Zirkus, weil ich nicht gern lernte und zu wild war.«

Sie führte Paavo in den Schuppen, der mit landwirtschaftlichem Gerät und anderen entsprechenden Dingen gefüllt war. An der Wand stand ein Schleifstein, Lucia griff in die Wasserschale und holte die Hausschlüssel heraus. Dort, an dem alten angestammten Platz, lagen sie also nach Jahren immer noch. Sie überlegten, ob sie vielleicht den Konzern informieren sollten, dass sie vorübergehend in dem alten Haus wohnen wollten. Paavo rief dort an, und man sagte ihm, dass die Tochter des ehemaligen Besitzers natürlich ohne weiteres mit ihrem Begleiter dort übernachten konnte, sie sollten nur alles sauber hinterlassen und hinter sich abschließen.

Sie richteten sich häuslich ein. Ihnen blieb reichlich Zeit, denn Kaarinas Skippervetter hatte mitgeteilt, dass sein Schiff in gut einer Woche in Mustola eintreffen werde. Eigentlich war es sogar recht angenehm, nach der langen Wanderung ein bisschen Urlaub zu machen.

Lucia schloss die Tür ihres Elternhauses auf und trat still ein. Alles war noch an Ort und Stelle, es wirkte, als wären Mutter und Vater nur mal kurz weggegangen, etwa um im Kirchdorf einzukaufen oder in der nahen Stadt Verwandte zu besuchen. Paavo betrachtete die kleine Stube, die gestreiften Fußmatten, die hübschen Bilder an den Wänden, den Geschirrschrank, den großen Backofen, den Schaukelstuhl, alles rührend schön. Er sagte, dass er selten ein so schmuckes Heim gesehen habe. Lucia umarmte ihn mit Tränen in den Augen, und dann gingen sie in die Schlafkammer, in der alles wie in Erwartung von Gästen bereit war: Die Betten waren gemacht, auf dem Tisch lag eine Decke, im Regal standen Bücher, am Fenster hingen Gardinen. Es gab noch eine zweite kleinere Schlafkammer und in der oberen Etage ein Zimmer. Lucia und Paavo richteten sich in der großen Schlafkammer ein. Emilia brachten sie zur Nacht in die Scheune, und dann legten sie sich schlafen. Am nächsten Nachmittag wachten sie munter auf, fütterten Emilia und machten sich ein Frühstück.

Lucia sagte, da sie jetzt Zeit hatten, wäre es eigentlich eine Sünde, wenn sie nicht den berühmten Lammbraten von Lemi zubereiten würde. Paavo wusste, dass es sich um ein südkarelisches Traditionsgericht handelte, das sehr lecker war, allerdings hatte er es noch nie gegessen. Sie riefen im Gemeindebüro an, wo man ihnen einen Bauernhof nannte, auf dem sie Lammfleisch bestellen konnten. Sie nahmen zehn Kilo, dann hätten sie gleich noch Proviant für die Schiffsreise. Am Nachmittag brachte der Bauer das Fleisch, und dazu gleich noch ein Kilo grobes Salz. Er sagte, dass das Fleisch vier Tage in Salzwasser liegen sollte, ehe man es briet. Paavo bezahlte, und dann legten sie das Fleisch nach der Anweisung des Bauern ein, also ein Kilo Salz und zehn Kilo Fleisch.

Paavo, ein Großbauer aus Satakunta, ging interessiert über die Felder und durch die Wirtschaftsgebäude des Kleinbauernhofes. Lucias Vater hatte nicht mal einen eigenen Traktor besessen, sondern hatte für die Feldarbeiten ein Pferd eingesetzt und sich für die schwereren Arbeiten die Maschinen des Nachbarn geliehen. Im Schuppen standen noch die alten Geräte, die das Pferd gezogen hatte: ein Pflug, zwei Eggen, eine Mähmaschine, Wagen und Schlitten. Auf den Feldern wuchs immer noch altes Timotheus-Gras, obwohl sie schon vor Jahren brachgelegt worden waren. Paavo hatte die Eingebung, dass er doch Emilia vor die alte Mähmaschine spannen und nach früherer Art Heu machen könnte. Wenn er die paar Hektar aberntete, hätte Emilia genug Futter für die ganze lange Schiffsreise bis nach Afrika. Lucia war begeistert und machte das Zaumzeug fertig, dann zogen sie die Mähmaschine aus dem Schuppen und vergewisserten sich, dass sie in Ordnung war. Paavo benutzte Emilias Stoßzahnvaseline, um die beweglichen Teile der Maschine einzuschmieren, die ebenfalls heil waren. Also den Elefanten ins Geschirr und auf in die Heumahd!

Das Anschirren des Elefanten vor die alte Mähmaschine erwies sich als einfach, dank Eljas' speziellem Sattel, der um den Rand einen Sicherheitsrahmen aus zweieinhalb Zoll dickem Aluminium hatte. Paavo kam auf die Idee, am hinteren Teil der Rohre eine Deichsel zu befestigen, und die besorgte er sich im nahen Wald. Er suchte sich zwei dünne Fichten aus, die leicht und trotzdem zäh waren. Der Stamm war nur zehn Zentimeter dick, die Spitze, in sechs Metern Höhe, vier Zentimeter. Er fällte sie und trug sie auf den Schultern zum Haus, wo er in den Vorräten ein altes Gerät zum Entästen fand. Er schälte die Stämme und befestigte sie mit Lederriemen an den Aluminiumrohren, die anderen Enden an der Zugdeichsel der Maschine. Nun war alles bereit! Lucia stieg in Emilias Sattel, Paavo setzte sich auf die Mähmaschine, um die Schneide zu führen. Als Sitz diente eine alte durchlöcherte Stahlplatte, die der Form des Gesäßes angepasst war, solche Dinger waren nach dem

Krieg verwendet worden. Der stählerne Schaft darunter diente als Fuß und als Feder.

Es war ein eindrucksvoller Anblick, wie der riesige Elefant da in seiner gemächlichen Art über ein brachliegendes finnisches Feld zog, hinter sich eine ratternde Dreschmaschine und darauf ein ernster Bauer. Das Ganze hatte eine gewisse Exotik, besonders, da im Sattel des Elefanten ebenfalls jemand saß, eine schöne Zirkusprimadonna, die jeweils am Ende des Schlages dem Zugtier den Befehl zum Umkehren gab. Das gleichmäßige Geräusch der Mähmaschine bewies, dass das Heu fiel und die Arbeit voranschritt, es war, als gehörte der afrikanische Elefant seit ewigen Zeiten in die finnische Landschaft unter sommerlich heiterem Himmel.

Gleich am ersten Tag ernteten sie drei Schläge ab, das war fast ein ganzer Hektar. Das Heu ließen sie draußen zum Trocknen liegen, am Morgen wollten sie weitermachen.

Diese Idylle beobachteten vom Waldrand her zwei Spione der Naturschützer und der Bewegung »Freiheit für den Elefanten« aus Tampere. Sie hatten ohne Probleme die Spur des Elefanten aufnehmen können, waren mit ihrem gemieteten Auto durch Pirkanmaa gefahren und hatten auf ihrem Erkundungsausflug nun Lemi und hier schon fast die Beute erreicht. Sie hatten die empörende Tat entdeckt, ein lebender Wildelefant wurde für schwere landwirtschaftliche Arbeiten eingesetzt!

Sie spähten mit dem Fernglas herüber und beobachteten das Geschehen über lange Zeit, dabei machten sie sich Notizen, so als hätten sie einen besonders seltenen Vogel entdeckt, der sonst nie am finnischen Himmel fliegt. Was ja auch irgendwie zutraf, außer, dass Elefanten nur im Märchen fliegen.

ZEHN KILO LAMMBRATEN

In der letzten Juliwoche bekam Paavo zwei wichtige Anrufe. Zum Glück war er so schlau gewesen, im Kirchdorf den Akku seines Handys aufladen zu lassen, denn in Lucias Elternhaus gab es keinen Strom. Das Haus war verlassen, auch wenn jetzt dort zwei Menschen und ein Elefant lebten.
Der erste Anruf kam von Kaarina, und sie berichtete, dass ihr Vetter zum angegebenen Zeitpunkt im Saimaa-Kanal eintreffen werde, sodass der Elefant entsprechend nach Mustola und auf das Schiff gebracht werden könnte. Das Schiff hielt seinen Tourenplan ein, sodass noch genügend Zeit blieb, sogar, um Lammbraten zu machen.
Außerdem rief die in Tampere gegründete Aktivistengruppe »Freiheit für den Elefanten«, wie sie sich selbst nannte, an und stellte ein Ultimatum. Irgendwie hatten sich die Mitglieder dieser ominösen Gruppe in den Kopf gesetzt, dass gerade sie für Emilias Leben und Zukunft verantwortlich waren und dass gerade sie die Pflicht und speziell das Recht hatten, in das Leben und die Bedingungen des Elefanten einzugreifen. Das Ultimatum war noch nicht befristet. Die Gruppe wollte den Elefanten befreien, koste es, was es wolle. Die Befreiung sollte in Luumäki stattfinden, zu einem später zu verabredenden Zeitpunkt. In Lemi

sollte die Aktion extra nicht stattfinden, der Ort lag fern der Autobahn, sodass sich kaum die Presse hinlocken ließe. Das teilte die Gruppe Paavo allerdings nicht mit, und sie nannte auch weder die Namen ihrer Mitglieder noch deren Telefonnummern.

Paavo geriet während des Gesprächs mächtig in Wut. Er drohte damit, ebenfalls nach Luumäki zu kommen und die Idioten dermaßen zu vermöbeln, dass mindestens zehn Särge benötigt würden, wenn nicht sogar mehr. Zum Schluss brüllte er nur noch und knallte dann das Handy auf den Tisch, dass es krachte.

»Pass auf! Mach das Telefon nicht kaputt!«

Sie probierten, ob es noch heil war. Paavo rief seine alte Nummer, jetzt also Lucias, an, zum Glück klappte es.

In Tampere überlegten die Naturschützer, ob es wirklich Sinn machte, nach Luumäki zu fahren, denn dort warteten ein gewaltiger Elefant, eine obskure Zirkuskünstlerin und ein wütender Bauer. Vielleicht waren die nächtlichen Befreiungsaktionen für Nerze und Füchse doch sicherer? Schon allein der Name der Stadt, Luumäki, Knochenberg, erschien ihnen jetzt fast wie ein böses Omen. Womöglich gingen tatsächlich Knochen kaputt, und sogar viele, etwas in der Art hatte der Bauer ja ins Telefon gebrüllt.

Paavo und Lucia harkten indessen das Heu zusammen, sie hatten inzwischen mehrere Hektar abgemäht. Die alten, stillgelegten Felder erbrachten zwar keine große Ernte mehr, das Heu wuchs nur spärlich und war aufgrund mangelnden Düngers nicht sehr kräftig, dennoch kam überraschend viel zusammen. Lucia rechnete aus, dass, würden sie die ganze Menge zu Ballen zusammenbinden, Emilia für mindestens zwei Wochen Trockenfutter hätte. Das würde bedeuten, dass sie für die gesamte Reise bis ins Land ihrer Vorväter, nach Afrika also, versorgt wäre. Die Schiffsreise von Mustola über Rostock bis nach Kapstadt wäre möglicherweise innerhalb von anderthalb Wochen absolviert, selbst wenn es unterwegs mehrere obligatorische Zwischenstopps gäbe. Letzten Endes war es heutzutage gar keine so besondere Sache, einen Elefanten an die äußerste Spitze Afrikas zu verfrachten.

In Luumäki hingegen warteten womöglich böse Scherereien, hatte es doch schon vorab seltsame Drohungen gegeben. Dabei war die langjährige Gefährtin gar nicht in schlechten Händen, durchaus nicht. Emilia beteiligte sich ja selbst ganz eifrig an der Arbeit, raffte mit dem Rüssel gewaltige Mengen Heu zusammen und häufte sie ganz professionell auf. Sie hatte schnell gelernt, das Heu mit den Füßen zu festen Ballen zu treten, die sich mit der alten Wäscheleine des Hauses gut zusammenschnüren und anschließend aufstapeln ließen, fertig verpackte Wegzehrung für die Reise nach Afrika. Das enorme Gewicht des Elefanten und die breite Fläche seiner Sohlen sind von Vorteil in der Heuernte, und die Sensibilität und Greiffähigkeit seines Rüssels sind einzigartig.

Am vierten Tag nach der Ankunft gingen sie dann gleich morgens daran, den Lammbraten vorzubereiten. Natürlich gab es im Haus einen speziellen Holztrog, doch der war im Laufe der Jahre leider so verwittert, dass er unbenutzbar war. Während Lucia den Backofen heizte, ritt Paavo auf Emilia zum Nachbarn, um dort einen Trog zu borgen. In Lemi wohnten gastfreundliche Menschen, die gern den Nachbarn halfen.

»Wir dachten uns schon, dass ihr kommt, haben das Ding

schon gestern in Salzwasser eingeweicht«, sagte die Bäuerin vom Nachbarhof und reichte Emilia einen duftenden Trog aus Fichtenholz, den diese mit ihrem Rüssel zu Paavo hinaufbeförderte, der im Sattel saß.
»Wir bringen ihn dann sauber zurück, wenn das Fleisch fertig ist«, versprach Paavo dankbar.
Lucia hatte inzwischen das Fleisch, das vier Tage lang in einer starken Salzlösung gelegen hatte, vorbereitet. Laut Tradition wurde das überschüssige Salz in siedendem Wasser herausgespült. Dadurch wird das Fleisch dann beim Braten schön braun, erklärte Lucia, denn Paavo nahm interessiert am Ritual der Zubereitung teil. Lucia bat ihn, ein paar frische Erlenstöckchen zu schnitzen, die unter den Trog kommen sollten, zwei Zoll dick sollten sie sein und die entsprechende Länge haben. Paavo begriff, dass der Boden des Troges nicht mit dem Rost des glühend heißen Backofens in Berührung kommen durfte, sonst würde er sich womöglich entzünden. Außerdem musste man aufpassen, dass man ihn nicht bis an die hintersten Ziegel schob, denn auch die waren so heiß, dass die ganze Geschichte womöglich in Flammen aufging.
Während Paavo die Stöcke schnitzte, hörte er hinter dem Schuppen Gepolter. Das konnte ja nur Emilia sein. Elefanten sind verspielte Tiere, und so hatte Emilia nun begonnen, den Brennholzstapel neu zu ordnen. Geschickt packte sie mit dem Rüssel einen Kloben, warf ihn hoch und fing ihn wieder auf, um ihn an seinen neuen Platz zu legen. Sie war so konzentriert dabei, dass sie gar nicht merkte, dass Paavo sie beobachtete. Er freute sich, dass sie eine angenehme Beschäftigung gefunden hatte, während drinnen das Fleisch gebraten wurde.

Während Lucia das Fleisch, das in große Stücke zerteilt war, in den Trog schichtete und diesen vorsichtig in den Ofen schob, schälte Paavo fünf Kilo Kartoffeln. Diese wurden vorgekocht, nicht völlig gegart, aber sie durften auch nicht ganz roh sein. Inzwischen war das Fleisch bereits auf einer Seite schön gebräunt, der Trog herausgenommen, und die Fleischstücke wurden umgedreht, ehe er wieder hineingeschoben wurde.
Zwischendurch ruhten sich Lucia und Paavo in der Schlafkammer aus. Dann kam, nach einer raschen Wäsche, eine der wichtigsten Phasen bei der Zubereitung des Lammbratens. Das fettige Fleisch wurde wieder einmal aus dem Ofen herausgenommen, und jetzt wurden die halb garen Kartoffeln in den Trog gelegt. Während sie brieten, wurden sie mit dem aus dem Lammfleisch ausgetretenen Fett begossen. Das ganze Haus duftete jetzt wie ein Paradies der Hungrigen. Fleisch und Kartoffeln garten dann noch anderthalb Stunden in der Resthitze des Ofens. Während dieser Zeit saugten sich die Kartoffeln voll Lammfett, und man kann sich denken, wie lecker sie dadurch wurden. Lucia begoss noch einmal den gesamten Braten, und dann gingen beide, während bereits die Abendkühle einsetzte, nach draußen, um Emilia zu füttern. Spät am Abend, als die Nachtwolken bereits den Himmel bedeckten, war der Braten fertig. Paavo deckte den Tisch, und Lucia zündete eine Kerze an, zu trinken gab es Rotwein, rechtzeitig besorgt, und aus dem Brunnen holten sie sich klares Wasser herauf, dann setzten sie sich zu Tisch. Sie aßen bis Mitternacht, anschließend gingen sie nach draußen, um die Nachtluft zu schnuppern und andere Geschäfte zu erledigen, sie besuchten auch noch Emilia in der Scheune und

schmatzten ihr einen herzlichen Kuss auf den Rüssel, und schließlich warfen sie sich in der Schlafkammer ins Bett, um den tiefen und vertrauensvollen Schlaf glücklicher Menschen zu schlafen.

EMILIA DEMOLIERT EINEN LINIENBUS

Lucia und Paavo befestigten die trockenen Heuballen hinter Emilias Sattel und in den Behältnissen an ihren Flanken, befestigten den Baldachin und schickten sich an, nach Luumäki aufzubrechen. Die Ladung war größer als je zuvor! Sie schlossen das Haus ab, versteckten die Schlüssel wieder in der Höhlung des Schleifsteins. Lucia weinte, ihr war schwer ums Herz, als sie ihr Elternhaus verließ, und jetzt wahrscheinlich zum letzten Mal.

Um sich ein morgendliches Vergnügen zu gönnen, hielten sie an der Kirche von Lemi und baten ein Touristenehepaar in mittleren Jahren, das sich gerade dort aufhielt, halb im Spaß, ihnen bei der Trauung zu helfen. Und so kam es, dass Lucia Lucander, alias Sanna Tarkiainen, ohne Aufgebot und ohne amtliche Zeremonie Paavo Satoveräjä zum Mann nahm, der bekanntlich bereits mit Kaarina Maununtytär verehelicht war.

Die Trauformel beherrschte das Touristenehepaar recht gut. Der Mann, der den Pastor mimte, erzählte, dass er und seine Frau, die als Zeugin fungierte, selbst erst letzten Herbst geheiratet hatten. Diese Ehe war für ihn bereits die dritte, für seine Frau war es die zweite, sodass sich ihnen, bei diesen Erfahrungen, der ganze Ablauf tief eingeprägt hatte. Nach der Zeremonie schritt das frisch getraute Paar

Arm in Arm durch den Mittelgang nach draußen. Emilia mimte die fünfte Stimme in der lokalen Chortradition und hieß das Hochzeitspaar mit einem Trompetenstoß in ihrem Sattel willkommen.

Von Lemi nach Luumäki sind es zwanzig Kilometer. Die Straße ist kurvenreich, weil sie von einer Insel zur anderen führt und viele Landzungen umrundet oder gekrümmten Uferlinien folgt. Die Landschaft ist märchenhaft schön. Sie trafen gegen Mittag in Luumäki ein und fragten im guten alten Motel der Stadt nach Quartier. Auch Igor hatte dort übernachtet. Sie beratschlagten mit dem Personal, wo sie den Elefanten unterbringen könnten. Einer der Angestellten kam auf die Idee, dass es ja ganz in der Nähe die Salpalinja gab, ein riesiges finnisches Verteidigungssystem aus dem Krieg, dort gab es große in den Felsen gesprengte Räume für Mannschaften oder fürs Lazarett, in einer dieser Höhlen zum Beispiel hätten unter Kriegsbedingungen vierhundert Mann untergebracht werden können. Dort könnte Emilia über Nacht bleiben. Das Mädchen von der Rezeption des Motels versprach, nachts ab und zu nachzusehen, wie es Emilia dort erging. Als Belohnung wünschte sie sich, dass sie am nächsten Tag ein Stückchen auf dem Elefanten reiten dürfte und dass von dem Ereignis Fotos gemacht würden.

Paavo war von seinem militärischen Rang her Unteroffizier der Reserve. Er hatte zwar von der Salpalinja gehört, aber nie eine Vorstellung davon gehabt, welche gewaltige Kette von Befestigungsanlagen sie war. Nach den schlimmen Erfahrungen des Winterkrieges war sie 1941, während des zwischenzeitlichen Friedens, gebaut worden, und sie erstreckte sich vom Finnischen Meerbusen bis hinauf nach Lappland. Die stärksten Befestigungen gab es gerade in dieser Gegend. Vom Finnischen Meerbusen bis nach Luumäki gab es eine sechzig Kilometer lange feldbefestigte Stellung, es hätte Dutzender feindlicher Divisionen bedurft, sie zu zerschlagen und den Weg ins Innere des Landes und in die Hauptstadt frei zu machen.

Lucias Großvater Uuno Tarkiainen hatte im Sommer 1941 und drei Jahre später im Sommer 1944 am Bau der Befestigung mitgearbeitet, hatte Pferde geführt. Er hatte zum Landsturm gehört, da er bereits betagt gewesen war. Lucias Vater war zu jener Zeit als Kanonier in einem Artillerieregiment an der Front gewesen.

»Mein Vater wurde nicht einmal verwundet, das war ein großes Glück.«

Bei der Arbeit an den Befestigungsanlagen waren in der heißesten Phase im Sommer 1944 mehr als dreißigtausend Mann beteiligt. Es war die größte finnische Baustelle aller Zeiten gewesen, größer noch als der Bau der Atomkraftwerke: insgesamt 728 Basisbefestigungen, 3000 hölzerne Feldbefestigungen, 720 Unterstände, 1250 Maschinengewehrnester, 400 Artilleriebeobachtungsstellen, 500 Geschützstellungen – und insgesamt 350 Kilometer Schützengräben. Aus tonnenschweren Steinen waren mehr als 200 Kilometer Panzerhindernislinien gebaut worden, dazu 130 Kilometer Kanäle und Hangeinschnitte. Hinter der Linie waren mehr als 200 Kilometer Straße gebaut worden, denn schließlich war die finnische Ostgrenze mehr als tausend Kilometer lang. Kurzum, in diesen Anlagen gab es notfalls Nachtquartiere für eine ganze Elefantenherde.

Paavo wollte von Lucia wissen, wie sie auf die Idee mit dem Künstlernamen Lucia Lucander gekommen war.

»So hieß die Mutter meiner Großmutter, sie arbeitete im neunzehnten Jahrhundert als Magd in einem Pfarrhaus.«

Lucia erzählte, dass es in ihrer Familie durchaus nicht nur Knechte und Mägde, sondern auch hohe Herren gegeben hatte, zum Beispiel Artillerieoberst Justus Lucander, der die Artilleriestellungen der Salpalinja in den Saimaa-Schären geplant hatte.

Der Bus der Gruppe »Freiheit für den Elefanten« traf am Nachmittag in Luumäki ein. Drinnen saßen fünfzehn Aktivisten aus Tampere, die unterwegs, manchmal recht heftig, über den Sinn dieses Ausflugs und die Berechtigung ihrer Sache diskutiert hatten. Sie waren sich nicht schlüssig, ob es wirklich die Mühe lohnte, sich in das Elefantenproblem einzumischen. Ein wütender Bauer und ein großer Elefant erwarteten sie. Wie sollten sie die Sache abwickeln, sollten sie in Verhandlungen treten? Das erschien ihnen unmöglich, der Bauer war dermaßen aufbrausend, dass er sich garantiert nicht überreden ließ, und auch die Zirkusprimadonna würde nicht gutwillig auf ihr Tier verzichten.

Was sollten sie mit dem Elefanten machen, falls es ihnen wider Erwarten gelang, ihn zu befreien? Sie müssten ihn nach Indien schaffen und also eine öffentliche Geldsammlung initiieren, damit möglichst viele Mitglieder der Gruppe den Südostasientrip mitmachen konnten. Eigenes Geld für dieses Projekt besaßen sie nicht. Die Hauptsache war, den Elefanten zu retten. Im Extremfall musste er eingeschläfert werden, dann wären seine Leiden im kalten Norden zu Ende. Jemand zitierte ein geflügeltes Wort aus dem

Keulenkrieg, dem großen finnischen Bauernaufstand: *Besser als ein Sklavenleben ist der Tod am Galgen.* Sie könnten mit dem Elefanten zum Beispiel auf den Marktplatz von Lappeenranta ziehen und, ehe sie ihn einschläferten, eine große Pressekonferenz geben. Ein positives öffentliches Echo wäre ihnen gewiss.

In der Stadt dann wurden sie sofort mit der harten Wirklichkeit konfrontiert. Am Motel sahen sie auf der Straße den riesigen Elefanten, und auf seinem Rücken, unter einem großen blauen Stoffdach, zwei Menschen. Sofort stoppten sie ihren Bus und stürmten nach draußen. Über Lautsprecher forderten sie die Reiter auf, anzuhalten und zu verhandeln.

Paavo stieg herunter und brüllte sofort herum. Lucia versuchte ihn zu besänftigen, vergebens. Emilia erschrak über die Lautsprecherbeschallung und Paavos Gebrüll. Elefanten sind sensible Tiere und werden schnell nervös. In besonders schweren Fällen wird daraus aggressive Wut. Der Busfahrer fuhr an den Straßenrand und begann zu wenden. Die Situation eskalierte schnell. Paavo stürmte auf die Gruppe der Aktivisten zu, die sich hinter den Bus zurückzog. Emilia tänzelte nervös mitten auf der Straße. Sie schwenkte ihre großen Ohren, sie war außer sich. Sie hatte zwar in ihrem Leben schon dies und das erlebt und war jahrelang in der Welt umhergezogen, aber noch nie war sie in eine so bedrohliche Situation geraten. Lucia rief Paavo vom Bus zurück. Widerwillig tat er ihr den Gefallen, schimpfte aber weiter herum. Die Gruppe schrie im Chor ihre Antworten, die in Demos geschulten Leute brachten es auf einen gehörigen Geräuschpegel. Die ganze Umgebung hallte, der Verkehr aus Richtung Lappeenranta kam

zum Stehen, auch in Richtung Kouvola kam es zu Staus. Autos hupten, der Lärm war enorm.
Emilia war vor Angst außer sich. Sie fühlte sich bedroht, ergriff aber nicht etwa die Flucht, sondern machte Anstalten, sich zu verteidigen. Sie wedelte mit den Ohren, brüllte dumpf, reckte die Stoßzähne vor und stürmte zu dem Bus, der, mitten in seinem Wendemanöver, quer auf der Straße stand.
Die ganze Straße bebte unter ihren Schritten, und dann stieß sie ihre mächtigen Stoßzähne mit voller Wucht und bis zum Anschlag in die Seitenwand des Busses. Sie hob den Kopf, der Bus hob sich ebenfalls leicht, das Knirschen reißenden Bleches war zu hören. Der Fahrer sprang aus seinem Fahrzeug und brachte sich im Wald in Sicherheit. Emilia schleifte den Bus in den Straßengraben, kippte ihn auf die Seite und drehte ihn schließlich ganz um, sodass er auf dem Dach lag. Dann nahm sie Anlauf und kullerte den Bus an den Waldrand, als wäre er eine Biskuitrolle. Die Elefantenbefreier ergriffen die Flucht und liefen nach allen Seiten auseinander. Auf der Landstraße wurde es still, der Bus begann zu qualmen.
Die Staus aus Richtung Lappeenranta und Helsinki lösten sich auf. Lucia versuchte Emilia zu beruhigen, die mit geweiteten Augen und ausgebreiteten Ohren dastand und den Bus betrachtete, der nur mehr ein Schrotthaufen war. Paavo machte sich daran, die Heuballen aufzusammeln, die sich über die ganze Landstraße verteilt hatten.

DIE HEIMREISE DES ELEFANTEN BEGINNT

Nach dem Zusammenstoß war Paavo schnell wieder versöhnt. Er begann sich zu schämen. Wieso hatte er nur wieder die Beherrschung verloren und mitten auf einer Fernverkehrsstraße dermaßen herumgelärmt? Lucia hatte das auch nicht gefallen, und erst recht nicht Emilia, die Ärmste konnte ja nicht begreifen, warum sie angeschrien wurde, und glaubte, sie hätte etwas falsch gemacht. Nun, inzwischen hatte sie sich beruhigt und fraß in den Büschen am Straßenrand Birkenblätter.

Paavo rief in den Wald und versuchte die Elefantenaktivisten wieder auf die Straße zu locken. Er musste lange rufen, wie ein besorgter Hirte, dessen Rinder sich von der Herde entfernt hatten, aber schließlich kamen die unglücklichen Elefantenkidnapper einer nach dem anderen ängstlich zum Vorschein. Aber selbst dann musste er ihnen noch extra zureden, bis sie es wagten, den Schutz des Waldes zu verlassen. Auch der Fahrer kam heraus und sah sich die qualmenden Überreste seines Busses an. Er äußerte die Vermutung, dass die Versicherung den Schaden ersetzen werde.

Der Mann rief noch an Ort und Stelle in der Versicherung an und berichtete von dem Vorfall. Dort wollte man ihm gar nicht glauben, dass ein Elefant den Bus zertrümmert und anschließend in den Wald gerollt hatte.

Dies war nicht sein erster Busunfall. Vor zwei Jahren war sein voriger Bus auf dem Näsijärvi durchs Eis gebrochen, und die Passagiere, Teilnehmer eines Wettkampfes im Fliegenfischen, hatten sich schwimmend retten müssen. Der Bus war vierzig Meter tief auf den Boden des Sees gesunken. Der Bus davor wiederum hatte enorme Blechschäden davongetragen, als ein Autodieb ihn in eine Scheune gefahren hatte. Nun war also der Elefant an der Reihe, der Versicherungsgesellschaft den neuesten Bus aus dem Kreuz zu leiern.

Paavo redete mit den Elefantenaktivisten und versuchte die Meinungsverschiedenheiten beizulegen. Er sagte, dass er irgendwie Verständnis für die Naturschützer habe. Eigentlich sei es doch eine edle Gesinnung, auch er als Landwirt unterstütze die Idee – aber warum mussten sie sich mit solchem Gewese in die Angelegenheiten von Menschen und Elefanten einmischen, mit welchem Recht?

Die letzten Worte brachten ihn schon wieder in Rage, aber er konnte sich gerade noch im letzten Moment beherrschen, als Lucia kam und ihn beiseite zog. Emilia war inzwischen verschwunden, für die Ärmste war das alles zu viel gewesen.

Die Grünen versprachen bereitwillig, dass Lucia und Paavo ihren Elefanten behalten konnten, wenn sie selbst nur wieder lebendig nach Tampere zurückkehren dürften. Von nun an wollten sie nur noch Nerze und Füchse befreien, und auch das nur nachts. Die Gruppe stieg in einen neuen Bus, den sie sich bestellt hatte, und verschwand in die Richtung, aus der sie gekommen war. Die Grünen sprachen kein Wort mehr über die Rettung von Elefanten.

Paavo, Lucia und der Busfahrer machten sich auf die Suche nach Emilia. Sie fragten herum, ob die Leute in letzter Zeit einen Elefanten gesehen hatten. Irgendjemand wusste zu berichten, dass sich im Wald einer herumtrieb, er war in einen aus dem Krieg stammenden Wallgraben gefallen und spektakelte darin herum.

Sie fanden Emilia fünfhundert Meter entfernt in einem Hindernisgraben, sie lag auf der Seite und stieß mit ausgestrecktem Rüssel schrille Hilferufe aus. Aus eigener Kraft war sie nicht herausgekommen. Die Wallgräben der Salpalinja, gegraben während des Krieges, sind tief und haben steile Wände, sie hatten dazu dienen sollen, Panzerangriffe zu unterbrechen, und aus diesen tiefen Gruben fand auch ein Elefant nicht allein heraus.

Paavo rief den Tierarzt Seppo Sorjonen an und erzählte ihm, was passiert war: Emilia sei wild geworden, sie habe einen Bus demoliert und liege jetzt in einem Panzergraben auf der Seite. Die Situation sei schlimm, was tun? Sorjonen sagte, er sei bereits mit Kaufmann Taisto Ojanperä zum Saimaa-Kanal unterwegs, sie hatten bereits Kouvola passiert und würden in einer knappen Stunde in Luumäki eintreffen.

Als die beiden kamen, hoben sie alle zusammen das leidende Tier mithilfe von Schaufeln heraus, wobei sie aufpassten, dass seine Rippen nicht unter dem gewaltigen Körpergewicht brachen. Sie gaben ihm Wasser zu trinken und redeten ihm gut zu, und so beruhigte es sich wieder.

Sorjonen referierte, dass man Tiere seiner Meinung nach nicht vermenschlichen durfte. Tiere sind Tiere, Tierärzte sind Menschen. Emilia nahm eine Schaufel zwischen die Zähne, und dann wollte sie sich bei Sorjonen für die Hilfe bedanken. Sie umarmte ihn mit dem Rüssel und spielte schließlich mit ihm wie mit einem Kameraden. Sorjonen und die Schaufel schwebten in luftiger Höhe neben den Baumwipfeln. Sorjonen rief um Hilfe, und da bekam Emilia Gewissensbisse, und sie setzte ihn wieder ab, den Spaten gab sie Lucia. Letztlich mögen Tiere die Tierärzte.

Am nächsten Tag konnten sie endlich den Weg zum Saimaa-Kanal fortsetzen. Auch der Busfahrer kam zum Zeitvertreib mit, denn die Klärung seiner Versicherungsangelegenheiten würde einige Zeit beanspruchen. Bis nach Lappeenranta waren es vierzig Kilometer. Emilia war munter, nachdem sie eine ruhige Nacht in der großen Mannschaftshöhle verbracht hatte. Sie hatte zum Frühstück zehn Kilo Heu und eine Metze Kartoffeln gefressen und einen Eimer Wasser getrunken. Die Gesellschaft brach gegen zehn Uhr auf und erreichte ihr Ziel am Nachmittag. Sie gingen nicht erst in die Stadt, sondern steuerten sofort den Hafen von Mustola an, bis dahin waren es nur wenige Kilometer.

An dem langen Kai lagen das alte Binnenschiff *Puumala* und zwei Frachtschiffe, eines davon war die *Marleena*, auf der Kaarinas Vetter Armas Toivonen fuhr, ein Vierhundert-Tonnen-Stückgutfrachter, vierzig Meter lang.

Emilia stapfte ruhig über den Kai. Die Männer nahmen ihr den Sattel ab und trugen die Heuballen und das übrige Futter aufs Schiff, schließlich wurde Emilia selbst mit einem Kran hinaufgehievt. Sie hing hoch über dem Kanal in den Seilen und schien völlig verwirrt, noch nie hatte sie eine solche Luftreise gemacht. Mit zitterndem Rüssel blickte sie um sich, aber als sie sah, dass Lucia und Paavo ganz in der Nähe auf dem Kai standen, bewahrte sie ihre Würde. Bald wurde sie langsam und vorsichtig in den Frachtraum hinabgelassen. Lucia ging ebenfalls an Bord. Paavo kam mit,

aber Lucia sagte, dass sie nicht von ihm verlangen könne, die Reise mitzumachen, nicht nach Rostock und auch nicht nach Afrika.
»Bitte, lieber Paavo, du musst zur Ernte zu Hause sein, deine Frau wartet schon.«
Tierarzt Seppo Sorjonen wollte Lucia ebenfalls gern auf der Schiffsreise Gesellschaft leisten. Er sagte, dass er ihr eine große Hilfe sein könnte, falls Emilia etwa seekrank oder bei Sturm gegen die Schiffswände geschleudert würde. Lucia bedankte sich für das edle Angebot, erinnerte ihn aber daran, dass er Bezirkstierarzt in Pori war.
Während der ganzen Verabschiedung hatte der Busfahrer, der auf dem Kai stand, seinen Auslandsreisepass hervorgeholt und studiert. Ein Berufskraftfahrer pflegt den Pass stets bei sich zu haben, falls mal ein Einsatz überraschend über die Landesgrenzen hinausgeht. Er sprang aufs Schiff und rief den an Land Gebliebenen zu:
»Ich fahre nach Afrika, was soll unsereiner ohne Fahrzeug in Finnland anfangen.«
Bauer Paavo Satoveräjä, Tierarzt Seppo Sorjonen und Kaufmann Taisto Ojanperä schauten wehmütig zu, wie das Kanalschiff *Marleena* durch die Schleuse von Mustola in Richtung Meer steuerte. Lucia und der Busfahrer standen auf dem Achterdeck und winkten. Durch ein Bullauge des Frachtraumes war Emilias riesiger Kopf zu sehen. Die Schiffssirene tutete zum Abschied, und Emilia trompetete so kräftig, dass ihr ganzer Rüssel zitterte. Die *Marleena* schaukelte im Kanal. Es schien, als würde Emilia zum Abschied ein paar Schritte Trepak tanzen.

BIS ZUM RÜSSEL IM MARMELADENFASS

Emilia war also in Mustola auf Armas Toivonens Schiff *Marleena* geladen worden, das durch den Saimaa-Kanal in den Finnischen Meerbusen und von dort über die Ostsee nach Rostock fuhr. Hier stiegen Emilia und ihre Begleitung um auf einen großen internationalen Frachter mit Zielhafen Port Elizabeth in Südafrika, von wo die Fahrt weitergehen sollte zum Naturpark Addo, der etwa zwei Meilen von der Küste landeinwärts lag.

Unterwegs nahm das Schiff in Brest zwischen Ärmelkanal und Biskaya eine schwere Ladung Bahnschienen auf, die nach Port Elizabeth sollten. Für die Zeit der Verladung wurde Emilia aus dem Frachtraum und auf den Kai gehievt, wo Lucia und Busfahrer Heikki Moilanen sie wuschen und ihr drei Eimer Äpfel zu fressen gaben.

In der Biskaya war es überraschend ruhig, und das passierte nur einmal in zehn Jahren, erklärte der Kapitän des Schiffes Lucia. Er fand, dass der Elefant gute Bedingungen im Frachtraum hatte, denn dank der schweren Bahnschienen hatte das Schiff jetzt eine besonders stabile Lage.

In Emilias Frachtraumabteil standen vierzehn Tonnen Marmelade, die schon in Rostock eingeladen worden waren, es handelte sich um Pappfässer mit je zweihundert Litern Fassungsvermögen. Mit ihrem sensiblen Rüssel witterte

Emilia den leckeren Inhalt und öffnete zur Probe eines der Fässer, was ohne weiteres klappte. Ach, wie herrlich die Marmelade schmeckte!

Emilia fraß drei Fässer leer, beschmierte sich in der Dunkelheit des Frachtraumes gründlich, schlief glücklich ein und erwachte erst, als jemand von der Mannschaft die Ladeklappe öffnete, um nachzusehen, ob alles in Ordnung war. Sie stand auf und bewunderte die Schönheit des Stillen Ozeans, die noch betont wurde durch die Mondsichel, die am Himmel aufgetaucht war. Leichte Wellen wiegten das Schiff, das mit seiner schweren Ladung dahinfuhr. Emilia geriet in romantische Stimmung. Sie war sensibilisiert wie ein Wildtier oder ein Dichter, hob den Rüssel zum sternklaren Himmel hoch und stieß ein flötenartiges Geheul aus. Lucia erwachte in ihrer Kabine und eilte zu Emilia. Die schlang ihren Rüssel um die Zirkusprimadonna, sie küsste ihre liebe Pflegerin und stieß zärtliche Laute aus. Lucia streichelte ihre Rüsselhaare. Ein jeder genoss die Gesellschaft des anderen und das herrliche nächtliche Meer. Emilia begann zu heulen wie ein Hund oder ein Wolf, ganz leise, und Lucia stimmte ein.

Mannschaft und Kapitän versammelten sich, um den Tönen zu lauschen, und alle lobten Emilias melodiöses Geheul. An der Backbordseite des Schiffes tauchten Delfine auf, die ebenfalls dem Geheul der Zirkusprimadonna und des Elefanten lauschten, sie spielten im Wasser und stießen ebenfalls ihre eigenen seltsamen Töne aus. Es klang wie Hundegebell, so als kämen die Töne von Robben. Emilia und die Delfine konzertierten bis zum Morgengrauen.

Erst zwei Tage später, im Hafen von Porto in Portugal, entdeckte die Mannschaft, dass Emilia von oben bis unten voller Marmelade war. Drei Fässer waren leer, und sie begann bereits mit dem vierten. Schleunigst wurde sie aus dem Frachtraum gehievt. Lucia schalt sie für ihr Verhalten, aber der Kapitän verzieh ihr und meinte, dass man für die Streiche von Tieren Verständnis haben müsse. Wieder einmal wurde Emilia gewaschen, und die Marmeladenfässer wurden in einem anderen Raum untergebracht. Auf dem Rest der Fahrt bekam Emilia nur Wasser und das Heu, das noch aus Lemi stammte.

Das Schiff lief in den frühen Morgenstunden in Port Elizabeth ein. Im Hafen der Stadt kam es zum gefährlichsten Vorfall der ganzen Reise. Die Ratten des Schiffes hatten natürlich gemerkt, dass im Frachtraum außer Bahnschienen noch jede Menge von der leckeren Marmelade vorhanden war, die Emilia verschmiert hatte, und weil sie Allesfresser sind, veranstalteten sie ein fröhliches Schlemmermahl. Von der Marmelade gerieten sie dermaßen außer Rand und Band, dass sie all ihre Vorsicht vergaßen und im dunklen Laderaum über Emilias Rücken und Rüssel liefen. Die war über diese Unverschämtheit erzürnt und versuchte die frechen Luder abzuschütteln, aber es half nichts. Im Stockdunkeln vermag ein großer Elefant nichts auszurichten gegen Hunderte flinker, vom Marmeladenfest wild gewordener Ratten. Schließlich verlor Emilia völlig die Beherrschung und versuchte die Ordnung auf dem Schiff durch rohe Gewalt wiederherzustellen. Die Ratten kümmerten sich gar nicht darum. Elefanten haben ein ausgezeichnetes Gehör und einen ebensolchen Geruchssinn, sodass Emilia sehr wohl wusste, in welcher Ecke die Ratten ihr Fest feierten. Sie nahm

Anlauf und sauste mit vorgestreckten Stoßzähnen in die Dunkelheit. Die Ratten verschwanden in ihren Löchern, aber die wütende Emilia konnte ihr Tempo nicht mehr drosseln und krachte frontal gegen eine Seitenwand. Der Schiffsrumpf war einfach gebaut und bestand aus genietetem Eisenblech. Die Stoßzähne bohrten sich durch die verrostete Wand, als wäre sie aus Pappe.

Gerade um diese Zeit ging ein schwarzer Hafenwächter über den einsamen nächtlichen Kai. Er wunderte sich nicht schlecht, als er das Dröhnen brechenden Eisens hörte und sah, dass ein Schiff, das in dem ruhigen Hafenbecken lag, plötzlich anfing zu schaukeln. Aus seiner Wand oberhalb der Wasseroberfläche schoben sich zwei mächtige Stoßzähne, und drinnen im Laderaum war der durchdringende Trompetenschrei eines Elefanten zu hören. Bald verschwanden die Stoßzähne, zurück blieben zwei oberschenkeldicke Löcher.

Der Wächter alarmierte die Schiffsbesatzung. Emilia wurde schleunigst auf den Kai gehievt. Lucia war in ihrer Kabine erwacht und kam heraus, um beruhigend einzugreifen. Der Chief prüfte den entstandenen Schaden, schlimm war er nicht, das Schiff hatte kein Leck bekommen. Er entschied, dass die Löcher nach Tagesanbruch einfach zugeschweißt würden. Der Kapitän wiederum versicherte Lucia, dass sie sich wegen dieses kleinen Vorfalls keine Sorgen zu machen brauchte, die Reederei würde sie nicht wegen der Kosten belangen. Die Hauptsache war, dass der Elefant keinen Schaden genommen hatte.

Busfahrer Heikki Moilanen blieb als Safarichauffeur in Afrika, aber Lucia Lucander kehrte zwei Wochen später wieder

in die Heimat zurück und zog zu Paavo ins Haupthaus von Gut Köylypolvi. Kaarina zog mit Sportlehrer Riisikkala in die Gesindestube.
Emilia gewöhnte sich sehr gut in Afrika ein und schloss schnell Bekanntschaft mit den dortigen Elefanten. In ihrer Größe und ihren Fähigkeiten übertraf sie bei weitem die Wildelefanten. Bald stellte sich eine gehorsame Herde unter ihren matriarchalischen Schutz, sie wurde die Anführerin und konnte frei wählen, mit welchem männlichen Tier sie näher zu tun haben wollte.
Der Naturpark Addo liegt zwanzig Kilometer landeinwärts, von Port Elizabeth nach dort sind es mehr als fünfzig Kilometer, die Straße führt durch ein steiles Küstengebirge. Der Park umfasst ein Gebiet von fünfundsechzig Quadratkilometern, und dort ziehen dreihundertsiebzig Elefanten umher. Die elefantensicheren Zaunpfähle bestehen aus Bahnschienen, und der Zaundraht aus Bergwerksstahltrossen, die einen Zoll dick sind. Die Elefanten und anderen Wildtiere können sich frei in der üppigen Strauchsavanne bewegen, aber die Touristen sind in ihren eigenen Stützpunkten eingeschlossen und dürfen die Tiere nur in Begleitung professioneller Guides und aus Fahrzeugen heraus betrachten. Die Menschen sind also eingezäunt, die Elefanten, die Nashörner, die Höckerschweine und die verschiedenen Arten von Antilopen sind auf freiem Fuß.
In jener Gegend gab es noch in den 1850er Jahren bis zu 4000 Elefanten, aber als die Europäer begannen, dort Zitrusfrüchte anzubauen, entstand ein Problem. Elefanten sind nämlich außerordentlich scharf auf Apfelsinen, Zitronen und andere leckere Früchte, und so zerstörten sie die Haine, worauf die Menschen sie töteten. Innerhalb von

hundert Jahren wurden die Elefanten fast gänzlich ausgerottet. Im Jahre 1950 waren nur noch elf Exemplare übrig. Damals wurde beschlossen, den Naturpark Addo zu gründen. Aus anderen Gegenden Afrikas wurden Elefanten nach Addo geholt, und jetzt gibt es dort also bereits 400 Tiere, darunter der in eine führende Position aufgestiegene Zirkuselefant Emilia von Lucia Lucander.

NACHWORT

Als Autor dieses Buches begab ich mich im Jahre 2005 auf Emilias Spuren und reiste nach Addo.
Ich verbrachte viele Tage im Naturpark und nahm an zwei Safaris teil. Ich sah oft Elefanten, mehrere Herden zogen durch das mit Sträuchern bewachsene Gelände. In der Nähe der schmalen Parkwege hielten sich ein paar griesgrämige, einsame Elefantenbullen auf, es waren Tiere, die einst in der Herde eine geachtete Position innehatten, im späteren Alter aber aus der Führungsrolle verdrängt wurden und den Rest ihres Lebens in Einsamkeit fristen mussten. Da kann ein Elefantenbulle schon seine Nerven verlieren. Der einst größte Bulle in Addo wurde so bärbeißig, dass er gegen die Zäune anrannte und auch die Menschen bedrohte, sodass man ihn erschoss. Jetzt hängt sein ausgestopfter riesiger Schädel im Touristenzentrum des Naturparks an der Wand.
Ich sah muntere Höckerschweine, die sich ihre Höhlen gruben und genießerisch aus kleinen Pfützen tranken. Auch die Nashörner und Elefanten mögen Schlammbäder. Der trockene Schmutz bleibt an ihrer Haut kleben und bildet so eine gute Schutzschicht gegen Parasiten.
Auch die herrlichen Kudu-Antilopen, deren große Ohren wie empfindliche Antennen die Stimmen der Natur auf-

nehmen, konnte man im Park bewundern. Sie hatten keine Angst vor Bussen, aber sobald sie sahen, dass Menschen ausstiegen, verschwanden sie im Gesträuch, schnell und lautlos wie Steppenwind.

An einem klaren und heißen Abend versammelte sich in der Nähe des Stützpunktes an einem Teich namens *Nyati* eine Herde von acht Elefanten, wie um sich zur Schau zu stellen, angeführt wurde sie von einer großen Elefantenkuh, nämlich der leibhaftigen Emilia. Sie hatte ein ganz kleines und ein etwas größeres Junges bei sich. Sie war die alleinige Anführerin der Herde, der alle erwachsenen Tiere, weibliche und männliche, folgten und gehorchten. Sie watete in den Teich, labte sich am kühlen Wasser und lehrte ihre Jungen zu trinken. Ruhig, fast majestätisch saugte sie ihren Rüssel voll Wasser und spritzte es sich auf den Rücken. Abendtrunk und Bad dauerten fast eine Stunde, und als alle genug getrunken hatten und sauber waren, erhob sich die riesige Matriarchin aus dem Teich und führte die Herde in die Savanne zurück.

Ich rief Emilia beim Namen. Sie drehte sich um, blickte in die Richtung, aus der der Ruf gekommen war, musterte die Touristen, die hinter dem Zaun auf einem Hügel standen. Ich rief ein zweites Mal. Emilia hob den Rüssel, breitete die riesigen Ohren aus, die ganze Herde verharrte still.

Das Zirkustier stellte sich auf die Hinterbeine und schmetterte durch den Rüssel eine dreistimmige Fanfare, das Zeichen für den Beginn der Vorstellung. Sie machte ein paar Schritte auf zwei Beinen und hob bald noch ein drittes, stand eine Weile auf einem Bein. Danach stellte sie sich auf die Vorderbeine und ging im Kreis. Wieder auf alle viere nieder und flotte Trepakschritte, sodass die Herde ehrfurchtsvoll zurückwich. Emilia machte eine ganze Serie der Kunststücke, die sie im Laufe der Jahre in Finnland, im Großen Moskauer Zirkus im Kaukasus und in Sibirien gelernt hatte.

Zwischendurch ein flotter Trab und dann langsames Drehen im Kreis, so als befände sie sich in der Manege. Richtungswechsel und wieder schneller Trab, dass der Sand nur so stob. Gewaltige Trompetenstöße hallten in den afrikanischen Abend. Die Sonne ging unter, am Himmel blinkten Sterne, die Mondsichel zeigte sich.

Die Vorstellung ging weiter. Emilia tanzte Trepak, ihr mächtiger Körper schaukelte anmutig wie der einer Königin im Salon des Palastes. Ihre Ohren wehten im Takt des Tanzes, es fehlte nur noch der Kavalier, aber auch ohne ihn brachte Emilia ihre Schlussnummer elegant und feierlich zu Ende. Dämmerung senkte sich über den Teich, dann wurde es dunkler, und bald kam die Nacht. Es war wie ein Vorhang, die Vorstellung war zu Ende. Emilia blickte noch einmal zum Hügel herüber, verbeugte sich majestätisch und führte dann ihre Herde in die Savanne.

Emilia hatte eine Vorstellung gegeben, deren matriarchalische Stimmung ich wohl kaum je vergessen kann.

Kuusilaakso, Pfingsten 2005
Arto Paasilinna

»Reich an Pointen, Skurrilitäten, überraschenden Wendungen und treffenden Bosheiten.«

WIENER ZEITUNG

Arto Paasilinna
EIN BÄR IM BETSTUHL
Roman
BLT
Aus dem Finnischen von
Regine Pirschel
288 Seiten
ISBN 978-3-404-92257-4

Pfarrer Huuskonen ist sauer. Sein Gottesdienst wird durch einen Stromausfall gestört. Schuld daran ist der tragische Tod der Dorfköchin Astrid Sahari. Sie war vor einer wild gewordenen Bärenmutter auf einen Strommast geflüchtet und dort mit dem grimmigen Tier verglüht. Was wird nun aus den zwei verwaisten Bären-Jungen? Eines schenkt man kurzerhand dem Pfarrer zum Geburtstag …

»Ein Hauch von John Irving weht da durch die finnische Sauna-Groteske.«

BERLINER MORGENPOST

BLT

»Arto Paasilinna, der Meister aberwitziger Komik.«

DER SPIEGEL

Arto Passilinna
VORSTANDSSITZUNG
IM PARADIES
Aus dem Finnischen von
Regine Pirschel
BLT
176 Seiten
ISBN 978-3-404-92159-1

Ein von der UN gechartertes Flugzeug verunglückt über dem Stillen Ozean. Die Passagiere können sich retten und aus dem Flugzeugrumpf jede Menge kupferner Verhütungsspiralen und einiges andere Notwendige wie Äxte und Messer bergen. Weit und breit ist keine Rettung in Sicht. Die illustre Truppe finnischer Waldarbeiter und schwedischer Hebammen muss sich zusammenraufen. Ein Jahr vergeht, bis ein phantasievoller SOS-Plan realisiert werden kann …